海天译丛

夏天
不是一年当中的
郊区

［加］达尼·拉费里埃 / 著
黄凌霞　潘博 / 译

海天出版社
·深圳·

图书在版编目（CIP）数据

夏天不是一年当中的郊区／(加) 达尼·拉费里埃著；黄凌霞，潘博译. —— 深圳：海天出版社，2020.1
（海天译丛）
ISBN 978-7-5507-2778-6

Ⅰ.①夏… Ⅱ.①达… ②黄… ③潘… Ⅲ.①随笔—作品集—加拿大—现代 Ⅳ.①I711.65

中国版本图书馆CIP数据核字(2019)第216560号

版权登记号　图字：19-2016-020
L'art presque perdu de ne rien faire
Dany Laferrière
© Editions Grasset & Fasquelle, 2014.
Current Chinese translation rights arranged through Divas International, Paris
巴黎迪法国际版权代理

夏天不是一年当中的郊区
XIATIAN BUSHI YINIAN DANGZHONG DE JIAOQU

出 品 人	聂雄前
责任编辑	胡小跃　岑诗楠
责任校对	赖静怡
责任技编	梁立新
装帧设计	龙瀚文化

出版发行	海天出版社
地　　址	深圳市彩田南路海天综合大厦　（518033）
网　　址	www.htph.com.cn
订购电话	0755-83460239（邮购）　83460397（批发）
设计制作	深圳市龙瀚文化传播有限公司 0755-33133493
印　　刷	深圳市新联美术印刷有限公司
开　　本	889mm×1194mm　1/32
印　　张	12
字　　数	220千
版　　次	2020年1月第1版
印　　次	2020年1月第1次
定　　价	48.00元

版权所有，侵权必究。
凡有印装质量问题，请随时向承印厂调换。

给弗兰克·诺沃

纪念那些夏天的清晨

生活，你知道的，

就是换咖啡馆。

———阿拉贡[①]

[①] 路易·阿拉贡（1897—1982），法国诗人、超现实主义作家。

目 录

生活的节奏突然加快了 / 3
  时代老得很慢 / 4
  在午睡的阴影下 / 5
  午睡爱好者 / 8
  慢生活赞 / 9

在时间的迷宫里 / 15
  口袋里的金块 / 16
  电视机前的童年 / 17
  被烧毁的记忆 / 19
  死亡的时间 / 21
  时间的死亡 / 22
  终于,永恒了 / 23

入侵者 / 27
 三天的雨 / 28
 细节的海洋 / 29
 沉睡的元凶 / 30
 渴望周游世界 / 33
 在穷人的国度旅游 / 35

群体生活 / 41
 蜂　箱 / 42
 群　体 / 43
 历史性的时刻 / 47
 朋友的面孔 / 50

一见钟情的来源 / 55
 北方之爱 / 56
 南方之爱 / 57
 激情取代了时间 / 59
 空气中有三K党的味道 / 60

世界的制造 / 67
 火车上的梦 / 68
 梦的玫瑰 / 69
 世界诞生于夜晚 / 70

目 录

极度模式 / 73
蚂蚁不属于我 / 75
平行的时间 / 77

身体和死亡 / 83
忧虑与梦想消失 / 84
模特儿的身体 / 85
星星的死亡 / 88
欢笑与死亡 / 91
大笑的贸易 / 94

如果我不在纽约或东京,就到蒙特利尔的这家咖啡店里来找我 / 97
宅男和常换住处的人 / 98
纽约,世界上最大的电视机 / 99
蒙特利尔一家咖啡店的终结 / 103

一个失去的世界被遮住的面孔 / 109
一个月夜 / 110
一个雨天发现的《圣经》 / 111
华多的驴眼 / 122

运动中的文化 / 127
  文化与农业 / 128
  贫穷不是穷人的主题 / 130
  拿艺术冒险 / 131
  诗的历险 / 135
  "看" / 137
  书店和墓地 / 138

词语引起的高潮 / 143
  猫一样的年轻人 / 144
  重要的是所问的问题 / 145
  词语的味道 / 147
  一本好书 / 149
  诗人在他自己的城里 / 151

生活不是概念,因为有时会下雨 / 155
  午后的故事 / 156
  寒冷保护人,炎热暴露人 / 158
  小事的味道 / 160

旅行历险 / 167
  不同种类的旅行者 / 168
  酒店房间里的游客 / 169

旅行者的身份　/ 171
　　　他者的精神　/ 174
　　　旅行箱　/ 175

战争笔记：现场记录　/ 179
　　　夏威夷吉他时代　/ 180
　　　电视上的战争　/ 180
　　　忧虑之夜　/ 184
　　　被遗忘的记忆　/ 189
　　　最大的戏剧　/ 190
　　　大地与金钱　/ 191
　　　抵抗一直存在　/ 194

沉默的革命　/ 199
　　　一大堆小事　/ 200
　　　同一张桌上的牛肉片和香烟　/ 201
　　　赫拉克利特之河　/ 204

一个有待定义的世界　/ 213
　　　破坏性的词典　/ 214
　　　电视上的谋杀案　/ 216
　　　插上电的人　/ 219
　　　这个如此现代的东西　/ 221

感觉的世界 / 225
 对另一半的思念 / 226
 鼻子的故事 / 227
 听觉：沉默的权力 / 230
 视觉的胜利 / 232
 对味觉的爱 / 235
 圆鼓鼓的肚子 / 238
 别人的存在 / 240
 爱解除了死亡 / 242

传奇造就我们 / 247
 低语声 / 248
 心在字里行间怦怦跳 / 249
 初次阅读 / 252
 在迈阿密读卡夫卡 / 255

论权力的本质 / 259
 穿灰西装打蓝领带的人 / 260
 权力的眩晕 / 261
 权力的结构 / 263
 权力的电影 / 269
 权力的小说 / 272

浴缸里的阅读者 / 277

作家在自己家里 / 278
里尔克在他的夜里 / 279
气氛特别紧张的谷崎 / 284
胡安·鲁尔福的 / 288
《佩德罗·巴拉莫》
塞林格或顽固的存在 / 291
《危险的关系》：一个战争机器 / 295
布尔加科夫，不屈的人 / 299
贡布罗维奇：自由的需要 / 303
海明威，内心脆弱的硬汉 / 308
雅克-斯特凡·阿莱克西斯： / 314
一个耀眼的年轻人
芭蕉，流浪诗人 / 317
博尔赫斯的日日夜夜 / 319

巴黎欢迎我 / 327

聊天，这种艺术正在消失 / 328
巴黎快镜 / 329
瞧，爱丽丝刚刚穿越了镜子 / 340

夏天不是一年当中的郊区 / 345
北方人 / 346
渴望快乐 / 347
身体的胜利 / 351

世界的尽头从来就不太远 / 357
这本书只能做梦时读 / 358
奥洛夫松酒店， / 359
杰米·巴菲特的房间（笔记）

出版说明 / 370

吃芒果的艺术

假定您
那时在南方的
某个地方,
那么必须等七月的一个正午
当炎热变得无法忍受。
芒果树下,
一个盛满凉水的白脸盆
放在一张摇晃的小桌上。
您忙了半天,浑身是汗
到树荫底下坐坐,
长时间地不发一言,
直至您的午睡
被刚刚落在脚边的
芒果的沉闷声
打断。
吞掉芒果之前
必须长时间地呼吸
以便不留一盎司果肉
和一滴果汁,
然后在坐回椅子上之前

用脸盆里的水

洗脸洗上半身。

正午的芒果是白昼的恩赐。

生活的节奏突然加快了

时代老得很慢

　　一旦你抱怨迪厅里的声音太大，警察太年轻，披着风衣学假牛仔的样子让人发笑，汽车开得太快，人们不再遵守交通规则，忘了黄灯是干什么用的，礼貌成了一种公开奉承的形式，熟悉的女人们以那么疯狂的速度重新年轻起来，让人觉得与她们擦肩而过时又回到了从前，医生对极其激动的病人的灵魂状态漠不关心，听不懂那些发音不清晰并且讲话明显太快的电视主持人在说什么；一旦你抱怨刚刚认识的那些人在每个星期日的清早就打电话，不再有马尔罗和米勒时代的好作家了，意大利电影经历了20世纪60年代的黄金时代后不再有像费里尼、罗西里尼和安东尼奥尼那样的电影人；凯鲁亚克和他那些人好像太不负责任，不能盲目地追随他们开心地在全美国乱跑，而美国正悄悄地设法摆脱颓废的50年代；不公正和种族主义仍是资本主义的两个孪生姐妹，俄罗斯仍然能够面对美国时，人们对世界的平衡更放心，约翰·肯尼迪遇害那天忘了自己都做了什么，看到列侬和洋子在蒙特利尔旅馆的一个豪华房间的床上为和平而战斗的照片时感到好笑。当一切都在不知不觉的情况下瓦解，当你常常回想起自己的童年，就像我一样，那就是你已经老了，也就是说已经踩上另一个节奏，这无药可治。

在午睡的阴影下

我相信午睡是我童年时期罕有的讨厌的事情之一。这种憎恶的其中一个理由是我很快就明白了午睡是成年人的一种发明。不管母亲说什么，这对孩子并没有什么好处。人们曾经注意到，孩子生气之后会试图扩大领地的范围，因而变得不可控制。这就不可避免地与那么钟情于秩序的成人世界发生了对抗。所以，必须驯服他，但最后只有睡眠能使这猫一样的年轻人平静下来。然而，随着时间的推移，午睡变成了童年的特征之一。大家都有些怀念那段时光，人们觉得自己正在全速奔跑时被逮住了。孩子反对睡觉，因为在他看来，这就像是从生命中偷走了时间。为了说服孩子躺下，人们使用了所有可能的诡计。晚上，为了让孩子上床，大人对他说如果想在看不见的世界与其他人重逢就必须闭上眼睛。人们让孩子通过窗户欣赏已经入睡的城市。确实，一座已经入睡的小城市，能激发总是看到它处在运动中的孩子的想象。孩子想知道这种运动为什么不在午夜发生。人们让孩子明白，如果他站着，城市就不可能入睡。所以必须午睡。可是，对曾是孩子的我来说，疲倦不可能是一种可预见的状态。它在孩子眼里仍然是个陌生的事物。和未来或往昔一样，都是一种人为的观念。它的空间是当前时刻，而疲倦是成人身体的倒错。在离我越来越远的那个被祝福的时代，我感觉有能力不停地玩到时间的终结之时。那些时刻和那些时日一样，不表示任何意义。人和动物都先于我筋疲力尽。我像苦行僧一样旋转，在梦中重新找到了同样的迷醉。我不再区分梦和现实。成人们好像因不能阻止我而感到失望。早在特吕弗的电影之前，我母亲就了解了制造"美国之夜"的技术，即让夜晚出现在白天当中。她只需关上窗户。她知道我机灵，老讲逻辑（我们的讨论没完没了），于是把窗户的每处缝隙都堵上，为的是让哪怕最微弱的阳光也不能照进房间。如果她不幸地忘了其中一处缝隙，我就开始嚎叫，直到引起所有邻居的注意，让他们急匆匆赶来看这个饱受折磨的孩子。通过不断的抚摸和温柔的话语，人们最终使我平静下来。美国之夜已经开始，还剩下最困难的步骤：睡眠本身。首先，在牛奶是热的并且加过糖的情况下我才会喝掉它，相反的是北美的孩子喝凉的并且不加糖的——这已经在我们之间造成了一条鸿沟。如果我喝完牛奶之后感到无精打采，我只能迷失在我母亲的乳房间，同时听着那些鬼故事才会最终入睡。当我醒来时，窗户已经打开，房间里已经大亮。我无法相信我睡着了。这个时刻并没有印在我的记忆里，睡眠对我没有任何价值。大人睡觉是因为他们第二天要工作。不久以后，在青少年时期，我应该睡觉，是为了第二天在教室里精神饱满。人们总是为了一个目的而睡觉。我真正认识午睡是在流亡时。在蒙特利尔的时候我愿意在白天睡觉。睡眠是一台允许回溯时间的非凡机器。我在白天做的梦好像比晚上做的梦更让人高兴，更有活力。我急匆匆返回，在躺到灰白相间的床单上之前会关上窗户（回溯童年的一种习惯）。我在这个肮脏的房间里唯一的奢侈，是干净整洁的床单。我好像在源头位于遥远童年的一条河里游泳，脑袋一挨到枕头就跌进了另一个世界里。我有时会一直睡到半夜，这是一个错误，因为过分漫长的午睡会以噩梦结束。那时候，睡眠占据了我生活中那么大的空间，我严肃地思考了这一事实。我只知道，很久以后我陷入一种消沉状态。然而我从来没有那么幸福过，总是准备重新找回那个没有警察，没有海关人员，也没有门房的世界。对我来说（我的判断不同于心理学家的判断），我忧虑地与一个我从没有见过的独裁者对抗了十来年之后正在恢复力气。在太子港，在我生活的街区，那时候总是很热，并且房子里总是人满为患。到处都能碰到沉睡者：房间里、厨房里、走廊上。结果，人们睡得又少又差。总是不安，从不满足，如同一场决定性的战斗前夜的一个战士。

午睡爱好者

我现在是蒙特利尔一个相当宽敞的房间的唯一占有者。寂寞的沉睡者。我已经变成世界级的午睡专家。世界上有三种午睡类型：简短的、中等长度的和漫长的。长时间的午睡并不值得推荐，这我已经说过，它最终会进入睡眠的无人区。简短的睡眠是突然来临的，事先没有通知。它很管用，可持续的时间不会比一场热带雨长久。当它从后背抓住您，您就会像一只筋疲力尽的苍蝇一样跌倒，一刻钟之后醒来浑然不知发生了什么事。机器已经停下，这一刻钟人们从地球上消失了。请您当心没有经历过这种自我忘却的人。那一刻不会发生任何事情。一醒来，用冷水洗脸，立刻会精神焕发，像刚刚连续睡了十个小时。在我时不时地在电台工作的那些艰难岁月，我曾试过两种类型的午睡（简短的和中等长度的）。我的工资勉强允许我付得起房租，可我有时间阅读和做梦。我混淆了这两种活动。有时我正在阅读，然后扑通，书掉在了地上。醒来几分钟之后，我继续阅读。在这两种活动之间，我吃水果和蔬菜。简短的午睡让我想起一种迷你汽车，它小得可以停在任何地方。我可以在公共场合藏在一张报纸后面入睡。可中等长度的午睡是不能随地进行的奢侈。而睡的时间太长，会让人感到抑郁。有人告诉我，如今的生活节奏这么快，午睡是不能饶恕的，是白白浪费时间。这种说法是错误的，因为在白天当中停下来歇一歇，可以让人对别的事情更敏感——而不会老想着自己。午睡是我们对被城市的粗暴节奏弄得筋疲力尽的身体的一种礼遇。

慢生活赞

可以说，一个社会，如果连老年人都加快节奏而非放慢节奏，那它就有危险了。大家会问，人们如此匆匆，是要去哪儿呢？我看见人们在这个大商场的过道上急奔，都踩到别人的脚了，为的是抢便宜货，然后去收银台，尽管离天黑还有好几个小时。这种急躁也出现在飞机上。飞机刚刚停稳，人们就站在过道上，好像舱门没开就能出去似的，甚至坐在最后面的乘客也如此，尽管他们知道，前面那么多人不出去，他们根本就没法动。就好像有人刚刚大喊了一声飞机上有炸弹似的。人们在生活中几乎到处推行这种节奏。在咖啡馆里也同样，你稍一迟疑，犹豫是选小杯咖啡还是大杯咖啡时，服务生就走开了，招呼完所有的客人之后，才回来接待你，让你总觉得自己过了号。有人觉得这种节奏太快了，但没有办法让它慢下来。他们累得半死，最后像旧汽车一样抛锚。八十岁，而非四十岁，人们也选择这种节奏——正如我所见的那样。人们似乎不知道，坐在自己的阳台上，透过葳蕤大树的树枝，看马路上流动的风景，品尝这样的快乐，享受这种奢侈，年龄并不重要。有时，好像谁都对这种事情没有兴趣，懒得看。轮番当演员和观众，对拥挤忙乱的人来说是有意义的，否则，过不了多久，人类的匆忙与蚂蚁的忙碌就没有区别了。如果不停地动弹，运动就不存在了。有停有歇，才谈得上运动。静止存在于运动当中。那这种狂跑是谁组织的呢？又是要往哪儿去呢？自己的生活自己安排，爱干什么就干什么，但我的生活，不管我愿不愿意，都摆脱不了这种集体节奏。我观察着住在马路对面的一个小家庭，父母刚刚出去，扔下儿子给爷爷奶奶看管。正在花园里玩耍的孩子突然觉得很失败，因为他转过身，却看不到本应关注他成功的亲切目光。爷爷奶奶正在埋头阅读旅游宣传册，忙着计划周游世界呢！他们渴望前往到处都是博物馆和饭馆的城市，而且肯定会不停地拍照，以便他们的子孙将来能够记住他们。他们会忍不住问别人是怎么去的，要想规划得更好，就得尽早知道自己要去哪儿。必须赶快问，因为对方一猜到你想干什么，就会打断你的话。我在想，当人们发现你存在的意义，即你的本质时，他们会怎么做。互相之间无话可说了？这种焦急也反映在交通上，公共道路总是被人侵占。看到某辆汽车挡住别人的道路，而不是停到几百米外的停车场，我总是感到惊讶。我完全可以想象得出来，对于这种情况，特别幽默的伍迪·艾伦[1]会怎

---

[1] 伍迪·艾伦（1935— ），美国电影导演、编剧、演员。

么评说。把车停在路中间,是因为他想比所有人先到,哪怕是去撞墙。第一个死的可获得性命比赛奖。我回想起来,过去,就是昨天吧,生命是用山来比喻的,必须尽快地爬上去,兴致勃勃地到达山顶,看看山那边的风景。人们很快就明白自己上当了,所有的秘密都被揭开了,下山时沮丧得很。我们试图向跟在后面的人解释说不要赶,但这是白费劲。如此奔命真是太蠢了。我们的口号是:慢下来。只有慢下来,才能好好地欣赏景色,才能关心别的事情,而不仅仅是关注自己,直到被世界的美景,被树木、他人、情感,被此刻在你周围颤动的一切所吞噬。这样多好啊!但要体会这样的热情,就必须慢下来。"我不认为所有人都应该慢下来,那样会失去生命的固有要素:速度。"这种蠢话是想告诉我们,不按他们那种节奏生活的人,日子都会很平庸。我记得那个漫长的午后,我和奶奶待在小戈阿沃①家中的走廊里。三个小时什么都不干:她在品咖啡,我呢,在看一群蚂蚁吞噬一只死蝴蝶。这时,来了一辆汽车,风尘仆仆,是从首都来的,经过我们家门前时甚至都没有减速。刹那间,我遇到了坐在后排的一位女士怜悯的目光。她好像在想:没有电影,没有电视,没有戏剧,没有现代舞,没有文学节,没有旅游,也没有革命,这样的生活又有什么意义呢?只剩下光秃秃的生活本

---

① 小戈阿沃,海地西部的沿海市镇,位于首都太子港西南68公里,是海地最古老的城市之一。

身。可当时，我完全陶醉于自己的童年，没觉得自己缺少什么。坐在布满灰尘的汽车中的那个女人没有注意到，在那个小走廊里，正在上演一出并不比大城市的演出逊色的戏。我在观察蚂蚁，而奶奶正看着我。我感到自己受到了她温柔的微笑的保护。那辆汽车可能在继续它的行程，前往我不知道的目的地，只留下这一幕，深深地印刻在我的记忆中，至今还很清晰：一位老太太和她的孙子凝固在童年永恒的夏天中。那个下午，我们可没做任何不好的事。

待着不动的艺术

有一天,我问祖母,
一整天在长廊上坐着不动
喝咖啡,对她来说
是否是智慧的见证。
她露出轻盈的微笑
回答说,这种智慧的很大一部分
来自让她饱受其苦的关节炎。
可我也知道这微笑来自
她的聪明,
这让她相信,待着不动
可以用另一种方式掌握生活。
她给自己倒了一杯咖啡,
慢慢地呷了一口,
补充说,只要还活着
最好就不要知道
什么是生活。

在时间的迷宫里

口袋里的金块

在我们身体里至少有两种时间：有时与普遍时间截然相反的个人时间，和对人们的生活形成持久压力的集体时间，就是工作时间和在牙医诊所候诊的时间。人们应该回想起来，在1831年起义时，里昂的纺织工人们首先指责城市里的挂钟，很快就辨认出真正的敌人。人们保留着这种印象：生活中的一切都协力骗取我们的个人时间，以至于不再给梦留下空间。可还有另一种时间，更加自由，我应该对它的地址保密，以避免有人将它变成商品。我不像某些精神分析学家那样，认为我们身上携带着一种可以回溯青春期甚至更远时期的肮脏不堪的小秘密，就像一种致命的病毒或原罪。我更相信我们真正的秘密（由于只与我们有关，所以就更加秘密），正是由生命的种种惊叹组成的这种变化不定的时间：我们第一次看到大海、月亮或广袤的星空，欲望的诞生，梦中的旅行，一匹奔跑中的马，飞行轻柔的蜻蜓，短暂的热带雨过后的泥土味，爱上的第一张非母亲的脸，一只看不见线的风筝，和表兄弟们钓鳌虾的一个漫长下午，暑假开始时烤玉米的味道，一辆靠在墙上的红色自行车，一个在被单下兴奋得发抖的夜晚——因为太想邻家的小妹妹了，想到第二天早上就能见到她，高兴得左侧肋骨发疼。对那些炫目时刻的回忆让我们产生了这种伤感，我们把它藏在口袋深处，如一个金块。

电视机前的童年

人们不会寻找乡愁，乡愁会在布满记忆的路上找到我们。与噩梦不同，乡愁是穿过黑夜，在大白天来寻找梦者。不过，它最喜欢的还是黄昏，那时，沸腾的白日开始疲惫，让位于夜晚的宁静。就在我们放松警惕的瞬间，乡愁落在了我们身上。它的结构，奇幻极了，有点像迪士尼的电影。这种比较并非偶然，因为迪士尼之所以让人害怕，是因为它甚至能让孩子产生对乡愁的需要，这种乡愁瞬间就消灭了眼下的时间，即童年本身。于是，本来应该是很个人的童年时期成了一种公共事件。在北美，每星期六早晨7点，我们都知道孩子们在做什么：看兔子的故事。他们会要求下一个星期六继续看。回忆最近的过去，是一种只能卖给孩子的毒药，孩子们不知道会有那么多年在等待着他们——他们还以为天黑了，生命也就结束了。在那个年龄，孩子们应该只遇到活生生的东西，现在却沉湎在一个事先设计好的幻想世界中。他们不是去贪婪地发现这个世界，像一个粗野的神，而是待在家里，被光亮的荧屏所催眠。然而，童年的世界是最广阔的，因为那里穿越着原始的诗，包裹着人们第一次看到的东西。一辆红色的汽车经过，孩子首先看到的，是红色。很难想象这种红色在我们第一次看到它时给我们造成的印象（这是我的第一个陀螺的颜色）。可悲地发现了速度之后，这种闪烁的光亮就不再回来。成年人都知道，事物像生命一样，去了以后还会回来，但对孩子来说就不一样了，一切都好像在不断地说再见。在生命的那个阶段，十秒钟似乎就是永恒，殊不知，前面还有八十年在等待着我们。但在这个幸福的时期，时间还不存在，八十年和一年是一样的。只有真正懂得生活的人，才能看见这无限的时光。觉得时间过得太慢的人，生活在有限的时间里。时间只献给不知道时间的人。电视机前的孩子生活在有限的时间里，因为时间被母亲规定好了，她随时都可以关掉电视机。而孩子一出家门，走出母亲的视线，可能撞见蜻蜓轻舞，或听到鸟儿歌唱，他便重新找到了生命不断的运动，一下子就摆脱了时间的专制统治，直到电视重播——到了看电视的时间。孩子在同一时刻要求得到他每天应得的会动的图像。那是迪士尼时间，让人恼火的商业时间，它变成笑声，钻到孩子的血管里。面对充满孩子日常生活的这种神秘，迪士尼不再是一副严肃的样子，而是露出预先设计好的笑脸。如果给孩子提供的这些形象是人造的，如果给他安排的这些时间由一个系着领带的魔术师所控制，人们会问，这个如此安静地坐在客厅地毯上的孩子，变成了一个什么样的怪物。一半是人，一半是赛璐珞①。人们想象，对于这种节奏，他将做出选择：是要有电视的生活，还是要没有电视的生活。面对电视的孩子背对一切，人们对着他的后背说话，而回答我们的则是他的后背。他懒得转身，甚至听不见跟他说话的声音。他心不在焉：他的心在沃尔特大叔②那里。一个雨天，孩子看了看窗外，发现了孤独，然而，正是这种如此人性的感情让我们变得独一无二，尤其让那些想要我们娱乐的人害怕。欢笑与众人分享，烦恼却只能一个人独自忍受。这种孤独，好像是我们的尊严的来源。

被烧毁的记忆

想在集体时间内（我喜欢未被破坏的时间）创造一种十分个人，几乎是私人的时间，对于老有这种奇怪念头的人，记忆才会存在。个人跟国家一样，好像总想着要跟他人有所区别。似乎我们都想独一无二，而我们遇到的事情却往往相同，于是每个人都以自己的方式，试图在时间的森林里给自己开辟一条秘密的道路。结果，我们的日历上写满了特别事件、生日、重要时刻、圣人或英雄的节日，巧妙地忘记失败和烦恼的时光。一切都来自我们

---

① 塑料的一种，常用于制造玩具、文具等。
② 指迪士尼的创始人沃尔特·迪士尼。

的恐慌，面对那个自生命诞生之初就开始吞噬人类的猛兽，人们感到非常恐惧。那猛兽甚至都不屑露面。看不见的时间比无限广阔但看得见的空间更让我们害怕。如同童话中的小拇指，我们在那个可怕的森林中留下一些白色的卵石，这样，万一时间可以倒流，就可以轻而易举地找到回家的路。我们的大部分精力都被这种需要耐心的重建工作所占据。一想到自己将消失在时间的迷宫里，我们就感到害怕，殊不知，历险一开始，我们就已经迷失了。在路上摆上标志又有什么用呢？既然永远都回不去了。原因是我们不愿意承认这一事实：生命从出生开始，然后便埋头奔向死亡。尽管必然失败，仍继续不懈地与遗忘做斗争。我们只需想想那些日历，那些记事本，那些总结，那些家庭故事和那些被自己的家谱所吸引的人写的个人日记，然后照亮自时间的黑夜到来之后便已被破坏的树木，以便看清我们的坐标。当我们被时间弄得焦虑不堪，我们便点燃了森林之火。试图毁灭森林之后，我们又希望其他动物也与我们同归于尽。这种尝试是徒劳的，因为只需看看母牛圆圆的大眼睛里投向人类的冷淡目光，我们就可知道，在动物界，我们并没有总是被当回事。猫，假装被驯服了，其实从心底里蔑视我们；老虎会毫不犹豫地把我们撕得粉碎；长颈鹿看都不看我们一眼，只有狗仍忠于我们，可它并不是最机灵的。总之，在动物界，在被当作朋友的狗面前，谁都不说什么，结果我们又成了孤家寡人，只有我们自己念念不忘自己。问题在于自我意识太强，并且拒绝死亡。

死亡的时间

时间以很简单的方式提出了死亡问题。我们不能接受我们的生命并不比牛或树更重要这一观点。我们不惜一切代价，想让人们在我们死后仍记得我们。为此，我们似乎准备杀死一半同代人，这就是我们所谓的不朽。就像亚历山大大帝所尝试过的那样，像拿破仑那样，像波尔布特那样，像希特勒那样，这份名单可以不断地开列下去。我们相信人类之间的链接，而它不过是时间的隐喻，免得我们的面孔那么快就从集体记忆中消失。对于上述的那些强人来说，这并不难，因为他们成了马路的名字，地铁的名字，史书上的章节名；但对于芸芸众生来说，就没那么容易了。于是人们便寄望于家庭，想让他们一直把我们清晰地保留在记忆中。可人们有更重要的事情要做，所以不久都对我们转过身去，这就让事情变得有点悲怆了，我们所寻找的永恒就藏在死亡中间。要达到永恒，就得经过死亡。只有在一个老想着死亡的社会中，永恒才存在。让某人不朽，那是让人死上几回。因为他更多是活在媒体上，而不是活在人们的心中。当你问别人，肯尼迪遇刺时他们在哪里，他们会告诉你一系列小小的秘密，但都与肯尼迪毫无关系，而是跟被问的人有关。这种问题的好处，在于它会提醒我们，我们还活着，而肯尼迪已经死了。如果想不朽，似乎就应该死。所以，这个问题不是问死亡的，而是问时间的，记忆脆弱地想让它变得人性一点。

时间的死亡

达到永恒的唯一办法，是取消时间。时间的形成，是因为我们认为某些东西比其他东西更重要。人类的时间是由重要的时刻和不重要的时刻交织而成的，我提醒一句，它与母牛的时间完全不同。取消了这种人为的变化，就取消了死亡。而这种死亡本身也是人类的一种协约。不知道死亡的母牛是不会死的。正如某地秋日某个傍晚的夕阳也不存在一样。存在的，是攫取我们的那种伤感：我们看到的这轮红日与维吉尔当年看到的是同一个太阳。记忆之所以存在，是因为我们认为自己是会死的。只有众神才能做到遗忘，对他们来说，没有任何东西值得惊讶。如果一切都平等，那就不必回忆任何事情。人只有从内心深处认为大家都是平等的，他才能不朽。所以，我们当中任何人的每个动作，我们都是有责任的，无论在世界上的什么地方，无论在什么时代。种族与阶层的参照将立即消失。正如我们每个人的名字。于是，只说男人或女人，我们人类名字的统称，就像我们说母牛或公牛一样。那样人就不会死了，因为每个孩子的诞生对我们来说都是一次新生。试图区别于他人的人，是将人类置于灭亡的境地，他将被逐出本城。

终于，永恒了

四十多年来，中东成了世界的中心。我们都清楚地知道，论争的本质是死亡。不是死亡这一事实，更多的是它对我们的感觉的影响。难道中东人比西方人不怕死？我不这样认为。不同的是他们与时间的关系。中东人消失在时间里。西方人呢？他们想用节约时间的方式来战胜时间。有一点很清楚，就是这两种时间观截然相反，最后让他们成了不共戴天的死敌。你将注意到，他们互相残杀，却从来见不到面，因为他们处于两个不同的时间模式中。谁在现时？谁在过去？永恒将把他们统统吞噬。

不遗忘的艺术

我的童年由未满足的愿望构成。
而最强烈的愿望之一仍然是那辆自行车
红色的
我从未拥有过,并且它也从未消失
于我的记忆中。几十年
之后,我买了一辆红色自行车,它
有时
带着痛心的神情看我。我女儿
有一天来,手里拿着我的一本书,
我在那本书里谈论我的童年。"啊,"她用
一种戏弄人的语气对我说,"我终于明白
为什么会有走廊里那辆红色自行车了,但
我不明白
为什么你从不骑它。"可我这么做了
在我的梦里。现实当中有致死的
毒药
它叫作时间。那辆红色自行车
是八岁时我必须
拥有的。

入 侵 者

三天的雨

　　尽管时间流逝，死亡仍能保存它的新鲜感，齐奥朗对此感到非常惊讶。死亡仍然是人们没有习惯的罕有的事情之一。为什么人们发明了葬礼？每种文化都有它道永别的方式，如果这些仪式在此地是简单的，在别处会令人吃惊地繁复。不要忘记，埋葬一位新近的亡人这一想法可能来自动物。早在法老之前，大象想到了墓穴这种广人之城。人们将这种想法延伸到绘画和雕塑领域（博物馆）以及书籍领域（图书馆）。在某些文化中，葬礼可以持续几个星期，并且哀悼期可以持续如果不是几年至少也有几个月。在另一些文化中，比如在北美洲，身体不过是商人的一件产品，人们大大简化了葬礼程序。今天，这可以归纳为一小群人，与其说悲伤，不如说急迫，他们打着黑伞，在殡仪馆门口等出租车，前往饭店，因为人们从古代起就知道，葬礼会让人肚子饿。我们无法避免两个时刻：出生和死亡。入口和出口，无神论者认为那是进口和出口，神秘主义者觉得那是旅行的出发和返回。两点之间是人类的历险。这种明晰将来有一天会捉弄蒙田，他几乎把生死之间的这段时间沦为虚无，而死亡其实代表着我们的生命。他还指出，我们甚至在出生的那一刻就已开始死亡。下了三天雨之后，这种思考自然会落到你的头上。您站在窗边看大街，直到狗要求带它出去。

细节的海洋

马尔罗①把人说成是"一堆小小的秘密"，这让我起了疑心。他的这种说法长久地吸引着我，后来我发现，还有另一个东西比秘密对人的侵蚀更大，那就是细节。秘密是孤立的，而细节却是群居的。一个细节总是隐藏着另外几百万个细节。我们常常想起隐藏在我们身上的某个秘密，却忘了细节这种微小的东西到处钻进我们的身体，经受时间的考验。秘密以道德为基础，而细节是一种随便捕捉来的信息，数量越多才越强大。可它们是从哪儿钻进我们的身体的呢？往往是通过眼睛，但其他感官也能捕捉细节。那些东西当时似乎毫无用处，但在我们不知不觉的情况下，慢慢地占据了我们的记忆。所以，从我们的记忆中抹去某个特定的细节，有时是相当困难的，因为它也有自己的生命。我们的智慧，这伟大的译码员，对它完全没有办法。大脑无法对付这一进犯者。一个正常的中年人，会在大脑中储存成千上万个细节，它们不断地运动，最后

---

① 安德烈·马尔罗（1901—1976），法国作家，曾任法国文化部部长。

以完全混乱的方式遍布全身。所以，尽管事实很明显，朋友们也给出了忠告，我们还是认准了某某人是为我们而生的。这是因为细节绕过理智，触及我们的感官，其逻辑往往是无法预料的。有时，引起我们注意的是一个无伤大雅的怪癖：比如说，对方拿叉子的方式。这一细节，第一次烛光晚餐时就注意到了，它深入我们的大脑，几年后，当我们寻找分手的充分理由时，它才冒出来。微不足道的细节成了暴露问题的细节。当然，我这里所说的"细节"是单数的，而事实上细节从不"单行"。叉子的样子出现在我们的脑海里，与其相伴的是无数小小的细节，它们抱成一团，变成明显的事实。有手，有微笑，有斜斜地穿过来照到床单上的阳光，那天正好在剪发。后来，人们想起了所有的细节，坐实了那个揭露问题的细节。一切都细细地过滤。一个充满了那么多激情的场景，竟然只持续了几秒钟，这不禁让人惊讶。如果说，相遇是幸福的时光，千万别忘了分手时，重新查看那个场景的，是充满敌意的大脑。细节不断地更换形状和颜色，而秘密仍然是秘密，除非它随着时间变硬了。

沉睡的元凶

当然，人们会琢磨，在黑暗中沉睡多年，然后出现在阳光下的细节藏在什么地方。人们会问，这些年来，它深埋在我们哪个不幸的角落？为什么我们这么需要它来弄清某个事实真相的时候它不出现？它能准确地还原已被回忆歪曲的东西吗？细节能让人进行最后的对证，因为它最后能让逻辑闭嘴。在阿加莎·克里斯蒂的小说中是这样，在电视剧《神探可伦坡》[①]中也同样，当人们最后拿出细节时，大家都惊呆了。罪犯不得不承认，要不就逃跑。原形毕露。有时，是酒杯或香烟上口红的痕迹，或者是遗忘在犯罪现场的个人物品。人们总是会忘记细节，不可能每个细节都记得。而且，细节本身总是微不足道，只有成了告密者，它才有用。细节会暴露秘密。有时，秘密为了隐蔽自己，会采取细节的形式。除非它继续在黑暗中闪亮，但即使在光亮底下，我们也看不清细节。人们试图把细节藏在意识的褶皱里，而细节会变得跟隐藏它的时间一样灰暗。不说出来，细节就不会马上被发现，就像秘密（秘密总是被悄悄地说出来）。有时，它会毫无道理地出现，可以感觉到它在空中颤抖。于是，我们的整个身体也跟着颤抖起来。由于那个词来到了我们的舌尖，细节也摇摇晃晃地站起来，呼之欲出。就这样，它在光与影之间摇晃了很长时间，然后倒地，往这边倒还是往那边倒，看它自己喜欢。我们的生活受一堆被遗忘的细节支配（我的汽车钥匙放哪儿去了？），它们最后会占据我们的思想与感觉。女

---

① 《神探可伦坡》，美国经典电视剧，讲述不修边幅的神探可伦坡总是以敏锐的推理能力侦破各种案件，让犯人无从抵赖。

性很容易发现细节。为什么是女人？因为她们对时间的流逝非常敏感，也就是说对身体的美很敏感（这是一件不公平的事情）；也因为她们肩扛着日常生活的沉重负担。没有她们的记性，生活每天早上都要重新来过。甚至出门之后，孩子们还继续打电话给她们，想知道自己是否染上了疾病，是否打过疫苗，是否有什么过敏反应。她们不会像她们自己以为的那样忘事，而是想起的东西太多。四十岁了，人们还打电话给母亲，想回忆起童年时期的某些细节。她们不单要记住自己的生活，还要记住亲友的生活。如果细节在什么地方会给人造成伤害，那就是在政界。政治，就是被迫面对显微镜的扩音器。一方面是大计划、大梦想，另一方面是细节，它毫无理由地扩大，最后充盈整个空间。发生在私人空间的一件个人小事，对市长来说会变成一件市政府的大事，对总理来说会变成一件国家大事，对比尔·克林顿来说会变成世界大事，最后在相当长的时间里让人难忘。几年后，当这一细节恢复其正常大小，人们会想，是什么让我们把这么小的细节变成了那么重要的大事。尤其是假如当时世界正经历血与火的考验，六分之一的人口正慢慢地死于营养不良。最后一个细节：如何才能忘记一个死去的朋友的电话号码？

渴望周游世界

不知道为什么，一段时间以来，这个念头老折磨着我，尤其是在夜晚。我觉得，由于标新立异的东西越来越多，对表演太过重视，我们的社会远离了简单的生活。博尔赫斯[①]说，机智的奥德修斯在地中海沿岸流浪多年，见过极漂亮的王国，享受过巨大的快乐，回到自己的村庄——"绿色简朴的伊萨克"后，不禁泪流满面。这是因为不可能从成年人的心中夺走他的童年，他的梦想，他布满星星的天空和圆圆的月亮。所有的成年人，不管是什么样的人，心中都藏有这样宝贝。某种取之不尽的宝藏，不属于任何人，只在极端的情况下才会出现。一个孩子，在没有电的非洲乡村，看到的天空比任何地方的星星都多。人造的光亮越少，月亮便越明亮。巴黎被当作是光明之城，是因为路灯代替了星星。任何一个游泳池都无法与加勒比海岸青绿色的大海媲美，尽管海边的村庄整村整村人被饿死。甚至连语言也服从这种矛盾的逻辑：表达方式越是贫乏，思想就越丰富。一天，博尔赫斯发现，重要的词汇往往都很短，比如：天，大海，月亮，大地，树木，心，性，饥饿，水……当心太长的词，它们往往用来掩饰

[①] 豪尔赫·路易斯·博尔赫斯（1899—1986），阿根廷作家、翻译家。

某种没用的产品。我越来越经常地问自己：人们向我们推销这些新奇的玩意儿，是想掩饰什么？还有一个晚上，我在电视上看见一个男人在凌晨3点的时候，大汗淋漓地叫嚷着，想卖我六十九把刀。各种大小的刀，什么用途的都有。如果我们的厨房需要六十九把刀，那我们该生活在什么样的世界上啊？我们只需利希滕贝格刀："一种没有把、没有刀锋的刀"，而且非常便宜。有一段时间，直到20世纪中期都如此，孩子可以梦想出海，随便乘坐哪艘船。小说中全是小水手，他们与暴风雨搏斗之后回到家中，因阳光、海盐和水手的艰辛，他们的脸都起了皱纹。大家都梦想旅行，孩子的目光总是深蓝色的。他的房间里有一张大地图，上面满是五颜六色的大头针，插在他打算探访的每座城市上。头脑中充满历险的梦想，在兴奋中睡着。我们的房间布置成船的样子，每天晚上都在船上航行。后来，我们读到了波德莱尔的这首诗：

> 对喜欢地图和版画的孩子来说，
> 宇宙等于他巨大的胃口。
> 啊，灯光下的世界多大！
> 回忆的眼中世界却那么小！

在穷人的国度旅游

我好像觉得，信息技术越发达，我们的世界就越小。因为我们还没有到那个地方，就对那个地方了如指掌了。当我们觉得某个地方没有什么值得看的东西时，我们就不会去那里旅游了。只有一系列数字在诉说着它的贫困。有人说，他们去那里旅游，仅仅是为了帮助穷人，回家时却洋洋得意，因为只用了一点点钱就买到了漂亮的小饰物。女摊贩感到很高兴，因为对方虽然压低了她的东西的价格，但跟她免费聊天了。这完全是瞎编出来的故事。如果真想帮助她浮出水面——这也可以成为一个不错的话题——为什么总是不提高价格呢？她卖东西并不是为了找乐子，那是她的谋生手段，市场也不是游戏场。这是一个普通的女商贩，其目的是把她的东西卖出一个好价钱。行行好，别把她当作一个傻瓜。如果她似乎对你阴险的玩笑感到有趣，那是因为她想方设法把她的东西卖出去。再说，也没有人强迫你上当受骗。

想用当地的价格买到这串项链，这种想法也是不对的，因为他们工资水平跟你那里不一样，而且你不用缴任何的税，所以应该准备多付一点。在蓝色的海水中游泳，避开了没有商量的15%的小费，用不到家乡四分之一的价钱吃到了热带水果，这毕竟是让人高兴的事。是的，你是买了机票，但票款并没有落到果农的口袋里，而是进了加拿大航空公司、法国航空公司或美国联合航空公司的钱箱。能在办公室自夸帮助了一无所有的人——是的，夫人，他们确实是一无所有——他们就更开心了。

这是一种慈善，会带来巨大的回报。好吧，我愿意。这主张来自他人，我们发现他一无所有——一个用来形容个人也用来形容国家的成语。那些人我们甚至都不认识；那些国家我们从来没有去过。我们会说他们处于困难之中，而这仅仅是经济困难，也就是说他们等着我们的钱，否则生活不下去。生活，要配得上叫作生活，需要最低程度的舒适。好吧，就算是这样！但由谁来确定这种最低限度的舒适呢？它应该由什么来组成？千万不能是那些似乎在自己的生活舞台上扮演影子的人，那些人，人们仅根据他们对生活的希望来概括他们。你们生活的时间越短，要抱怨的事情就越多。这千真万确，但反之也可能千真万确。总之，走着瞧吧！我不知道人们是从什么时候开始怜悯甚至自己都不认识的人的。只需想想那些关于据说很贫穷的南部国家，关于人们挚爱的那些民族的报道；想想说着同一件事的那些报道：我们的境况比他们要好得多。让我们说得更明白一点：我们比他们活得好。如果这会让那些真正有同情心的人感到伤心，那么它也会让那些把生活看作奥林匹克竞技场的人高兴，因为他们要在每个项目的比赛中都获得金牌。结果是一样的：我们说的是我们不认识的人。那些人生活在独裁统治中，没有体面的工作，健康和教育方面都有问题，但光知道这些并不足以了解他们。如果人生无非如此，生命也就没有价值了。谁会去考虑那些人的梦想的质量有多高，他们短暂的生命中感情又有多强烈？当平原燃起熊熊烈火，欲望的力量会有多大？生命是神秘的，失望是强大的。对有些人来说，生活就像徒手去抓掉在地上的电线。这会遭到巨大的电击。别的人却能更好地得到保护，所以活得更久。但对大家来说，这是同样的历险——以出生开始、死亡结束的人生历险。生活就是介于生死之间的东西，谁也无法掂量。

捕捉瞬间的艺术

我和我四岁的女儿
在迈阿密
一个人工湖周围散步,
这座城市
也相当人工。手牵手,但大家
都有自己的心思。
而我们想要的全部,就是分享此刻。
突然,我看见她向一朵花俯身。
用那么大力气嗅着花儿
我想会看到花儿渗入她体内。
这一切持续了十秒钟,可我觉得
如果有人拍下这一段
并且用极慢的速度重放,
就可以区分这一场景的每个步骤,
使我们得以观察她
每个准确的姿势里年轻猫科动物的
能力。对这朵花儿来说
这一瞬间意味着永恒,而我在这一刻
及时瞥见了我女儿
异常平静的脸。

群体生活

蜂　箱

　　我喜欢生活在城市里。社会关系网复杂，人群拥挤，充满活力。好像城市从不曾完全睡着：总有人在动。生活在城市里的那些人，主要来自有点儿处于沉睡状态的外省小城。他们进城的第一个反应就是惊慌。外省人批评大城市，说它日夜喧嚣不停，他们忘了挤满大城市的人大多是他们自己的孩子，那些孩子受够了农村里那种人人都在紧闭的百叶窗后监视别人的令人窒息的气氛。尤其是烦恼漫长的星期天，生活好像永远静止不动了。可生活在一个大城市，就像刚刚勉强拿到驾照的人在高速公路上开车，吓得浑身发抖，直至明白自己占据着一个安全有限的空间（他的汽车跟着一辆小货车，后面有一辆卡车），而这个空间是属于他的。只要在路上继续行驶，就可以成为让所有准备钻到车流中的新司机恐惧的魔鬼，就像几分钟前的自己。我们有一天全都离开了家，离开那个已经建立起自己的规则的地方，前往某个在我们到达之前一切都已经被周密安排好的地点。手记：别理那些装作搭了这个脚手架的伪雅者。他们知道得越少，就越想让人相信他们在管事。如果一切都不过是律法和规则,我们无疑行驶在一个狭长的地带,但周围却由我们的梦和欲望编织而成。

群　体

我不知道为什么群体会让我那么吃惊,我在想那是个什么东西,直到有一天人们把它介绍给我。

"达尼·拉费里埃,这是群体。"

"群体,这是达尼·拉费里埃。"

我看见,当数百万双眼睛盯着我的时候,数百万双手向我伸来。要研究群体,就得用上所有的学科:生物学、社会学、经济学、心理分析学,当然还有政治学。因为我觉得,如同别的任何公民一样,群体也是靠梦想和幻想生活的。但奇怪的是,虽然群体是由一定领土上的所有个体组成的,人们却不能把它当作是一个活生生的东西。今天,它就在我面前,我要把这怪物迅速地拍摄下来。这怪物,你们都知道,他和正在说话的那个人完全不一样。他只有一只眼睛,却像有三只眼睛。他必须要有一对,否则舍不得让他去竞技或死去。谁都逃不脱群体的眼睛,因为它总是盯着个人。无论在哪里,也不管在什么时候,总有人看着你或见过你,并以社会的名义作对你不利的证明。

群体永远不死。那是一个丛林,每个人都在不同的时刻在那里成为受害者或杀人犯。除了流亡,人们无法逃脱。在那里，群体甚至会在半夜里妨碍你休息，它化身为各种形态，比如内疚、思念或永久的哀伤，因为离开家乡的时候忘了什么东西（一张照片、一块手表或没有向朋友告别）。现在，真的，这个群体就在我面前。我首先注意到的，是它不能同时使用感官。它就像个机器人，一次只能执行一个命令。个体有多灵活、多主动，群体的动作就有多慢。因为组成群体的个人不可能在同一个时刻全都朝一个方向走。这个人往东，那个人想往西，第三人则朝南。当这个人感到精神饱满，以为到了改变世界的时刻，另一个人却想午休；这个人死的时候，另一个人刚刚诞生；有人相信上帝，有人相信魔鬼，第三个人什么都不信；这个人胃口好，那个人吃东西像麻雀或时尚模特儿；这个人到了性高潮，另一个人却在自杀；这个人强烈渴望公平正义，希望社会进步得更快一些，那个人好像满足于现状，愿意一切原地踏步。

　　我注意到，有时候，群体表现得比我们当中的任何一个人还要笨拙；但有时候（这种情况非常罕见），它却显得比我们当中最精明的人还要灵敏。在社会发生危险、处于紧张的时期，群体会表现得比个人更克制。有时，一场平静的示威会被一小撮捣乱分子所破坏。在这方面，群体最让我们惊讶的是，它那时会在政治上显得格外谨慎。数百万选民怎么能找到办法把一个梨子切成两半？这一刀切得那么准，人们还以为是一个天才的会计切的。那个时候，人们自问，群体驳回在这之前一直拒绝和解的两国交战者，究竟想让我们明白什么。有时，它表现得像个爱开玩笑的顽童，嘲笑抽样调查和虚荣的精英们，把藏在幕后的候选人推到幕前。但大多数时候，群体好像蹲在岁月的泥潭中，就像盛夏时节的老河马，只对灰暗的现实懒懒地睁开一只眼：个体的日常生活。突然，一件不公平的事情把它唤醒，不一定要跟以前的类似事情有什么区别。可能是一个在地图上几乎找不到的小国家遭到了厄运的打击。一个据说值得信赖的公民，只要在电视上讲述几分钟这种人类悲剧，群体的心就会停止跳动几秒钟。接着是特写镜头，一个母亲为孩子的死亡而哭得死去活来。这时，群体重新开始活动了。恐怖需要有一张脸才能触动群体。于是，群体掏空口袋，心情沉重。一段时间以后，人们会问自己，面对发生在自己眼前的如此巨大的不幸，为什么会无动于衷，而有时候，他们就是这种不幸的始作俑者。

正如我曾说过的那样：群体行走在狭窄的走廊上，既看不见左边，也看不见右边，好像常常失忆。它听到的时候便看不见。我们面对的是一个冷酷的、顽固的、狭隘的、吝啬的群体，所以人们为它而脸红。公民只有在他觉得群体如同他的孪生兄弟，有共同的理想，进行同样的斗争时才会认可它。人们常常忘了，社会是由一个有弹性的东西、众多相反的想法和不同的节奏组成的。群体尽管象征着这一切都处于平衡状态，但仍像任何个体一样，有自己的脾气。有些晚上，它会气呼呼地早早上床睡觉。内部敌对团体的冲突激烈得要撕破社会的身体组织，造成了又长又深的伤口。于是，群体痛苦得瑟瑟发抖。罢工爆发，就像皮肤上的热疮。此刻，它最需要的是一点温柔。但谁能拥抱这巨大的病躯呢？人们不无忧虑地问，群体是否会死去或坠入爱情？有时，群体会为了一个想倾心于它的个体而昏了头脑，但这种情况太少见了，如果有，也堪称是历史时刻。更常见的是，群体在周六晚上出去与坏人为伍，穿着褐色或黑色的衬衣（有时不穿衬衣），然后在星期天做完弥撒后回来和家人吃饭。在星期六的狂热和星期天的平静之间，有分析家认为，正是在这个短暂的时间之内，一个国家会发生动摇，失去数十年积累的财富。所以，一个流氓（长着希特勒那样的胡子）也可能会吸引群体。请注意，如今，这个流氓出现的时候会衣冠楚楚，提着令人放心的公文包，露出亲切的微笑，然后签约卖掉了你的灵魂（尽管说出"灵魂"这个词具有破坏性或显得可笑），最后飘着香水味扬长而去。就更个人的层面来说，群体有时会逼个体自杀，猛地从胸前把他扔到地上。今天，大家都承认，个人与集体的决斗永远不会停止，但我终于可以在这个星期六下午抓住群体的手了。

很高兴认识你！

历史性的时刻

今晚，我想一个人静静地接近奥巴马。我觉得，尽管他身边的人群密不透风，他已经处于权力冰冷的孤独之中。我读着他那篇不长的论文《论美国的种族》，那其实是一篇费城演讲。我用眼角观察着小屏幕上的他。我调低了音响，因为我觉得语言已经不需要。在他的脸上，流露着从小就在我的血管中流淌的胜利。从1503年开始，在三个多世纪中，黑人条约让非洲的战士全都变成了美国的奴隶。欧洲殖民者强加的繁重劳动让印第安人大批累死。人们好像招来一些能在恶劣气候下进行高强度劳动的黑人，那里不是冷得要命就是热得要死。

但美国没想到，在吸收了整个种族的能量的同时，它也将制造一个永远躲避不了的麻烦：种族主义。当种族主义与加尔文主义①合在一起的时候，当虚伪与内疚混淆在一起，就会形成鸡尾酒炸弹。第一次爆炸发生在1861年美国国内战争前夕，那时，北方进攻南方，亚伯拉罕·林肯显得不同凡响，他冒犯家人，解放了奴隶。奴隶大量移民到北方，成了工人。这并不一定是好事。他们住在工厂附

---

① 法国著名宗教改革家、神学家约翰·加尔文的许多主张的统称，在不同的讨论中有不同的意义，在现代神学论述习惯中，加尔文主义的意思是指"救赎预定论"跟"救恩独作说"。

近，天不亮就起床干活，几乎要到干到深夜。奴隶制结束之后的一段时间里，他们互相安慰，听着贝西·史密斯①忧伤的音乐、杜克·艾林顿②充满阳光的音乐、查理·帕克③悲哀的音乐，之后是迈尔斯·戴维斯④痛苦的音乐。在美国南部，种族隔离仍然盛行。黑人无权跟白人呼吸同样的空气，他们毕生都被一道看不见的墙所隔开。大家都知道自己该待在什么地方。如果越界，三K党就会出现。三K党在南部各州到处制造恐怖。结果，1955年12月的一天，一个名叫罗萨·帕克斯的年轻妇女，觉得留给黑人的空间过于拥挤，想到一半是空的白人区寻找落脚之处。司机命令她下车，她冷静地拒绝了。警察逮捕了她。此事加速了关于公民权利的漫长斗争，这一斗争借助马丁·路德·金牧师"我有一个梦想"的演说达到了高峰。

那场演讲给了希望以梦想的翅膀。从50年代末开始，整个美国都开始动摇。华特的血腥示威⑤，汤米·史密

---

① 贝西·史密斯（1894—1937），美国黑人，布鲁斯和爵士乐歌手。
② 杜克·艾林顿（1899—1974），美国黑人作曲家、钢琴家，爵士乐史中最有影响的人物之一。
③ 查理·帕克（1920—1955），美国中音萨克斯演奏家，对波普爵士乐的贡献很大，作品主要有《查理·帕克：神奇的萨克斯》等。
④ 迈尔斯·戴维斯（1926—1991），美国黑人，小号演奏家，素有"黑暗王子"之称，爵士乐发展过程上一位重要人物。
⑤ 1965年8月11日至16日，一名因抢劫被假释的非裔美国人马奎特·弗莱在洛杉矶华特地区因危险驾驶而被迫停车，原本的路边争吵升级为与当地警察的斗争，随后便引发了六天的内乱。

斯①在奥运会领奖台上挥舞着戴黑手套的拳头，为打破学校里的种族隔离而进行的斗争（黑人儿童在国民警卫队的护送下进入新学校），马尔科姆·艾克斯②及之后的马丁·路德·金被暗杀。在他们的灰烬中，一只年轻的老虎腾空而起，那就是穆罕默德·阿里③。从70年代开始，巨大的变化发生了。好莱坞动了起来，越来越多的黑人演员上了电视。体育和音乐也是如此。但在日常生活中，什么都没变。黑人一直生活在最穷的街区，暴力与毒品横行。他们继续填满监狱和医院。在这样的经济和社会环境下，马丁·路德·金的梦想好像跌入了谷底。就在这时，让所有人都没想到的是，出现了伊利诺伊州的这个又高又瘦的年轻人。他常常穿着一件白衬衣，说话的时候喜欢张开双臂。他的微笑忽而热情，忽而残酷。全部的美国人，或者说几乎美国全国，都把他当作是带他们走出沙漠的人。

他领导着这场累人的选举运动，却显得十分轻松，让人觉得他能承担这样的任务。贝拉克·奥巴马，对，他就叫这个名字，他在那天晚上成了美国的第44任总统。这

---

① 美国黑人运动员，1968年墨西哥奥运会200米夺冠后，他在颁奖仪式上做出了支持黑人维权运动的手势，让许多人记忆犹新。

② 马尔科姆·艾克斯（1925—1965），美国北部黑人领袖，与南部的马丁·路德·金并称为20世纪中期美国历史上最著名的两位黑人领导人。与金的非暴力斗争策略形成鲜明的对照，艾克斯主张通过以暴力革命的方式获取黑人的权利。

③ 穆罕默德·阿里（1942—2016），美国黑人，著名拳击运动员、拳王。

就是美国黑人史上那个漫长的血腥之夜的目的，或仅仅是一个步骤？我在这里说的不是常见的被现实网住的政治人物，而是他的选举胜利所带来的历史性时刻。在奥巴马身后，我们感到有许多人——来投他票的所有的人。这一时刻之所以是历史性的，并不是由于奥巴马，而是由于数百万不同种族、不同阶层、不同出身的人在美国投了一个奴隶后裔的票，而我们知道，这个国家现在仍受种族主义之害。他们首先是为自己投票，为了改变自己的生活，并由此改变自己国家的生活。所以，他们跟他一样，也要为这场投票负责。他们不能仅仅投个票，然后就回家不慌不忙地坐在家门前看游行。得由他们来把这一天变成历史性的时刻。

朋友的面孔

这是一个有点矮壮的男人，但很忠诚，老实得无以复加，我母亲曾说。我父亲突然流亡之后，他便经常来看她。他是父亲童年的朋友，说话的口气总那么冷酷无情，说什么都这样，不管是说云在天上跑，还是说现任独裁者最近做的坏事。从不妥协，他不断地这样重复。他当然反对所有抽象的观念，理由很简单，那些东西没有任何用处。椅子，可以存在，他说，因为我们在上面坐。思想呢，不管是好是坏，假如你既没有钱也没有权，那就屁都不如。诗歌会让他感到困惑，不可思议的是，他指出，它竟然能让那么多人感兴趣，尤其是那些赤贫者。对他来说，爱情是一种任性，太奇特了，只有那些游手好闲的人才会产生爱情。一个忙于生计的人只能产生一些感觉，谈情说爱，那是上流社会的事。我听到他说这番话时才十二岁，要一次性解决这个问题，但这个问题似乎对他还是有影响，心太累了，一天到晚忙得要死，不该去管这些多余的事。他是这样看待爱情的：强迫心去加班的劳动。他是在一个妓院里死去的。试图去找回来的感觉，可能会比失去的感觉更糟糕（毒瘾君对此有体会）。现实生活其实是由一系列虚构的事情组成的，我们得花多少时间才能明白这一点？我们觉得我们遇到的一切都是真的，别人却在虚构自己的生活。问题是，不管怎么努力，我们都无法触及别人的痛苦。封闭的世界。我们只能用自己的感觉来理解这个世界。但我得承认，此人还是懂友情的。他来自巴拉代尔，我父亲的家乡。他们从小一起手拉手走路。母亲告诉我一件逸事：一天，父亲和这个朋友去马里阿尼，这个朋友对他说：

"温萨，你不觉有点激动吗？"

"为什么这样问？"我父亲说。

"我感到有股小火直往上蹿。"

"你现在说这话了。"父亲笑着补充说。

过了一会儿，他又说：

"啊,我现在感觉不到了。"

父亲摇下他那辆旧雪佛兰的车窗,说:"我也同样。"那辆车是他们俩一起供养的。

他是跟我父亲同时死的。

"我一点都不感到惊奇。"母亲得知这一消息时说。

睡在吊床上的艺术

钻进去找到睡意
这还不够。
身体应该愿意贴合
吊床的形状,
而精神应能放松。
在吊床上,
不思考,不沉思,
仅仅待在那儿。
变得和在空气中跳舞的
无忧无虑的叶子一样轻。
手指
在尘埃中画着符号。
在我们的眼皮底下
是蚂蚁,是蚯蚓,
整个的地下世界。
在我们头顶,是风
吹动着香蕉树的阔叶,
是浮云,是广阔的天
和不能长时间盯着看的太阳。
可以听到孩子们

在玉米地那头的
小河里嬉戏喧闹。
而正是这种不知道来源的音乐
使您睡得
比死亡更深。

一见钟情的来源

夏天不是一年当中的郊区

北方之爱

在西方,从青春期开始,男孩们便聚集在锻炼身体的场所:体育馆。他们跑啊、跳啊、游泳啊、搏斗啊,精力旺盛得很。回家后,胃口大得比得上四个人,然后一头栽倒在床。身上的味道很重,睡眠很深,呼吸很长。醒来之前总会做色情的梦。女孩呢,那就要智性多了,她们没完没了地煲电话粥(由于电话的名称每个季节都要变,我都不知道怎么叫它了),详尽分析某个以没有秘密著称的男孩的每个动作。这种二重唱(有时是长时间的独白)往往会持续一整个晚上,最后她们在黎明时分才精疲力竭、披头散发地扔下主人公。这样一种生活方式只能导致轻微的压抑。春心荡漾的少女快乐尖叫,意味着经过床单下的沮丧期之后,生活恢复了正常。她们曾把自己关在房间里绝食(夏天快到的时候,怎么瘦也不过分,爱情的痛苦可以加速这一进程),伴随着半夜里的吼叫。青春期会改变一切,这并不是什么新的说法。跟生活签订的这一新合同,如同模特儿和摇滚明星结婚一样复杂,充满陷阱。只是这里的合同完全不用书写,也不用好莱坞的一群公证人。至于青少年这一昏睡的动物，他们把时间浪费在抱怨上，最普通的想法也不能做到底，他们会突然变得像一头危险的野兽，似乎刚刚想起留在血液中的信息。跳舞开始了，以便让人类生存下去。怎么做才能让两个那么不一样的人互相接近，最后赤忱相见，亲密无间？尤其是怎么做才能让他们在跳舞之后——那是对殊死斗争的模拟，不再试图互相残杀？有时，他们是会这样做的。

南方之爱

在第三世界国家，对女孩来说，爱情只持续到十二三岁。对男孩来说，可以直到九十岁。十三岁之后，也许更早，也就是第一次月经来了之后，女孩的感情就成了一件公开的事情。她必须遵守的规定，当然有所变化，是由父母（他们并不总是一致）和邻居，总之是社会制定的。有时，她完全不知道这出戏，虽然自己是主角，却是在她不知情的情况下上演的。当母亲的马上就对这件事情做主了，心知这是一座丛林，不可能盯着每一头捕食性动物。还不包括在月亮鼓励的目光下，那种淡紫色的欲望，它会促使少女去面对死刑。最后的对策是，母亲告诉她，应该自我保护，在某种程度上来说，要避免白白地把自己的贞操献给小白脸，因为其他人虽然没那么有趣，但更稳定，准备为此付出代价。她的双腿间（为了更加易懂，这里避免辞藻华丽的比喻）也许夹着全家的命运。如果这个游戏她玩得好，她便可以切断饥饿这只章鱼的脑袋。吃饭是一种毒瘾，每六个小时邪恶地循环一次。每天三餐，每隔六个小时一餐，最后六个小时留给睡眠。可以省略一餐或两餐，但总要让这头野兽吃饱。请马上这样想一想：任何戒毒治疗都是不可能的。我们是些要吃要喝的动物，其他都是多余。人们可以战胜一切，但战胜不了死亡。在西方，争论是斜着来的，谁都不敢直接面对牛角。确实，这个问题只触及一小部分躲在贫民区的人，它往往在大城市的周围。它涉及的是一些没文化的弱者，在某种情况下，他们很孤独。而国家却只满足于在伤口上贴橡皮胶，而有的伤口相当严重。我在这里听到一些抗议的声音，说我们生活在一个平等的社会里，比如说在蒙特利尔。我们是平等的，但被关在街区里，四周都是看不见的路障。尽管事情很明显，有的人仍然怀疑。人们相信，贫困只出现在第三世界，虽然不否认西方也有贫困人口，但他们会告诉你，这只涉及很少一部分人。我总是想，这样的说法是否是用来安慰大家，让大家放下心来，或仅仅是想说，没有一个社会是完美的，所以应该适应它。这不是我开始想说的话，我原先想说的是第三世界的爱情。不过，我觉得并没有离题太远，爱情与饥饿之间有紧密的联系。总之，哪怕是在富裕的阶层，情人们也用这种比喻来描述他们的食欲：我渴望你，我想吃了你，我要吞了你，我想念你。好像爱情来自贫穷的阶层，那里的人总是感到饥饿。好像爱情来自生命的南方。

激情取代了时间

爱情需要有一张脸；欲望需要的是一个夜晚。从最初的一瞥到第一个吻，两者之间流淌着一条河流。但如果没有初吻，欲望便会变成激情，孤独地在动荡的夜间撒欢。那爱情与欲望有什么区别呢？世界上不存在没有欲望的爱，但没有爱的欲望却是有的。这就让欲望显得更加自由，可以不付诸行动。想来的时候来，想走的时候走。但有时，这种任性会撞在时间的墙上。遥远的时间会让欲望沮丧，它会用当下的时间裹起自身，进行报复，直至使其窒息。当渴望的人不在眼前，人们会觉得钻到了一块由空虚和烦恼编织的灰布当中。但这个人一旦出现，时间便会立马停止，就像一匹奔跑的马突然看见一只雄伟的老虎。色彩淡了，声音弱了，背景消失了。激情取代了时间，然后产生了这种印象，好像进入了另一个维度。这个被禁的吻消除了白天和黑夜的界限。爱情来自白天，欲望来自黑夜，这样说未免有些草率，因为夜晚也可能是一个门窗在正午紧闭的房间。经过了第一个阶段，爱情渴望的就是出现在阳光底下。而欲望，经过激烈的角逐，到了最后，只剩下内心深处的秘密和在暗中低怨的阴谋。这种欲望会不断地设法颠覆既有的一切权力，而它自己虽然梦想权力，但同时也怀疑，权力一旦获得，便不会持久。欲望感到舒服了，也就到了该消失的时候。总会有新的欲望藏在暗处，试图颠覆刚刚建立的秩序。在这块波斯地毯上，人们看得很清楚，国王正看着朝臣，而朝臣正看着王后，但朝臣没看见年轻的侍从正用眼角观察着整个场面。这个年轻侍从的感觉只要处于欲望状态，就仍具有破坏性。但让国王感到不安的是，他发现了王后属于对她有欲望的人，尽管自己经过时引起风暴，但她并不一定总能意识到。王后的长裙就是火与灰烬的航迹，由于没有人能够碰她，火并的激烈程度只会与日俱增，因为她属于所有的人。王后可以成为最后一个奴隶想入非非的对象，这个奴隶在自己心中的电影里，可以把她变成自己的奴隶。但国王也在这个侍从的目光中看到了这种兽性的光芒。现在，看王后的不再是一个侍从，而是一个强烈渴望女人的男人。那种强烈的激情是国王所缺少的。侍从的欲望重新燃起了国王内心的热情。这一切都在王后的不知不觉中发生。欲望有自己独立的生命。

空气中有三K党的味道

由于我太害羞，母亲组织了不少小型聚会，但没什么效果。大家坐下来，面面相觑。男孩一边，女孩一边，中间是一小群成年人在回忆已逝的青春,目的是想让我适应当地诗人雷翁·拉罗(他毕生都相信自己是普鲁斯特书中的一个人物)所说的"花季少女的春天"。她们全是街坊邻居,应该说都很可爱,受过良好教育。我现在还在想,为什么我只对一个从来没有被母亲邀请过的女孩感兴趣,而且我自己也觉得她非常普通。可为了能走到她身边,我愿意赴汤蹈火。我头昏脑涨,她只要扫我一眼,就能把我变成孤儿。

我想,母亲怎么也想不到(其实,她一开始就知道),这种战栗抹去了所有回忆,以便更好地抓住火热的当下。我的性器官开始说话了,我用心灵来回答它。一个朋友悄悄地对我耳语:"欲望从山上下来了。"那天晚上,我下了山,就像一个年轻、无情的神,十分自信。

太子港的天空告诉我们,暴风雨快来了。空气中有三K党和茉莉花的味道。我经过市场旁边的那家电影院门口,一个月来,那里一直在放映同一部侦探电影。海报上有个红色的吻,我觉得是个好兆头。我赤脚走在火炭上。一切都把我拉回到那个漂亮女孩的身体旁边。最后一刻,我的心无缘由地跳了起来,胸很闷,双手出汗。我的眼睛已经看穿我的大脑不愿意破译的东西。我死了,心里只有把我消耗殆尽的失落感。看到右边的那个影子,我明白了:那个漂亮的女孩从山上下来了。可她并非独自一人,这就像朝我胸口捅了一刀。我奄奄一息,尽管那些诗人已经占了我们的书架几百年，我们却只有这个陈旧的比喻来表达这种妒忌：一刀捅在胸口上。这对我来说是件新鲜事。我抓住每一根稻草，否则会在内心的泪水中淹死。我的虚荣心太强了，不愿让人看到我的痛苦。我在墙上看到了他们奇特的身影。一个俩脑袋、四只手的怪物，双重目光，就像一面镜子永远倒映着同样的东西。他们互相拥抱着。我不能否认这么明显的事实。我僵在那里，直到她回来看到了我。她朝我笑笑，这种笑是那么温柔，让我的心又猛烈地跳动起来。我又开始生气。那个女孩不懂廉耻，母亲做得对。然而，比起我母亲不断地给我介绍的那些女孩，我还是更喜欢她。我越讨厌她便越想念她，我越想念她就越不讨厌她。啊，天哪，甚至连我有时都觉得她太粗俗。举止不优雅就是粗俗吗？只是她的环境不优雅罢了。

然而，让我感兴趣的却是这个世界。离开我母亲那么着迷的这个优雅的世界怎么还能活得下去？雷翁·拉罗在他的每周纪事中提到过那个世界。我母亲是很讲究优雅的人，她不明白我怎么会对一个那么粗俗的女孩有如此强烈的感情。我们这个世界所说的优雅——怎样做才算是高雅、优雅和礼貌呢？她斜睨着我，常常这样问自己。啊，这是社会阶层的缘故。然而，我们并不富裕。当时，我觉得爱情比财富更重要。母亲告诉我，人的价值观是不一样的。但那个漂亮的女孩不同，完全不同。现在，我就像一只绕着灯飞来飞去的飞蛾。有时，想起她我会笑。我能够从那个粗鲁的女孩心中找到某种特别的优雅。当人们看她的时候，看到的就是这种优雅。其他女孩有点做作；当她们待在我们小小的客厅里时，我仿佛觉得是在戏院里。她们在人群中的动作不一样。突然，我眼中只有那个漂亮女孩的脸，我刚刚发现的那种如此自然的微笑迎接着另一种微笑。这么说，她显得野蛮，是因为她生活在我母亲致力创造的那个如此复杂的世界之外。她的世界是如此简单，那里只有暴风雨。

爱的艺术

原谅我给您写这封
绝交信,虽然您对我们的共同生活
一无所知。
我们的爱只与我有关
可我应该承认
决定与你分手
而又不让您知情,
这对我来说很难。
现在既然已经结束
我也必须承认这段故事
曾照亮并燃烧过我的生活。
一切开始于十多年前
您带着一位看起来已经醉了的女友
很晚到达的那个节日。
不过,一切都结束,细节就不详说了,
昨晚,让我感觉到
这种疯狂的激情只持续了
一个长夜。
所有这些年里
眼睛一刻也不曾离开您,

我从未
试图与您的目光相接
为了不打扰
对您来说
似乎就是生命的节日。

世界的制造

火车上的梦

那天，过马路的时候，我产生了一个奇怪而又那么自然的想法：世界在持续更新。所有充满情感和野心的人，今天在大地的表面留下痕迹的人，在差不多一百二十年后，都将被搬到别处去。从刚刚出生的人，到这个隐修院的院长，大家都应该离开舞厅，以便新来的人们能在此定居。地球扫除了这些不断地在上面折腾的生者。不要害怕，会温柔起来的，人们将只看见火。运动持续。正如甘蔗林被风吹得高低起伏。除了一个疯子在扮演上帝。走到对面人行道的时间，这个想法太泛了，吓不了人，它已离我而去。一位朋友上前与我攀谈，我们长时间聊起未来的种种计划。这使我想起我已经忘记的关于博尔赫斯的一个故事。一个男人在火车上做梦，梦见他生命中的最后几分钟。一切好像都那么真实，以至于他想，借助在睡眠期间收集的这些信息，他能避免这场似乎正在逼近的死亡。与此同时，他听到一个声音在耳边低语："你将在几分钟后醒来，并且忘记这场梦。"这个故事我记得不是太清楚，可我相信差不多就是这样。童年的时候，我听到我的一位婶婶赞美说，在睡眠中到来的死亡总是很温柔，于是我便渴望坠入那种深渊。如果对某些人来说，睡眠是死亡的一种短暂形式，人们会问，睡眠时死亡会是什么样子。那是迷失在黑夜的迷宫中最可靠的方式吗？

梦的玫瑰

必须知道人们什么时候以及出于何种理由停止看月亮了。我认为，在夜晚和诗歌中丢失信仰的时候，宗教就会到来。1942年的一天，诗人安德烈·布勒东在杜瓦尼埃·卢梭的一幅奇特的画作前面僵住不动了。这幅油画的名字叫作《梦》。布勒东回到家里，激动地写着："我想谈谈卢梭的《梦》。大家会认为，一切都包含在圣约翰的《启示录》里，我也可以相信在这幅伟大的油画里，包含着所有的诗以及我们这个时代所有神秘的构思……"布勒东的这种思想和相信"睡着的人建造宇宙"的赫拉克利特的想法相去不远。曾有那样一个时期，数学家首先是诗人，因为他们相信诗是关于未来的科学。那时候，人们从激励人心的情感出发，去进行种种发现。好奇者愿意旅行，并不是船赋予人旅行的愿望，更多是旅行的兴趣发明了船，而且这种兴趣促使阿基米德喊出了他那句名言："所有沉浸在水里的物体，都会得到等同于被推开的水的重量自下而上的垂直推力。"我过去一直觉得，这只耐用的热水瓶里隐藏着一个秘密，直到我明白这关涉诗而不是科学。它更多来自夜晚，而非白天。正是柯勒律治用这首使人不安的诗让我理解了这种神秘："如果一个人穿过遐想中的天堂，并且他收到一朵花，作为他来过的证明，他醒来时发现这朵花在他手上……这说明什么？"我会说，这朵花确实存在，它的名字就叫诗。如果有人不相信夜晚在那里消失，世界就会变得很具体。正如一件物品，有一天会属于某个人。

世界诞生于夜晚

一段时间以来，泰勒士①这句谜一样的话一直浮现在我的脑海里。当时，有个问题人们（大人和小孩都如此）一直想不明白："先有白天还是先有黑夜？"对此，这位古希腊哲学家温柔地回答说："夜先于日。"泰勒士似乎以这一个令人吃惊但又充满诗意的回答，态度鲜明地表示他站在黑夜一边。我们是否也应该因此认为，诗歌诞生于黑夜，科学来自白天，而两者都源自睡眠之河？尤其是今天，我们与黑夜又是什么关系？我似乎立即就看见一群人，来自不同的地方，全都是各尖端领域的专家，每天晚上都在构思一个人工痕迹越来越明显的世界，甚至当

---

① 泰勒士（约前624—前546），古希腊哲学家、古希腊七贤之一、米利都学派的创始人。

大部分公民都钻进睡梦"奇特而深邃"的世界中时也同样。想象一下这样的情景：人们熄灭灯光，互相拥抱，然后陷入睡眠，而其他人（部分科学家、政治家、经济学家和商人）却点着灯，勤勉工作，以便在第二天创造出各种东西。如果说，夜晚属于累得半死的工人，白天则越来越属于不睡的人。所以，世上才那么缺诗，世界好像才如此疲惫。我们的社会、科学和政治想象力在黑夜中再也找不到源泉，而黑夜把我们投掷到一个离童年那么近的世界里，以致时间和空间都混淆在了一起。于是，我们的本质出现了对立。睡的人最后发现自己正跟创造时间的人决斗。某人梦想无限的空间，而另一个人却被关在现实的牢笼之中。我们的宇宙思想太多而梦想太少，白天的许多行为都是由夜晚所决定的，一个动荡的夜晚会危害我们的白天。对某些人来说，爱的人的面孔首先出现在梦中，然后才会在白天慢慢地清晰起来。跌跌撞撞的白天由于黑夜的平静才恢复平衡。应该把黑夜想象成这样一个时刻：我们这些生活在一个具体的世界里的动物，将消失在一个朦胧的宇宙中。睡眠是一场旅行，回来的时候，所有的游客都带来了所去之地的习俗、景色和故事。小时候，我相信生活是一个房间，白天在楼上，黑夜在地下。我们只需走上或走下时间的楼梯。在楼上，我们玩集体游戏，其规则我们并不知道；在地下，我们每次都创造一种新的游戏。当然，有的梦是循环的，这是因为，那是一些同样的梦，要持续许多个晚上。我们对夜晚并不是太了解。那也许是一条河，穿过某个广阔国家的许多地区。我们至少知道，渴望某件东西才能创造这件东西，可创造得那么快，让我们觉得事实好像恰恰相反。做梦的人思想高度集中，需要一动不动，他创造了自己刚刚在路上碰到的那只老虎以及在草丛中爬行的那条蛇，甚至包括小路尽头的那棵树。但只要有一点点怀疑，他便会害怕得要死，碰到在头顶的树枝上发出嘶嘶声的蛇和树底下让人不寒而栗的老虎。是做梦者制造了自己的噩梦。无论是在生活中还是在梦中，噩梦都来自突然的惊恐，我们好像站在了悬崖边上。这种新的恐惧让情况变得更令人难以忍受，最后，我们一身冷汗地醒来。但有时人们也觉得可以不做梦。只有孩子不需要做梦，因为他仍被睡眠包围。不管是白天还是黑夜，孩子都想象自己是世界的中心，事物都神奇地出现在他的道路上。这是真的，只要他不设法拥有它们。感情和景色都如此，你向它们一伸出手，它们就消失不见了。月亮属于你，只要它仍是星辰，没有成为别人所觊觎的目标；月亮属于你，只要它仍是星辰，你仍在做梦。这个月亮每天晚上都叫作夜晚。世界上所有的孩子都曾兴奋地大叫过："妈妈，月亮跟着我！"

极度模式

每个人都认为，世界开始于他出生的那天，结束于他死的那天。这也许是对的。我们都不愿意接受这一事实，即，世界早在我们出生之前就开始了，我们死后它仍将继续。让人痛苦的是，这却是千真万确的。对我来说，不用为这类事负责，我倒觉得挺省心的。我只是在角落经过。我并非是房东，而仅仅是一个房客。当你把自己当作是世界的中心，你便总会夸大略为波及自己的任何小事。正如我们都肯定，每一代人，都经历过人类以前从未经历过的时刻，我们的时代只诞生前所未有的东西。你可知道地球转了多久？除了我们，它还见过其他人。在我们个人的生活中，如同在和我们一道分享这一特殊历险的其他人的生活中一样，一切都应该是不同凡响的。我们渴望出现大事，但我们只能设想一场普通的皇家婚礼，它和世纪婚礼是不可同日而语的。某个国家元首的旅行，并不等于世纪之旅；两个以缺乏诚意出名的好战者签署的和平协议，并非世纪协议。一个比其他歌手叫得大声的女歌手成了世纪歌手；一个明星自杀了，人们说这是世纪自杀；两个冠军之间的拳击赛只能是世纪比赛；一个王妃死于车祸，人们可以说是世纪车祸，也可以说是世纪之死。当然，一个新世纪不可能从第一年开始：它必须等待像曼哈顿的双子塔被毁那样的大事。那就不仅仅是一个新世纪,而且是一个新千年。新世纪不会以非洲的某个悲剧开始。以前,人们只能在面向广大顾客的大众传媒中读到这类夸张的事情,那些顾客总是等待有趣的聊天话题。今天,我们在一流的报纸上也能找到同样的表述(世纪婚礼、世纪比赛、世纪合同)。这种狂妄自大的病毒感染了世界的一大部分。一件事情平常得很,不能吸引任何人注意,人们便去找个人,让他看出这是一件非同寻常的事情,美得让人窒息,尤其当那件事情他是唯一知情者的时候。问题在于,哪怕是最贫穷的社会也设法以某种方式来抬高自己的身价。往往是通过体育。于是,人们在这上面投入了大部分预算。人们让田径运动员用化学品来超越自己,结果伤了他们的身体。如果不能保证成为世界第一,从事任何体育运动或艺术都没有意义。人人都寻找处女地来建立自己的统治。是因为人们在电视上用各种比赛来轰炸我们吗?还有,那些畅销书单,那些大量颁发的奖章,充斥报章的明星,最终可能会让某种模式进入我们的日常生活。我们在极度消费。为了给这个着火的时代吹一点朴实的微风,我要说,我们的这种狂妄自大并不是昨天才有的。普罗塔格拉[①]也许不这么看,他早就说过"人是一切事物的度"。我知道有一只灰色的猫,它认为"猫是一切事物的度",并不是

---

① 普罗塔格拉(前481—约前411),古希腊哲学家,被柏拉图认为是诡辩学派的一员。

它不上电视它的意见就不重要。我们既不是世界的开端，也不是世界的尽头。这样，我们就平静下来了。

蚂蚁不属于我

我不知道自己是从什么时候开始这样计算生活中的事情的。不过，人们只计算自己所拥有的东西。如果说，吝啬鬼不断地数自己的黄金，他担心的不仅仅是黄金，而是他感觉到生命从他的手指间流走了。黄金不会从他的盒子里跑掉，但岁月会，而且，它比黄金更加贵重，似乎他守也守不住。数字的诞生，是因为我们老想着拥有。当我明白，天空不属于我的时候，我就不再去数天上的星星，因为人们从我这里偷不走。大海也同样，当然还包括月亮，以及墓地旁边的小河。小时候，我有一天曾在那儿仰天而卧，睡在一个坟墓上面，想从死者的角度看看生命是什么样的。那个死者，据说是用泥做的，灌以生命的气息，最后还是归于尘土——《圣经》中这种可怕的比喻，小时候就被灌输给我们，所以一辈子都不会放过我。于是我产生了这样的念头：要摆脱这个可怕的纠缠着我的怪圈，唯一的办法，是不再设法拥有进入我视野的所有东西。说起来容易……好吧，不过，我们至少还是要设法把这想法落实到底。你知道，一种思想，你只有对它坦诚相待，它才能成活。努力摆脱疯狂占有的念头，这种尝试，就我而言，可以追溯到我还拥有自由时间的幸福时期。而且，走出青春期时，除了自由我什么都没有。那时，我坐在公园的长凳上，就像《拉摩的侄儿》的作者狄德罗，思绪纷飞，追随着首先冒出来的主张，不管它是不是有道理。好吧，我现在就坐在市中心的这条长凳上，试图由自己来思考。这还有可能吗？因为读了那么多东西，都已经深受影响。我以前想得少而读得多。随着时间的推移，我成了一个受影响的人。我想要的东西似乎很简单，应该不需要太多的注释，那就是短时间地想一想"拥有"这个问题。为了精神的平静，我需要这样。但与此同时，我也发现，我所感兴趣的，并不是思考的结果，而是导致最后结果的程序。关于拥有，我是通过这种平庸的想法来开始我的思考的：不属于我们的黄金不去数。但愿我能颠倒这种情况，让我拥有，而不是去试图拥有。我静止了一会儿，想欣赏自己的发现，然后欣赏它对我的影响。这时，我感到胸中的一团忧虑消散了，它在那里淤积了那么长时间，以至于我都忘记了。在怀着巨大的喜悦开始数我所属的这些东西之前，好好地欣赏一下这种新情况：天空不属于我，而是我属于天空；星星不属于我，而是我属于星星；河流不属于我，而是我属于河流；蚂蚁不属于我，而是我属于蚂蚁；树木不属于我，而是我属于树木；童年不属于我，而是我属于童年；死亡不属于我，而是我属于死亡。我将到处获得自由，因为我不再拥有任何东西。结果并不让我满意，这好像是对圣洁的一种渴望,而事实上,这对我来说,是一种尝试,想找回以前的那种成就感。那时,我夜晚在沉睡的城里散步,以便黎明时分回到我肮脏的小房间里,一头栽到被子没有叠的床上。

平行的时间

我总是感到惊讶,人们竟然会相信我们可以生活在同一个时间内。像盗贼在抢银行的前夜那样校准手表之后,大家可以说现在是早上8点20分左右。两个小时里,我们大家都做了同样的动作:起床,看天气预报,想知道是否会下雨,一边吃早餐一边看报纸,由于某篇社论而生气,赶去上班——我们忘了,这一切不过是一种习俗。只要打电话到办公室,说自己病了,就可以不用进入那个平行的世界。这样,我们就可以打开收音机,随意地听听交通信息和天气情况(在一个大城市里,这两件事情跟喝咖啡同样重要)。休了一个星期的假后,看到别人这样急匆匆地赶地铁,我们就已经有点吃惊了。有时,只要普通发个烧,就可以形成另外的习惯。技术在不同时代的人之间挖掘了壕沟。十岁的孩子亲近跟他一样迷上电子游戏的奶奶,而父母却动不动就推迟时间。在这个重视眼前快乐的世界,好像只有孙子和爷爷奶奶是同一个调子的。孙子是因为相信时间无穷无尽,爷爷奶奶是因为看见末日将至。

青少年和时间的关系非常独特,在大部分时间里,他们都被迫做着自己不感兴趣的事情。如果他们抱怨,人们便会回答说,这是每个人共同的命运。有这可能,但不同之处在于,成年人是正在为自己的前后矛盾埋单。正如诗人维庸①这个永远现代的人所说:"假如我曾在疯狂的年轻时代好好学习,养成良好的习惯,我现在就会有地方住,有柔软的床铺睡。"年轻人呢,他们还不曾后悔,前面还有的是时间,而他们的父母却生活在当下的忧虑中,他们的祖父母在回忆中玩味。三种时间注入生活的同一条河流中,然而,三个年龄段的人都不知道时间的可怕。计时器是个爱开玩笑的神,它让我们相信,对大家来说,每个小时都有六十分钟。可事实上,大家都看到了,当你老掉牙时,这段时间要长得多,而当你正处于拥抱梦中女孩的年龄,这段时间就显得太短。当我们去赴重要的约会,我们跟那个在窗前烦恼的家伙生活在一个时间里吗?许多人不懂得时区问题。在巴黎,有人以为上班时是早上9点。我得不断地提醒他,此刻,在蒙特利尔,正是半夜三更。早上9点在办公室和凌晨3点在床上,说话的底气区别之大让人难以想象。有时,人们会把时间与精力相混。比如说,孩子在凌晨3点把全家人吵醒,因为他想玩,他要让我们跟他的节奏,也就是与他的时间协调。孩子的时间完全是

---

① 弗朗索瓦·维庸,法国中世纪抒情诗人,市民抒情诗的主要代表,年轻时曾放荡不羁。

用节奏构成的。如果我们还认为大家都生活在同一个时间里，世上就很可能会爆发严重的冲突，因为这个世界是由不同时期组成的复杂体系。星期六晚上寻找迪斯科舞厅的人的时间与想了断的人的时间是不一样的，步行或骑驴的人的时间和坐汽车、飞机或火箭的人的时间也不同。不过，我们都走向死亡，而这是我们大家都能分享的唯一的东西——从这个意义上看，它显得十分宝贵。如果说，吻这么让我们喜欢，那是因为它给了我们幻觉，让我们觉得这一次可以分享同一时刻。这是现在时直陈式的一种棘手的形式。在我认识的时间中所进行的最美的旅行，是阅读。人们以为你是在这个房间里，其实你是在另一个世纪漫游。而且，悄无声响。想象创造了一个如此广阔的时空，以至于过去、现在和未来的概念都不复存在。面对时间这贪得无厌的恶魔，人们感到忧虑，而唯一能严肃回答它的，是艺术。

避免失眠的艺术

失眠，就是想睡
而睡不着，其实
可以用其他严肃的事情
来占据这段不长的时间：读书，沉思
或踮起脚离家外出。
我们中有些人是无辜的沉睡者，
另一些人则是自己也都不知道的夜游神。
而夜晚属于那些人，
他们成功地逃出
可能会变成最大噩梦的
失眠的迷宫。
如果有人出来，他有可能发现
一个区别于他白天穿行的城市，
这城市跟白天不同，
说话也不一样，
而生活更变幻无常。
如果待在床上读书或沉思
您可能惊讶于
四周如此寂静，
你很高兴
之前你认为很复杂的问题
现在很容易解决。

身体和死亡

忧虑与梦想消失

这位朋友刚刚进入我正在写作的房间。

"为什么是这个英文题目:身体和死亡(Body and death)"?

"因为真正又富又瘦的那些人经常出现在各种美国名人杂志里。"

桌下有一堆明星杂志。我非常喜欢这些因为伪装的幸福(比身体的其余部分都更沉重的美容过的丰乳,一口完美的牙齿,一只手抱着圆嘟嘟、脸蛋红扑扑的婴儿,另一只手拿着一杯红酒)而炫目的图片。这群人一想到有一天会从我们的屏幕上消失,就焦虑不安。

"你忘记可可·香奈儿了?"

"她还做过什么?"

"她说过,人永远'不要既太富有又太瘦'。"

"这是真的……以前,胖即是富有,而穷人都瘦……今天,正好反过来了。"

"将来有一天,鲁本斯的曲线会回到那些富有的女人身上吗?"

"这将是下一次革命，老兄。"

"凯特·莫斯还有大好前程……"他边走边说。

于是我看着《时尚》杂志封面上的凯特·莫斯，她比我记下以上对话的这张纸还瘦。对某些人来说，身体越来越成为一个障碍。什么障碍？它削弱了和生命的联系。不必再像以前那样照料它了。负担太重了。给它进食，给它穿衣，给它治疗，总是要待在皮肤里面，当它睡觉或生病的时候还被迫待在床上，还不算它自己的焦虑引发的问题，尤其是当人们身体畸形或鼻子上有一个脓包。这具身体那么快就用坏了，到处给我们丢脸。那些希望拥有苗条身材的女性总是在想，哪天才能将它摆脱。

模特儿的身体

人体是一台美妙的机器，无所不能。它可以像运动员的脚那么强健，也可以像爱因斯坦的大脑那般聪明。我们可以奉承它，也可以让它当我们的奴隶。它是所有人觊觎的中心。如果赤身裸体，它可以引起革命或是交通堵塞。模特儿这个职业，与据说是世界上最古老的职业一道，是一个罕见的职业。要当模特儿，身体要严格符合标准。对某人来说是梦想中的身体，对另一个人来说，则是现实的身体。大制作的美国电影散场后或巴黎时装秀结束后，这种情景就很常见。一个年轻女人像机械娃娃一样原地转身，让几百架照相机对准她拍照。我总觉得见到过枪毙人的真实场景，心想，怎么会有那样的深仇大恨。但看到女明星灿烂的微笑，哪怕是职业性的，我心里也会想，她应该享受这一时刻，同时她也知道，这些照片没有一张会被发表。照相机真的像某些人所以为的那样，能捕捉到我们的灵魂吗？我注意到，人越多被拍摄，便越少能控制自己的身体，最后只有在聚光灯下才能活跃起来。我在想，这个刊登在《时尚》杂志冰冷封面上的年轻女孩，是否能感觉到那具缀满闪光片的身体就是她自己？显然，她怎么想不重要，重要的是她与灯光的关系。而且，她只有通过节食的方式（不吃意大利面、巧克力蛋糕和香草冰激凌）瘦身，才能享受她自己雕塑的这具身体，因为她看到的尽是要纠正的缺点。这个年轻女人在一个残酷的领域里成长，她的每一毫米皮肤都天天被人观察、分析和评判。一场形象之战。一群群嫩模，大部分来自东欧，不分日夜地向领奖台发起进攻。还不算那些饿得皮包骨头的非洲女孩，她们采用不诚实的技巧，不用节食就可以保持瘦削。她们的主人严密监视她们的身体，经常惩罚她们。孤独潮湿的夜晚，每当偷吃放在酒店房间小吧台上的巧克力条，她们便会挨鞭子。现在，她在一个上流社会的晚会上，挽着一个摇滚明星的胳膊。闪光灯噼噼啪啪地响个不停。她假装吃东西，假装开心，最后，假装前往另一场招待会，其实是回家睡觉。模特儿必须早睡，那样才能早起，因为黎明的

身体和死亡

曙光往往能让人在寒冷的海滩拍出好照片（1月份就要为夏季刊拍照）。拥抱模特儿时，人们总怕舌头被咬掉，因为不知道她饿到了什么地步，更不知道这块肉（我的舌头）会给青春期之后就没有吃饱过的这个女人的大脑传递什么信息。可为什么她们全都以同样的方式回答这两个问题？

问：达科塔[①]小姐（现在时髦用地名当名字），您喜欢什么样的男人？

答：我喜欢幽默的男人。

假的，因为她只跟被酒精烧红眼睛、被可卡因伤害大脑的摇滚明星拍拖。

问：你理想中的幸福是什么样的？

答：穿着睡衣在家里度过一天，吃着哈根达斯，看50年代的老电影。

假的，因为她只吃生胡萝卜，大部分时间都在和女伴煲电话粥，恶毒攻击当月《时尚》杂志的封面女郎。在这个讲颜值的行当里，模特儿首先关心的，是让别人相信她过着正常的生活。要过正常的生活，就必须离开俱乐部，而只有一个办法可以做到这一点，那就是怀孕。意大利女演员莫尼卡·鲁贝奇怀孕后，看着自己越来越鼓的乳房，叹息道："我早就说过，它们的存在，不是为了戴着胸罩让人欣赏。"幸亏有些事模特儿做得比别人好。作家帕特

[①] 英文为Dakota，美国州名。

里克·莫迪亚诺在一个模特儿家里吃完饭后，激动地说："职业就是走路的那个女人，一直把我送到门口。"用走路来谋生还不至于让人惊讶到这种程度，因为走路是给我们赢得掌声的第一个动作，母亲站在另一头，心里乐开了花。

星星的死亡

拉丁作家贺拉斯第一个发现，地球人不同凡响的命运与夜空中的那个光点，也就是人们所说的星星之间有关。此后，每个人都想把自己的星星挂在天上。这颗星只有在地上得到颂扬，到了天上才能闪光。对艺术家来说，是发烧友的热情变成了碳氢燃料，把他一直送上了天空。贺拉斯发明的这种恭维法数百年来激起了人们的虚荣心，但他当时并不知道，星星是一个源头已枯的死天体。我们所欣赏的，是它很久以前投射出的光芒。总之，一旦看见你在天上的光芒，就意味着你已经死了。尽管这种说法有些病态，贺拉斯的比喻却获得了前所未有的成功。"星星"和"明星"这两个词天天见诸报端，出现在电台和电视中。明星杂志，甚至普通的新闻报刊也大量使用，以至于人们常常把出类拔萃的人比作星星，这在以前是很难想象的，因为在贺拉斯之前，这种联想并不存在。某人超越了自己，在天上被贺拉斯看到了，贺拉斯找到一个办法，不是去衡量那人有多光荣，而是在时间的顶端去看一个人。这

身体和死亡

种静止的时间,由于找不到更好的说法,人们便把它叫作永恒。这颗在天上如此遥远的星星,意味着几个世纪,维吉尔必须穿过它,才能走到今天的读者身边。看着他的朋友的这颗星星,贺拉斯似乎看到了两千多年后的维吉尔。我们今天也看到了贺拉斯当年在罗马的天上看到的同一颗星星,他那时写道:"我的脑袋快要碰到了星空。"这就是一个经典作家的不朽。一切都永远凝结在这永恒的时刻。今天,有的星星只持续一个季节。总之,每个时代都用自己能够掌握的方式来衡量时间。在贺拉斯的时代,是一本能达到这种永恒的著作。那时没有现在这种嗡嗡乱叫的媒体,每个星期都根据我们的胃口给我们强加一个新的面孔。过去,只有作品能让作者达到永恒;而今天,永恒是媒体的事,它并不满足于传播信息,而是想制造新闻和事件。这也因为我们在不断地要求新奇的东西,于是人们用各种办法创造一个可以随意破坏的偶像。看,有的艺术家在躲避那道光束,那道光横扫全城,在寻找新的牺牲品,想把它献给以虚荣和野心为食的那个贪得无厌的神。天空变得那么低,谁都可以摘下一颗星来,任意践踏。艺术家的上天和落地迅如闪电,就像是一颗流星。有的人成功地避开了,躲开这一最后往往以牺牲人类为终的崇拜;有的人没有这种勇气或者说怯懦。于是人们都坐在这小屏幕之前,跟它亲密得都把它搬到了自己的卧室,以便慢慢地观看明星是如何死亡的,其过程可能持续数年。每个人都有自己的秘密，这一点大家都心知肚明——但他本人有可能不知道这种秘密。所有的狗仔队都想发现明星的秘密。所以，狩猎是公开的，他得从天上摘下那颗星星，即众神宠爱的那个孩子。首先从流言蜚语开始。一个小小的缺陷会被无限放大，但人们坚定地支持这个偶像。结果，艺术家这颗星星在天上飞得更高。暂时平息了一阵之后，谣言再起，直到"严肃的"媒体都决定介入。到了夏天，老练的读者总会放松一点警惕，报纸便乘机变黄。他们派记者跟在明星后面盯梢调查，最后逮到了大兔子。大众似乎有点心动，但仍保持矜持。夏末秋初，头版又披露了一个新的秘密。那是一个好时期，因为经过8月的空城之后，一切都恢复了生机。这次，击中了要害。说什么的都有。现在，明星在路上遇到的每个人都想扬眉吐气。这是分享猎物的时刻。一个女化妆师说她才不屑一顾呢，那明星并不像她以为的那样可爱；过去的一个粉丝发誓说，她很冷漠，另一个女人却指出，不如说她很坏。她过去的司机信誓旦旦地说，她有时让他开车送她去一些"确实让人不安的"地方。一个制片人说，她曾半夜出去跟月亮聊天。她母亲的一个女邻居说，她很无情；她过去的一个女性朋友说她咄咄逼人。每天都可以读到来自四面八方的新发现。到了最后，她自己的家人也参与其中。昨天还是大家喜欢她的理由，今天就成了贬低她的原因。人们都喜欢践踏自己过去崇拜的东西。在这一点上，人类几百年来都没有什么改变。我们走到了感情的尽头。死亡就是星星的实质。死去的艺术家是神圣不可侵犯的，他的身体马上就变形了，他的艺术变得神圣了。污浊的现实已经够不着他了，他扑打着翅膀飞了，飞向星光灿烂的天空，去找他的同伴了。而人们却挤来挤去，争相购买他的音乐、书籍或油画。

欢笑与死亡

我回想起我十三四岁时曾非常焦虑，趴在床上翻阅一本旧百科全书，母亲则在一旁给我熨烫衬衣。这时，一幅版画把我深深地吸引住了，上面是一具正在发笑的尸骨。欢笑与死亡：画面惊人。况且，这是我们的社会准则所不允许的。死神一进门，欢笑就必须离开房间。而事实上，尸骨是不会笑的。是因为没了肉体才让人觉得尸骨在一边乱跳，一边发笑。从脸部的模样来看，我立即就想，死神喜欢恶作剧。死亡这一行为本身就是其中之一。不过，取笑某个死去的人，我觉得是一种不健康的笑，至少是一种轻浮的笑。那为什么还要笑？因为，像所有的权力一样，死亡首先战胜的是精神。其实，死亡是在笑我们的小小伎俩，笑我们可笑的计谋，笑我们徒劳地想躲避它。它在笑当我们最需要我们的智慧时，智慧却抛弃了我们。我在脑海里听到了这种尖细的嘲笑声。最后的笑。此后，我学会了蔑视这种笑。后来，到了青春期，我读了加缪的《局外人》。在那里面也同样,浅薄的笑夹在死亡的两种最辉煌的形式当中:母亲之死和毫无动机的谋杀。在这两件事情发生的间隙,叙述者去看一部喜剧片,费南代尔①的一部电影。费南代尔长着一个马脑袋,两眼泪汪汪的,他的目的是让一个没有什么可笑的词引起欢笑。一切似乎都发生在一个梦中,声音突然消失了,人好像在水下面。法庭判决小说的叙述者莫索尔死刑,不是因为他杀了人,而是因为他在母亲去世的第二天看了一部喜剧片。人们认为,面对死亡,只有魔鬼才笑得出来。这次,我是在旅馆的一个房间里,电视里在放幽默剧,但阵阵笑声让我听不懂人们在说什么。演员们为自己的笑话而发笑,结果引起了全场观众的大笑。现场观众的这种笑让我们似乎应该也跟着笑,尽管那场面跟我们没有任何关系。而且,我很快就明白,这种座无虚席的演出面对的不是没有买票的观众。电视上充满了广告。我永远也不明白,除了现场观众的笑声,为什么还要加上人为的笑声。到了最后,人们只听到笑声,很少能听到笑话本身。但要笑的压力那么大,人们最后也跟着笑起来。我们奇怪地感觉到,自己也被迫发出这种轻浮的笑,大家都加入了这一低俗的演出。不过我注意到,在加缪的这部小说中,主人公莫索尔和巴斯特·基顿②一

---

① 费南代尔(1903—1971),法国电影演员,擅长喜剧。
② 巴斯特·基顿(1895—1966),美国电影导演、演员,被认为是美国独立电影的先驱。

样,没有因费南代尔的玩笑而发笑。他忙着与玛丽摩挲大腿,想稍后跟她睡觉。欲望可不听笑声的指挥,它有些心不在焉。两个平行的世界在这里几乎要触碰了。生命中秘密的爪哇舞,三人舞:容易得到的性,粗俗的笑和肮脏的死亡。人们在电视上到处都可以听到这种人为的可怕笑声。而且,控制音调的应该是一个不常笑的技师。在制造笑的工厂里,雇员们是不笑的,最多当技师弄错什么,或是幕布没有放下来,或是剪接师为了证明我们真的非常笨,笑话没开始就放了笑声时开个玩笑。我第三次把死亡与笑声联系起来,是在医院的病房里。在候诊室,一位伤心的女士对我说,最让她感到不安的,是她的兄弟在弥留之际耳边却响起了这种笑声。怎么回事?原来是他隔壁房间的邻居只听这种笑声不断的节目。隔壁电视里的笑声。我的记忆中马上就浮现出百科全书中那具尸骨的笑声。我觉得那是一种嘲笑声。仅此而已:那是我们自己的笑声的回响。预先录制好的笑声。为什么需要(或要听到)这种笑声,不惜任何代价?在对我的童年影响深远的电影里,我发现冰冷的笑声总发生在无耻的罪行之后。凶手在笑。这种笑因回响而延长。仰天大笑,好像是蔑视死亡。从此,在我脑海中,笑声在其大衣里藏着可怕的罪恶。于是我想,我们是否共同犯了罪,才希望这样一起大笑?

大笑的贸易

在美洲，我们变成这个星球上最富有的大笑贸易商（我们的电视，正如我们的电影，充斥着笑）。而中东却变成了最富有的亡人供应商。我们此地成批的大笑能抵消彼地零星的死亡吗（爆炸造成八个、十六个或者三十二个人死亡）？彼地炸弹爆炸时此地正在大笑。要让蒙特利尔和巴格达，或是拉斯维加斯和贝鲁特结成友好城市？是否应该相信，在这里不会使任何人产生不快的这种傻笑，和伊拉克的屠杀没有任何联系？一边是大批量的笑，另一边是漫山遍野的泪水，这两者之间没有任何关系吗？在彼地，在中东，他们不把我们看作是在日常的绝望中通过大笑试图继续活下去的民族，他们觉得我们处在疯狂的狂妄自大中。有一本小书我要推荐，那就是诺曼·梅勒的《我们为什么在越南？》。在我看来，这是他最有力同时也最简洁的书（这对一个一直认为自己生活在强国中的人来说是有趣的）。最让人惊讶的是，越南根本没有出现在这本书里。他认为自己在写一本关于越战的书，这和他写第二次世界大战的《裸者和死者》差不多。他觉得自己还在写引子。他曾在上面辛苦多年，却从来没能前进一行。原因是这本书已经完成而梅勒却不知道。书里讲的是在阿拉斯加的一次令人恐惧的狩猎探险，以及人与人之间粗暴的关系。所以我们为什么会在越南，梅勒暗示道，人们在那里的原因应该能在这里找到。大笑是粗暴的绝对形式。

面对镜头不笑的艺术

我不知道这种做法
何时开始。可一站在
业余或职业摄影师的镜头前
他要求你做的第一件事
就是笑。
结果,照片上
人们总是在笑,
好像活在这个世界上
只是开动一个巨大的宣传机器,
让相邻星球的人们相信
地球人生活得很幸福。
我注意到,人到六十来岁
才会开始反抗,
那时他才明白
一个正常人
所拥有的笑
数量有限。
对我们每一个人来说
都会有镜头前的最后一笑。
请尽早告诉大家,

您已艰难地履行诺言,
拍一张不笑的照片
以便让人知道
您拒绝时尚。

如果我不在纽约或东京,就到蒙特利尔的这家咖啡店里来找我

宅男和常换住处的人

　　我越来越相信，世界上的人分成两部分，一部分人不停地动，另一部分人喜欢宅在家中。我说的不是那些有钱旅行的人，而是那些好奇心特强的人。受这种好奇心的驱使，这些人总是想去别的地方，看看人们是如何面对和战胜生活中必不可少的困难的，或仅仅是想发现新的景色。我认识一些有钱人，他们讨厌旅行；我也熟悉一些穷人，他们一心梦想外出。每年都有成千上万的人更换住房，住到另外一个不同的街区里，他们有时是希望开始新的生活。我认识一个女性，她从来没有离开过她的村庄，就坐在小走廊左边的角落里喝咖啡度过一生，还不忘请过往的行人喝上一杯。我也认识一个少年，十五岁就离开了家，此后便音讯杳无。这个喜欢流浪的人有一天终于回来，给待在港口的人讲述了自己一路的见闻。出发时分隔他们的大海在他回来时把他们聚在了一起，因为谁都不能缺了谁，而且，我们永远都不知道，究竟是谁更需要谁：是经常旅行的，还是不离开自家走廊的？我要补充一点，后者，也就是不出门的人，他们都是内心强大的梦幻者，不

如果我不在纽约或东京，就到蒙特利尔的这家咖啡店里来找我

需要移步就可旅行。我想起了那位老盲人，他从来没有离开过自己的城市，却鼓励年轻人去山那边看看："将来，你们回来时，给我讲讲那边的情况。"我每写一行字，每描写一道新的景色或是偶然的相遇，都会想到他。

纽约，世界上最大的电视机

我永远也忘不了我第一次和朋友开车去纽约的情景。出师不利，我是说路途，而不是说居住。我们三个黑人同坐一辆车。我这样说，是因为黑人是另类，老引起美国小城镇警察的注意，就像蜂蜜之于熊。那是在里根当总统的时期，而且是在他第一个任期内，共和党人把这个西部电影Z系列①中的老演员看作是一个新的富兰克林·德拉诺·罗斯福②。把罗斯福与里根相比，是为了告诉你当时的做法是多么荒谬。里根的牛仔动作被道路警察所模仿。我们的音乐开得很大声，但车速没有违规。刚刚经过普拉茨堡，一辆警车就过来了，要我们靠边停下。一个警察走过来，靴子擦得雪亮，戴着牛仔帽和墨镜。哪里违章了？他没有搭理我们，而是慢慢地围着我们的车子转，然后弯下腰来问我们要行车证和驾驶证。金属般的声音，像在电视中一样。突然，一个女孩"噗"的一声笑出来。警察扫

---

① 指低成本的独立影片。
② 富兰克林·德拉诺·罗斯福(1882—1945)，第三十二任美国总统。

了后排座位一眼,看到了两个满脸笑容的金发女孩。一切都停止了。这就是美国神话,眼下出现在这个愣住了的警察面前。几个黑人青年和几个金发女孩。不是著名的音乐人就是毒贩,甚至有可能更糟,是贩卖白人女孩的人。他通知了待在警车里的另一个警察。我们被喝令下车,双腿分开,双手放在车盖上。仔细搜身。女孩们呢?她们待在车里。由于这被捂住的小小笑声,我们浪费了三个小时。必须向当地的一个法官证明我们是无罪的,他们才能放我们走——而且要交巨额罚金。离开的时候,我们当中的一个人碰了一下警察的胳膊,他马上后退三步,用枪指着我们。他已经单腿跪下。幸亏这一切是当着法官的面发生的,他要警察冷静。我知道会这样,但以前没有尝试过。一个黑人,不管是穷是富,是文盲还是大学毕业生,是花花公子还是流浪汉,总有一天会遭到这种对待的。不过,我们还是在纽约度过了一段美好的时光。我记得,我一眼就喜欢上了这座城市。为什么?我最近才知道。因为纽约是第三世界的一个大都市,人和事,一切都潇洒得让人不可思议。你看那身材巨大的家伙,他就像一头抹香鲸在沥青马路上滑行,还厌倦地扫了一眼那个穿春天裙子的女孩,那女孩像蜻蜓一样轻盈(在克里奥尔语里,"蜻蜓"叫作"女士")。胖的、瘦的、重的、轻的、肮脏的、干净的,在这个城市里全都显得那么潇洒。是纽约让这里的人和东西都变得漂亮了。而且,市民们彼此之间都非常和

如果我不在纽约或东京，就到蒙特利尔的这家咖啡店里来找我

蔼。与巴黎恰恰相反，甚至跟蒙特利尔也不同。在纽约，如果不慎碰到某个人的胳膊，必须道歉。我也明白大家都彼此陌生，谁都不知道刚才碰的是谁（也许是一个连环杀手），最好马上道歉。我不知道西方还有哪个大都市像中午到下午2点之间的曼哈顿的街道上那样，如此混杂着各阶层的人。市中心各种各样的人群都有。自从市长清扫了42街（不是南非的种族隔离区，但不远）之后，从某个时间段开始，便再也看不到贫穷的白人和黑人工人，他们已匆匆回到自己位于布隆克斯、哈莱姆或布鲁克林的家。这是一个节奏非常慢的城市，人行道上书店遍布，卖东西的都来自法拉汉①帮或是鲍勃·马利②的崇拜者——当然，都是一些黑人。曼哈顿的人行道属于黑人和西班牙裔。木架上，甚至在地面上，都可找到被雨水泡过许多回的二手书，还有杂志，封面上的尼克松还带着水门事件之前的灿烂微笑，旁边是电视连续剧明星简明扼要的传记或是迪士尼的节目，玛丽莲·梦露、乔·迪马乔③和海尔·塞拉西一世④的海报，别忘了还有关于流苏花边、塞内加尔渔业的旧书，或是旧《读者文摘》，上面有关于西藏的文章。稍远处，在书架上可看到讲述非洲国王故事的插图杂

---

① 路易·法拉汉，美国黑人领袖。
② 鲍勃·马利（1945—1981），牙买加歌手。
③ 乔·迪马乔（1914—1999），美国棒球明星。
④ 海尔·塞拉西一世（1892—1975），埃塞俄比亚帝国皇帝。

志，连同贝宁的小饰物和香柱一起卖。卖得最好的五种海报依次是：马丁·路德·金、穆罕默德·阿里、马尔科姆·X[1]，之后是埃尔维斯·普雷斯利[2]和约翰·肯尼迪。人们买完东西后便钻进地铁，他们平均要在里面花一个半小时。地铁中，坐在我旁边的那个女孩，手臂上画满了文身，嘴唇和耳朵缀着钢珠，她在读《哈姆雷特》（看到这小资的悲剧今天仍有人感兴趣，我一直觉得很奇怪）。曼哈顿成功的真正奥秘，是它宽阔的人行道，比巴黎的某些街道还宽。在这座城市里，人们绝不会感到窒息。好像两条街道永远相邻：一条是步行街，布满了蔬果商和报刊摊，另一条是交通的洪流。满是黄色的士和警车的这些大街呈现出一幅我们大家都在电视上看到过无数遍的景象。纽约是世界上最大的电视机，我们随时都可能看见我们喜欢的警察人物出现在警笛声中。这一火热的现实消失在极度疯狂的虚构作品中，激起了我们身上巨大的能量。这种曾让塞利纳[3]如此入迷的能量，使纽约成了一座站立着的城市。

---

[1] 马尔科姆·X（1925—1965），美国黑人民权运动领导人之一。
[2] 埃尔维斯·普雷斯利（1935—1977），美国摇滚歌手，绰号"猫王"。
[3] 路易·费迪南·塞利纳（1894—1961），法国作家，主要作品有《长夜行》和《缓期执行》。

蒙特利尔一家咖啡店的终结

通常，我起得很早，起来看书。往往是读诗。像是早晨的某种祈祷。几分钟后，我又会重新睡着，胸前放着那本诗集。诗人的形象在梦中伴随着我。接着，我又起床，跑到我工作的小房间里，扫一眼我正在写的小说的最后一页，总是感到同样的失望。我怎么会写出这样愚蠢的东西来？经验毫无用处，我们还是会像以前那么幼稚。冲个凉，下楼到市中心吃早餐。差不多二十年来，我天天光顾圣德尼路的同一家咖啡店。我忘了第一次是怎么进去的，也不知道为什么之后又去。但那一刻我记得很清楚，我突然觉得它成了我的咖啡店。在我看来，那里就是城市的中心，一切都汇聚到那个点上。我是从那里走向四面八方的。如果说，我有时会忘了约会的准确时间，但我永远知道约会地点。我有时会到咖啡店去，让自己一个人待一会儿。我坐在奈利冈①的照片下方。那个大眼睛、目光清澈的诗人，在精神病院结束自己的生命之前，梦想有一艘"金色的大船"。咖啡已经端上来。我得说，在很多年当中，我每次喝咖啡都忍不住要发抖。我受不了那味道。世界上唯有这种饮料的味道不会说谎。这味道没有让人失望。一段时间以来，咖啡的味道对我来说就像是一首晨

---

① 爱弥尔·奈利冈（1879—1941），加拿大法语诗人，生活在魁北克。

曲。我打开一本书，十有八九，是博尔赫斯的书。博尔赫斯跟咖啡是绝配。动荡之中的这种宁静，在一个都市人的生活中，是一种巨大的奢侈。我在想，人们是怎么做到的，在一个越来越讲收益的世界，保留了这么一个地方，而且往往空无一人。我看着店主在柜台后面忙碌，旁边是收银机和咖啡机。他的额头已经冒汗，眼睛已没有任何光芒。房租很贵，客人却很少，吃点色拉，喝点咖啡。然而，我却从来没有看见他强迫顾客消费。我有时会忘了付咖啡的钱，因为我迷失在博尔赫斯高深的迷宫中。不过，一段时间以来，店主比以前更忧心忡忡，动作越来越不连贯了，连骑自行车来的年轻女侍应也不能再让他露出微笑。但这却是城里最平衡的地方。在这广阔的空间里，性格各不相同的人比肩而坐，却不交谈，可大家并非互不了解。我看着那个正在一个新本子上写东西的女人，观察着这个正在专心看报的男人。在咖啡店的另一头，作家罗贝尔·拉隆德坐在一个角落里，面前的桌上放着几本旧书和一些花花绿绿的手稿，他在改稿子，没有注意到咖啡已经凉了。有时，有个记者会走到他身边。正如在随便哪个村子里一样，人们最后总会知道邻居的习惯，他的性格会随着时间而暴露，因为时间在起着关键的作用。你可以随便走进咖啡店，但你要花十年时间才能成为俱乐部中的一员。这个俱乐部，它唯一的规则就是谨慎。在这里，人们不会主动搭讪，更不会猎艳。总之，这里的客人往往不多，除了在吃饭时间，那时会有一点生气和活力。下午2点左右又恢复了宁静。我最近得知，咖啡店要换主人了。我们的那个店主经过日复一日的搏斗，终于要撂挑子了，他曾用自己的健康和不多的积蓄作赌注。最近这两天，情况好像更紧张。他无法告诉我一个月后咖啡店会怎么样。总之，没有人会买一家不赚钱的咖啡店，让它保持原样。可我们希望它保持现在这个样子，因为任何改变都会让它失去魅力，破坏我们生活当中的平衡。

旅行的艺术

挑一家他自己城市的小旅馆
带上巴尔扎克的全部作品。
向全世界宣告
自己在旅行,然后切断全部
把我们和其他人连接起来的线。
让别人好几天都找不到。
在一个不给他人
哪怕一分钟独处的愉悦
越来越群居的世界里,
这是最后的奢侈。
不必参观城市
因为自己就生活其中。
待在房间里阅读。
如果想喝上一杯并且看看别人,
那就下楼去酒吧。
不一会儿,回到楼上
发现床已经整理好。
叫人端来茶后
便钻进干净的被窝
直至读完

《人间喜剧》
这一次,不跳过描写风景的段落。

一个失去的世界被遮住的面孔

一个月夜

我听见朋友的脚步声在楼梯上响起。他径直走向冰箱，拿了一罐啤酒。经过我身边时，他扫了一眼我放在桌上的手稿，旁边是吃剩的东西。我没管他，没有特别在意。我在想，别的动物来访是否也这么友好。某人在你的空间里走动，却没有让你感到任何不安。他停了一会儿，翻了翻手稿（允许某人看自己正在写的手稿，亲密得就像让人跟你共用一把牙刷），然后走到窗边与我会合。我们看了一会儿月亮，它圆得让人想伸手去摘。感觉自己就在童年的一幅画中。我确实想起了那个时候，可以追溯到小小的年纪，我和月亮保持着这一特殊关系。有些晚上，我会拜访那个老人和他的驴，我觉得他们在那上面挺孤独的。我想象不出哪个人能在地球上生活而从来没有被这个悄悄地照耀着我们的月亮所吸引，至少一个晚上。我们温柔地看着月亮，却几乎不敢正面看太阳一眼。

"你也相信有一个看不见的世界？"这位朋友双肘支在窗台上，问。

"是的。"

"那是一个什么世界?"

"它一直在我们的眼皮底下。我们就在其中,要看见它,那得想象。"

"啊,你们这些诗人,"他一边去找第二罐啤酒,一边对我说,"如果不是你们美化它,这个世界会赤裸得让人无法忍受。"

"你的意思是说很粗暴?"

"这个世界既不粗暴,也不温柔,它就是那个样子。"

"也许你说的有道理。我想我也要喝罐啤酒了。"

已经在云层后面消失的月亮,又出现在窗框里,又圆又亮的明月。

一个雨天发现的《圣经》

雨下得很大,我发着高烧。

要逃课一天,只向母亲编造一个借口是不够的。高烧加上下雨,我才能卧床。躺在床上不看书又能干什么?那时我还不知道床还能派作其他用场。我的手头只有几本已经读了好几遍的书,我差不多都能背了。我可以看着天花板,但天花板上有几条缝隙,有什么图案和斑点,我也已经了如指掌。我逃过了几何课,但好像被一个比直角三角形的弦更可怕的怪物所威胁:烦恼。

烦恼会造成各种后果。那天上午,它促使我做了一件让人想不到的事情：我翻开了一本《圣经》。这本书我母亲是要跪着念的，跟我心中"阅读"这个概念相距甚远。对我来说，昨天跟今天一样，读者跟作者是平等的，读书是创造作品形式的另一种方式。于是我翻开了那本封面是蓝色的《圣经》，因为我对字母的渴望跟对面包的渴望一样强烈。我试着从头开始读，但对一个像我这样性急的读者来说，在时间上追溯得太远了，我不想从世界的起源开始读。十五岁的人，过街都不愿走斑马线。凑巧，我一眼就看到了这个富有启示性的句子，43年后还记得很清楚："有晚上，有早晨，这是头一日。"得知是从晚上开始，我感到很吃惊，原先我还以为世界是从早晨开始的。好吧，我才不会为了这么一点小事生气呢！这个问题让"创世大爆炸"①的爱好者、神学家和别的达尔文主义者去讨论吧！我用大砍刀在这个丛林中给自己开辟了一条道路，那里有荒诞无稽的故事，有寓言，有谜语，有数字，有对其系谱树吹毛求疵的人，有解不开的秘密。我穿过密密的"国王书"②，暗暗发誓一定要从那儿回来，因为我发现那里有让我读得津津有味的情爱故事。大卫从窗口窥视他手下一个军官的性感太太，他让这个军官死在前线，以便夺走他的太太。青春期的年轻人，头脑里想得很多，天真而有力量，能做出极疯狂的鲁莽的事情来。我刚刚得

---

① 某些科学家提出的关于宇宙起源的说法。
② 指《圣经》"列王纪"上下两篇。

知——你们都想象不到我有多惊讶,《圣经》中的一个国王,以色列神的精英,其内心与最混蛋的家伙无异。最奇怪的是,如此可恶的行为却让我们亲近他而不是远离他。

　　大卫和我们很像,只是他不会梦想,因为他在现实生活中能像我们在最疯狂的梦中一样随心所欲。我从窗口能看到隔壁院子里有个漂亮的女孩,但我无法使用大卫的诀窍。我忘不了那个跟我一般大的年轻牧人,敢于迎战巨人歌利亚[①],并且打败了他,而我呢,不过是一个好幻想的瘦弱年轻人。我在书中读到,大卫把脚放在同时出入神庙和宫殿的年轻处女的乳房上取暖。上帝和恺撒,他们是一对老搭档,共同分享成果:你,把肉体拿去;我要灵魂。我母亲每天晚上读的就是这样的书啊!我了解我母亲,她应该像避开瘟疫一样避开这众多的富有暗示性的段落,而把精力集中在乏味的那几章上,比如《出埃及记》《利未记》《民数记》等。总之,第一部分的专业性都很强,只有神秘主义者或巫术爱好者会感兴趣,但我却感到它们都有现实意义,因为书中讲的大部分都是这个星球上的人的故事,迁徙、移居、穿越沙漠。为了避免在沙漠中全军覆没,人们不得不颁布十分严格的卫生与饮食规定,建立严格的性道德,以防止这一拥挤杂乱的人群容易发生的悲剧。

　　在我看来——如果人们想知道我对于这个问题的看

[①] 歌利亚是传说中的著名巨人之一,《圣经》中记载,歌利亚是腓力士将军,拥有无穷的力量,所有人看到他都要退避三舍,不敢应战。

法——人类在迦南平原上一驻扎下来，就应该让规定变得灵活一点。这就像加油，如果原油价格提高了，油站的价格就可以提高一点；但一切都恢复正常时，价格却没有降下来，这就不公平了。摩西在穿越沙漠时实行铁腕政策，这是有道理的。但他死了以后，一切都应该重新考虑，这也是为了松弛紧张气氛。成千上万的男女老少什么都缺，一个渴望复仇的法老在他们后面追杀，他们被禁止随意吃肉和做爱。为了把一项如此严格的纪律强加给神经濒于崩溃的人群，必须有一只无情的铁腕来惩罚任何违背者。不能是我们这个消费时代的宽容的上帝，而需要一个看不见面孔的上帝（摩西看到了，结果因此而死），他不会拿道德开玩笑，也不会被可能比朋友多得多的敌人吓坏。他们需要一个有时能安抚（你们是被选中的民族），有时能严惩任何错误的上帝，一个拥有军队的上帝。但这些都跟这个下雨的早晨无关，我狂热地阅读的是"最美的世界史"，犹太教和基督教就是这样宣传的。

从此，我对《圣经》熟悉了很多，足以和街区的小伙伴整晚整晚地讨论摩西、约书亚①、大卫、庙宇中著名的圣母、莎乐美、耶罗波安、耶洗别，以及像以利亚、以利沙、耶利米这样的先知，最后，还有《旧约》中那群可爱的人。这都是因为不让谈论当地独裁者及其不道德的严格规定。对我们来说，《出埃及记》就是离开非洲去美国。

---

① 约书亚（前13世纪末），摩西的继任者。

于是，我们在太子港的路灯下讨论《旧约》。

好了，我要继续看书了。

直说吧，《圣诗》让我烦死了，我母亲才会喜欢那种体裁。大卫啊，大家都明白，你有理由自我原谅，不需要那么美化自己，千万不要向我们诉苦。我一见到哭哭啼啼的人就想躲开，所以我和耶利米先知的关系一直很紧张。我早就听说莎乐美的《雅歌》和色情诗差不多。其实，那是一首真正的爱情诗，是我所知的最美的爱情诗。那是一个二重唱故事，诗中那个女孩的未婚夫一直在我们耳边唠叨，却从未说出那个名字。那个人就是所罗门，大卫的儿子。你们还记得那个如此好色的男人吗？他曾跟手下一个军官的老婆睡觉。父亲有多直接，儿子就有多间接，至少在这首诗中是这样。

但这是一首好诗，甚至对一个十五岁的少年来说也是如此，尽管他期待的是别的东西。1968年我十五岁，喝苦艾酒，喝得醉醺醺的，走路都不稳，而那一年，西方的年轻人却在造反。当时我在太子港，如果想找点令人激动的东西，手头只有《旧约》。啊！我现在还感到愤怒。当富裕的美国和风雅的欧洲有钱人的孩子"嘴里衔着花"[①]，向惊恐万状的警察发起挑战时，赤道地区独裁者的民兵却控制了一切，甚至包括人们的卧室。人们的一切思想活动都要受到审讯者的严格检查。

---

① 暗指法裔美国歌手乔·达辛（1938—1980）的同名歌曲。

我想，在《旧约》中，情况没有太大的不同。摆脱了强大的埃及军队后，以色列的子孙们重逢。今天的敌人就是昨天的朋友。要征服的，当然就是他的灵魂。我察觉到柱子后面和宫殿的每扇门前都有许多武装人员，以阻止人们崇拜金钱为借口。为什么要反对金钱？金钱能让人行动自由。一个有钱人，如果他不想受亚伯拉罕①的法律的统治，可以花高价买头骆驼离开这里。别人的钱总是让人看不起，一方面，他们悄悄地积攒足够的钱用来坐实自己的权力，宗教和所有的政权都是这样做的；另一方面，他们不断地贬损金钱。为了强加这种新的秘密，人们并没有一直想说服别人。痛苦有这种优点，它能缩短关于信仰的争论。我把一切都混淆在一起了：不管是时代还是文化。

让我们回到所罗门和那首诗上面来吧。诗中说，他的呼吸是香的，双脚轻盈，他的情人是黑人。呼呼，这完全是革命者啊，当人们想到，两千多年以后，直到20世纪60年代，人们都在电视上都看不到白人男子和一个黑人女子拥抱。在既过于害羞、种族主义倾向又很强烈的美国引起轩然大波的第一个吻，是《星际迷航》②中的白人舰长詹姆斯·T. 柯克和黑人女中尉乌胡拉的吻，时间是1968年11月22日——依然是1968年。在那首诗中，一个黑人妇

---

① 传说中希伯来民族和阿拉伯民族等民族的共同祖先。
② 美国派拉蒙影视制作的科幻影视系列，由6部电视剧、1部动画片、13部电影组成。

女——当然是个奴隶，最多也是个旧奴隶，和《旧约》中最英俊的王子相遇相爱了。《圣经》说，她比蝴蝶还要漂亮。不错。那个女子就是书拉密。当人们看清那是一个黑人，便流言四起。大家都知道，狂风将席卷一切，欲望之火所经之处寸草不生。在这种情况下，阁楼会变得比宫殿更美。但这首诗中有个错误。美国的黑人们利用1968年的动荡提出了自己的诉求，其中一个诉求属于美学范畴："黑是美的"。

《雅歌》并未持不同意见，它倡导的更多是在政治层面。书拉密唱的歌是这样开始的："我很黑但我很漂亮。"当时，这个"但"字卡在我的嗓子里，使我无法欣赏有史以来最美的情诗。今天，我还在脑子里重温所罗门越过千山万水、赶往未婚妻家中的情形。我忘了所有这些是不是只出现在一个想象力丰富的年轻女人的头脑中，最后让她陷入了疯狂。在这方面也同样，我能完全理解她。在那个多雨的青春期，我花了很多时间来梦想那些神奇的年轻女孩。所以，我能够理解那个黑人女子，她不愿意嫁给让人厌烦的牧羊人，他们只会不断地数着羊头哄她入睡；也不愿意选一身汗臭、薪资很低、只会强奸的士兵为夫（奇怪得很，《圣经》中很少谈到薪资，除了犹大的30个银币）。

既然梦想，那就梦想个痛快。所罗门是大卫之子。把这首诗塞进《圣经》的人肯定不会是没有原因的。这是巨大的挑衅！没有读过就来评判这本书的人是多么傻啊！我们还是不要管闲事了。精彩的是，年轻的书拉密没有躲在橄榄树后面等到卫兵转过身去才自杀，而是躲在母亲干净的床单下。她让她没能下嫁的一个男人（她把他叫做未婚夫或爱人）过来把她抱到她母亲的床上。觉得我语言太生硬的人不妨自己去读读《旧约》。一个不断流亡的民族的粗俗语言，没有沙龙，没有礼仪。突然，我们眼前出现了一篇似乎直接来自朗布耶夫人①房间里的文章——更加强烈、充满期待与狂热的诗。欲望被克制得太久了，她不能再等待那个未婚夫，便到被军人看守的城里去寻找。这是人类历史上多么伟大的时刻啊！一个女人终于承认了自己的欲望，并前往寻找满足！I can't get no satisfaction②，米克·贾格尔唱道，仍然是在两千多年以后。书拉密开始行动，勇敢地偏离了所有佩涅罗珀③和其他林中"睡美人"的道路。《旧约》的旧世界刚刚发生动摇。仅为了这一时刻，这本书也值得找来看看。

---

① 1608年，朗布耶侯爵夫人的沙龙开始招待客人，很快声誉鹊起，成为巴黎最吸引人的社交中心，从此沙龙社交活动进入全盛期。
② 原文为英文，意为"我无法得到满足"。英国摇滚乐队滚石乐队的歌曲，由米克·贾格尔和基思·理查兹创作。
③ 古希腊神话女性人物之一，英雄奥德修斯之妻，奥德修斯参加特洛伊战争失踪后，她坚守未嫁20年并以计摆脱各种威逼利诱，后又在奥德修斯归来后与其合谋将图谋不轨者清除。

漫漫长夜，我在床上
寻找着他却没能找到。
我必须起床
在城里转上一圈；
我在寻找我爱的人，
到处找他却遍寻不着。
我遇到了巡逻的士兵，
问他们："你们可见到
我爱的那人？"
我一超过他们
就遇到了我爱的那人。
我抓住他，紧紧不放，
直到他来到我母亲的家，
走进我所出生的房间。

这首诗现在还炫得我眼睛发花。一个年轻女子把一个男人带到了母亲的家中，她做出这样的决定是出于什么样的心理，我不想进行分析。女权主义者对此熟视无睹令人惊讶。她的肤色能冲淡她的破坏性行为吗？这个女子为什么没有在20世纪60年代成为偶像？一个女人抓住一个王子的铠甲,把他带到了自己床上。我觉得她比朱迪斯①或以斯帖②的故事更有意思,至少也同样有意思。应该说,我们今天还沉浸在王室寓言当中(公主意外死亡或公主结婚,世上的平民都激动万分)。

好了,我要继续我的随意阅读了,走走停停,反反复复,回味那些激动人心的场面,仿佛昨天和今天交织在一起,直到在那个乱石遍布的路上遇到大胆的《传道书》。《传道书》会让你失去希望,而虚荣让每个男人都不能失去它。

在《约伯书》中,神的本质这个问题用极为激烈的方式提了出来。这是一本十分可怕的书,吓得我做梦都怕。信仰问题也以十分具体的方式提了出来,深入约伯的骨髓。我觉得先知们都挺让人讨厌的,我们进入了道德时期,为什么他们就应该一脸长须、声如洪钟、衣衫肮脏呢?那个面对国王、长满虱子的人,我很喜欢,但我也认识指甲乌黑、两腿污泥的混混。

---

① 犹太寡妇,美丽机敏。亚述人侵占了耶路撒冷,男人们都龟缩退却,唯朱迪斯暗中决定要杀掉侵略者的将军霍洛芬斯,她利用自己的美色骗取了霍洛芬的信任,在霍洛芬一次畅饮醉酒后,她将霍洛芬斯的头颅砍下,吓退了亚述侵略军,拯救了以色列人民。
② 《旧约·以斯帖记》中的女主角,公元前五世纪中期的古代波斯的王后,美丽善良的犹太女英雄。她为了挽救在波斯境内的犹太人,运用自己的智慧,在当时波斯王的面前揭露了波斯宰相哈曼的阴谋,使哈曼被绞死。

好了，赶快结束吧，因为《新约》并不更好看，除了几个有趣的奇迹，比如，迦拿的婚礼中水变成了酒。在整个阅读过程中，我以十五岁少年的那种急躁问自己，这一切最后将如何结束。一个名叫约翰的人将告诉我的，正是这一点。他在作证时，好像处于狂喜之中。但后来的很多诗人将从他的狂喜中汲取灵感：但丁、洛特雷阿蒙[①]、兰波[②]、魔鬼的崇拜者们，加上歌剧、芭蕾、摇滚、重金属音乐和第三帝国的白日噩梦，因为如果没有约翰的《启示录》，就无法理解那样的疯狂。

多么大的启示啊！与约翰的《启示录》比起来，科波拉[③]的《现代启示录》就像是有钱人的玩笑。当你发烧烧得浑身发抖或小雨变成了暴雨，请不要读《圣经》。我为什么要谈《圣经》？这是因为人们以这本书的名义排斥其他书，而差不多半个世纪以来，西方也以某种方式排斥了它，除了在美国的某些州（宗教狂热者藏身的"《圣经》地带"）和第三世界。结果，数代欧洲人和北美人从未读过《圣经》，不知道他们的犹太-基督教文化的深刻来

[①] 洛特雷阿蒙（1846—1870），法国诗人，被认为是一个患了深度语言谵妄症的病态狂人，长时间默默无闻却被超现实主义作家奉为先驱的怪异神魔，代表作品为《马尔多罗之歌》。

[②] 阿尔蒂尔·兰波（1854—1891），19世纪法国著名诗人，早期象征主义诗歌的代表人物。

[③] 弗朗西斯·福特·科波拉（1939— ），美国导演、编剧、制片人。1979年拍摄了《现代启示录》，获第32届戛纳国际电影节金棕榈奖。

源。今天,面对伊斯兰教,他们要求得到自己的身份,却没读过《圣经》。年轻的犹太-基督教徒没有文化,而伊斯兰教徒却认真地读过《可兰经》。更严重的是,西方文化中的隐喻大部分都来自《圣经》,对于那些从来没有拿起过《圣经》的年轻人来说,这些隐喻完全是陌生的。因为家里的书架上没有这本书。也许该消除不读《圣经》这一心照不宣的禁令了,不要让圣诞树成为证明犹太-基督教身份的唯一的东西。

华多①的驴眼

那个星期二,在罗浮宫。他们向我保证博物馆里会没有人。我遇到了一个穿制服的清洁工。他斜着眼睛,拿着一把长扫帚,就像一个贡多拉船夫。我们上了楼梯。几个正在织毛衣的妇女轻轻地向我们转过身来。平静温顺的快乐,在佛兰德②的一些油画中可以看到。一切都衬了毡子,但空气中仍颤抖着不安,就像在一个小小节日的次日来到某人家里。远处,有人示意我们不要发出声音,因为那个教授在临时与人交谈。半道碰到人,每次都让他

---

① 让·安东尼·华多(1684—1721),法国18世纪洛可可时期最重要也最有影响力的一位画家。《吉尔》又译《丑角吉尔》,作于1718—1719年,现藏于罗浮宫,是华多的重要作品之一。
② 比利时西部地区。

恼火，坚信罗浮宫是属于他的。我有点迷醉地穿过这些宽阔的画厅，用眼角偷窥着挂满画厅的作品，没有停下脚步。其中有的作品早就深入我心。我和华多有个约会。只有他的一幅作品，《吉尔》。1984年我第一次来罗浮宫，更多是罗浮宫本身让我感兴趣，而不是里面的油画。我在画厅里走来走去，就像一个刚刚付清房费的失业者，然后正对着华多的这幅画停下脚步。我每次回到罗浮宫，它都给我同样的感觉。好像一切都融化在我身上，激动得让人骨头发酥。我变轻了，准备像吉尔一样飞起来。那天，我不知道什么东西让我激动成那个样子。我寻找着激动的原因，但没找到，反而来到了一幅乡村风景画前。吉尔处于精神劣势中，几道似乎嘲笑的目光围绕着他。吉尔的眼睛让他看起来如此温柔，人们还以为他头脑简单。他超然处之。看画不能像读小说那样。我的大脑只知道听故事，我不可能听不见吉尔周围的人在讲什么。残酷的时代，掠过吉尔脚踝的那些嘲笑声告诉我。他却什么都没听见。我围着这幅油画转了一圈，我觉得它是圆形的。一个闪光的球体。右边有人在动，是摄影师带着两个助手。当我围着吉尔转的时候，我觉得有一团鬼火在围着我转。轮回与革命。华多把画架安放在吉尔对面，而摄影师则把我赶到一座灰色楼梯下面的一个角落里。罗浮宫里最不起眼的地方。不用在别人的目光下工作我会很高兴。来不及生气，很快就被罗浮宫里的那些鬼怪吞噬了。他不是在拍摄，而是在工作。他在寻找一个角度,一种思想,一道颜色,一个动作。他要求我做出奇特的动作,装腔作势。我一边看着他,一边想着华多。我继续在头脑中寻找那幅油画的焦点。眼睛?目光?不是同一回事:那么多目光是没有生气的。我又在脑海里看见了那幅画。人们在欧洲最富丽堂皇的地方的最阴沉的一个角落里拍摄我。我没有再到几米外的地方去看华多的那幅油画,宁愿在脑海中反刍它。我把它切成碎片。那个摄影师像画家对吉尔一样,在我身上寻找我自己毫不知情的秘密。突然,华多的世界在时间的灰尘后面动起来了,激情膨胀,有股热风。吉尔是个热气球,准备上天了。过去在逃逸,在它的吸引下,一切都可能远离。但华多没有走,好像有什么东西把他钉在了那里。一枚大钉子。驴的眼睛。我以前没有在意,心想,那不就是一只眼睛吗?像钉子一样。圆圆的,干涩的,没有激情。它在等待。人们一旦看到它,就看不到别的东西了。我终于看到了那么多年来一直看着我的那只眼睛。我一动不动。后来,我走下了《萨莫特拉斯的胜利女神》[①]对面的楼梯,又碰到了那个清洁工。他在扫一小撮灰尘,我则在想我们的鞋子带给罗浮宫的东西。

[①] 《萨莫特拉斯的胜利女神》,又称《胜利女神之翼》,约公元前190年古希腊的胜利女神大理石雕塑,世界上最著名的雕塑之一。

孤独生活的艺术

费里尼在他一本珍贵的小书中
（其中的素描十分动人）
讲述了关于孤独的滋味的故事。
一天，他在大楼的走廊里
和一个应该有八十岁的家伙
擦肩而过。
这人打开
又关上他家的门。
费里尼自忖发生了什么事。
这个老人解释说，他试图知道
自己身上是否散发出老人的味儿。
费里尼带着人们熟悉的苦笑，
心想，他永远都不可能知道，
因为他身上真有那股味道。
要想孤独地生活，就不要
给自己提问题。
可以对亡友说话，
对客厅里的植物说话，对虎斑猫说话，
对泪眼的狗说话，
但永远不对自己说话，因为
答案总在问题里。

运动中的文化

夏天不是一年当中的郊区

文化与农业

文化的问题,在于它来源于人们的生活,但一旦经过改头换面,它便不再为这些人服务。每当文化仅靠文化而维持生命,它便会像人们忘记浇水的植物一样死掉。我很乐意拿文化与农业相比。植物需要水和土壤,正如写作需要感觉和景色一样。诗人松尾芭蕉①在日本北部艰难的旅行中,很快就发现,景色与农民的这种密切关系,创造出来的不仅仅是一种激情,而是一种美学。

北方农民的
秧歌
是风格的第一课。

海地伏都教②的圣歌似乎也有同样的原始力量。而且,最佳的俳句所拥有的那种精悍和含蓄,在克里奥尔

---

① 松尾芭蕉(1644—1694),日本俳谐诗人,被誉为"俳圣"。
② 伏都教,又译"巫毒教",源于非洲西部,是糅合祖先崇拜、万物有灵论、通灵术的原始宗教,有些像萨满教。

语①的无名氏歌曲中也能找到。

> 三张叶
> 三条根，啊
> 扔掉的被遗忘
> 捡起来的被记起。

有时，城里的艺术家们从大众文化中汲取源泉，以丰富自己的想象，其目的往往是把它们变成商品，卖给渴望文化的人。文化创造财富，这没有一点不好，假如人们能够看到，它首先是一种经验，然后才是财富。城市和农村最大的区别在于节奏和时间。从城里看，乡村生活就像一条漫长而平静的河流。人们觉得这种以季节为节奏的社会过于依赖时间来解决问题。为什么这些歌（赫西俄德②的《工作与时日》）好像是普世而永恒的，而这种乡村文化却由于宁静最后走向了反动？城市发展得太快，催生了快餐文化。城里人匆匆忙忙，用越来越短的时间解决复杂的问题。这就是消费文化如此猖獗的原因吗？它所引起的动荡最后形成了一种新的文化形式。书籍、电影、展览、音乐会，迅速创造，迅速消费，不能

---

① 克里奥尔语，一种混合多种语言词汇，有时也掺杂一些其他语言文法的语言，这个词泛指所有的"混合语"。
② 赫西俄德，古希腊诗人，被认为是古希腊教谕诗之父。

触动人们的内心深处。在这样的情况下,任何变化都不可能。另一方面,乡村的平静时间,由于使用的剂量太大,可能会给人造成压抑。

贫穷不是穷人的主题

以为穷人只对表现其贫困的小说感兴趣,这是一个假命题。他们更多是对别人的生活感到好奇。穷人在他们贫困的日常生活中看不到任何诗意,而富人却藏在他们厚厚的高墙后面,享受舒适生活。他们同意宫廷画家给他们画像,却不愿意让作家自由而真实地把他们写出来(问问杜鲁门·卡波特[①]吧,他曾一度把自己当作是曼哈顿的马塞尔·普鲁斯特)。艺术为什么不能成为一种兴趣?如果不冒任何风险,它就一钱不值。几年前,我的一个朋友告诉我,他父亲建议他先做做其他事情,然后再来写作,他觉得自己在这方面有些才能。他照办了,但写作的热情随着时间的推移消失了。在我看来,这个朋友并不是艺术家,因为艺术家只服从内心的激情。作家要能扫除路上的一切障碍才能成为作家。没有别的办法。燃烧着他的激情像权力那样具有破坏性。在这个行业,性格比才能更加重要。只有性格足够坚强,才能继续前行,不管路上遇到什么艰

[①] 杜鲁门·卡波特(1924—1984),美国作家,代表作为《冷血》。在这本书中,他开创了"真实罪行"纪实文学,被公认是大众文化的里程碑。

难险阻，哪怕面对这个看不见的恶魔自己显得非常弱小，在全城都休息的时候，它还逼着你写作。

拿艺术冒险

人们养成了分片来消费艺术的习惯，好像艺术是一个西瓜，可以切成一片一片：文学、戏剧、音乐、绘画、电影、舞蹈等。每种艺术都在自己的角落里活动，更糟的是，在同一种艺术当中，人们还要细分。拿音乐当例子吧：爱好古典音乐的人拒不相信（这可是错了）唐娜·桑默[①]在从事与莫扎特同样的音乐。从事摇滚乐的人看不起流行音乐，人们把搞乡村音乐的人看作是乡巴佬，永远都不会离开自己的乡村。我在这里不敢说大众怎么看待席琳·迪翁的重金属音乐。其实，这是同一回事，都是让声音变得和谐，以创造出一种激情。区别在于给这种激情以什么样的价值。有时，会有疯狂的导演试图消除界限，把所有的人都集中在同一个舞台上，来一场大演出。公众惊讶一时，然后又恢复了自己的旧习惯。大家都跑去看展览，看电影，看戏剧或听音乐会，每个人的方向都不同。不同的公众相遇了，却不混淆。他们区别太大。古典音乐是要用一只耳朵听的，脖子微微侧向右边，结果，爱好古

---

① 唐娜·桑默（1948—2012），美国流行乐歌手，曾五度获得格莱美奖，有"迪斯科女皇"之称。

典音乐的人走路都是斜的，这是因为右耳用得太多了。而经常去画廊的人在日常生活中养成了这种怪癖：他们想在同一时间内什么都看。绘画可以说是唯一允许爱好者一边看画一边与邻人聊天的艺术，当然，他们聊的往往与看的无关。当一切都这样消失在世俗社会中，我们还能真的谈论艺术吗？人们更多是与都市奇特的礼仪打交道，人们继续观察，却不知道其来源，也不知道其目的。而且，我们所消费的艺术也在告诉别人我们属于哪个社会阶层。在城里的某些高档住宅区，人们以为只要哼哼勃拉姆斯的音乐旋律，就可以击退那些野蛮的群氓，让他们回到树木越来越稀少的地方。究竟是怎么回事？我们怎么到了这种地步，心安理得地走进这些叫作文学、戏剧、电影、绘画、舞蹈和音乐的小盒子？别担心，我不会说它们没有意义，全都是思想垃圾。让我们直奔主题吧！我们现在正变得跟艺术不共戴天。两件事情让我们疏远了它：金钱与冷漠。让我们赶快解决金钱问题。人们把艺术与艺术的传播混为一谈了，后者一路弄了不少钱。今天，从事最内在的艺术的人也希望被尽可能多的人听见或看见。你很快就会想到，他们之所以这样期望，是因为他们相信，在街上遇到的每个人都有艺术激情。你会想象一个贫穷的工人坐在贫困的阴影下，艺术之光将把他照亮。不，我们被诅咒的艺术家只想在大众当中获得成功，他认为，这样，他就可以在余生无忧无虑地过日子了。人们想大声地说，还有别的职业，甚至还有别的艺术形式来表现这些东西。但他想拥有这些已被喂得饱饱的民众，他们已经有文化馆，有街区的公共图书馆，虽然并不常去。我敢打赌，如果民众大量地去那里，一连两个月，国家很快就会认真地对待文化，至少会另眼相看。但他们没有去。忠于邮局的总是同一些老人。年轻人很快就明白了，文化是老年人的事情，是回忆过去美好时光的办法。确实，文化馆代替了教堂。人们抱怨政治家们对文化不感兴趣。这是因为他们只对民众感兴趣的事情感兴趣。他们熟悉民众，不让一票溜走。问题在哪里呢？是因为民众拒绝那种掺假的、堕落的、已经完蛋了的、骗人的、被切成一片一片的、麦当劳式的艺术——当然，我不是说所有的人都这样。这种艺术不可能产生真正的感情。由于过度商业化，它与某些民众的关系被破坏了。一切都明码标价，价钱是事先定好的。少数人，各社会阶层的都有，他们往往都满怀热情地拥抱艺术，但一段时间以来，艺术已离他们而去。然而，人们从来就没有在某些领域做得更好。在技术的层面，我们的知识已达到顶点。但总缺少什么东西，缺少我所说的——没有更好的说法，姑且就叫运动吧。艺术，就是让我们周围的人和物动起来。让他们同时起舞。艺术能让脉搏加快跳动，能产生激情——激情中，已经有运动。激情就是让运动停下来的感情。在形象上停下来。你们知道，我说的并不是巴甫洛夫①所说的激情,后者让大众相信,他们能感觉到某些正确的、真实的和有力的东西,而那些其实都是机械化的东西。人们开动起一架制造眼泪的机器。而我所说的是艺术的激情,它能让你用另一种眼光来看这个世界。我说的是某种能消除旧思想旧意识、触及生命本质的艺术。对我来说,艺术就是在黑暗中苏醒的某个人,他大声地喊道:"我在这里干什么?怎样才能从这里出去?"如果我们总是紧紧抓住我们可悲的特权不放,发出的只能是这样的询问。这里指的不仅仅是拥有物质,还意味着道德、智慧和社会方面的舒适感。这种舒适让我们真诚地相信,我们不会遇到任何问题。除非是别人给我们造成的,那些外国人随时准备改变我们的价值。但绝不会来自我们自身,因为我们是如此相同。我们将在大声呼喊这样的口号中度过一生:我们的身份不会改变,我们的价值不会改变,我们的原则不容讨价还价。这一切都是已经决定了的,那是我们的文化。但如果走这样的道路,就有可能再也遇不到艺术。我们将只剩下文化。文化这个词,只有当我们想避免艺术时才会使用。艺术和文化之间有什么区别呢?只有让自己的文化处于危险的境地,艺术才会到来。

---

① 伊万·彼得罗维奇·巴甫洛夫(1849—1936),俄罗斯生理学家、心理学家,1904年因为对消化系统的研究成果而获诺贝尔奖。

诗的历险

当然，我谈的不是那种诗，它不能被偶尔归纳为某种文体所简单造成的结果，或是某种做作的激情，或是人们在某个领域用朦胧艺术来形容的那种虚幻的颤抖。这很奇怪，因为没有任何东西比诗更明确。而且，诗来自数学。所有伟大的数学家，比如塔勒斯·德米莱，他们同时也是诗人，如果不是说他们首先是诗人。没有什么比研究秘密的东西更有诗意了。数学家希望揭示它的真面目，诗人想原汁原味地保留它。当然我说的不是人人到处兜售的那种关于美的观点。再说，丑，由于更腼腆，完整地保留了它诗意的力量。关于美，人人都有自己的选择。其他花笑我们品位太低，竟然选玫瑰作为最美的花，它们为它们的花王保密。一句话，诗并不是自动出现的，而要去寻找它。它也不是外在于我们的，而是埋藏在我们内心的最深处。更进一步说：诗人并不总是曾经写过诗的人。有些吝啬且卑劣的人写出了好诗，触动了人们在企图自我超越时灵魂的最深处。遇到这些诗人时，我们很难相信那些曾经点燃我们热情的诗竟来自一颗那么刻薄且狭隘的心。也有一些爱好诗歌的小坏蛋。一个小坏蛋或是一个刻薄鬼也能写出一首好诗，这是怎么回事？难道他们曾在一瞬间忘了自己的真实本性？这是因为出现了一件意外的事情：每个人身上都有的那个最好的部分浮出了水面，形成了一个诗意的时刻。诗既不在具体的诗篇中,也不在人的心里,据哈德良所说,是"一个想到来的东西"。被人们称作诗的东西就是让这件"东西"到来的东西。而且这个"东西"不会每次都出现,也不一定出现在诚实者身上。诗也是一种目光,能在诗句中捕获一个多样性世界的各个方面。意大利诗人翁加雷蒂因创作了一首两行诗《我受到无限的诱惑》而被奉为不朽;奈利冈则因在同一行诗中重复了同一个词而获得殊荣:"啊,雪下雪了哦"。这就是我们大声朗读他们的诗时,在我们身上产生的力量中互相穿越的两个不同世界。翁加雷蒂所说的无限就是非洲,那里,太阳在沙漠上升起,创造被这位意大利人捕获的永恒瞬间;对于奈利冈来说,雪诞生于雪,他由此找回了事物诞生于自身的童年顽念。孩子是个神,不承认自己是人生的,所以他一出生,人们就在孩子的脑子里强加这种观念:这位先生是他父亲,这位太太是他母亲。如果放任不管,孩子会越过大门,立马离开。"啊,雪下雪了哦",奈利冈迷失在一种无尽的沉思中,被无限(浅蓝色玻璃上的太阳)所迷惑,正如翁加雷蒂被非洲沙漠上的太阳所迷惑一样。

诗是一种活跃而自由的力量。

"看"

美是教育的事。每个社会阶层都有自己的标准。一追寻美，人便走出了诗，只想接近已经懂得的东西。更糟的是，人们因此学会了互相区别。于是优雅便不得不保持秘密。可人们无法从这个陷阱逃离，因为自打童年起，大人就用必须崇拜的人和事对我们进行狂轰滥炸。叫卖一样，声音让人讨厌。人们都听到过母亲这样说："看，这多美！"如果她满足于说"看！"就好了。所有的恶都来自"这多么美"，正是这句话在妨碍人们看东西。到处都能听到这种命令：在博物馆里，尤其在印象派的画作前，在花园里，在大街上。这种所谓的对美的唤醒，其实结果恰恰相反。这是在阻止别人与世界建立关系。人们有时候也会听到："别看，这很丑。"而人们渴望看到这种丑。因为必须相信，世界就像一条湍急的河流，不加区别地冲走美、丑、生、死、小、大、残忍和善良。而且，一切混作一团，人们不总是能区分干净与肮脏，正如难以区分美和丑一样。所以人们发明道德，对于诗来说，这就像苍蝇拍对苍蝇一样。这一切促使我们相信，诗并不会藏在具体的哪首诗中，而是生命的一种陶醉。诗在空中发散着一种能推动抒情行为的力量。一切都显得非常简单。简单得不在任何事物中消除生命的多样性特征。

书店和墓地

我一直觉得,书店和墓地之间存在一种联系。两者都充满亡者。书往往是一位持续哲思的亡者。我回想起给了我作家定义的那个小女孩说:"(作家是)死后去乡下生活的某个人。"我在内心深处一直保留着关于作家的这种令人安慰的看法。于是墓地就成了一个秘密且宁静的空间,它更深刻地代表着一个城市,而非饶舌的聚会。我养成了每到一个城市就去参观书店和墓地的习惯。我回想起一位消防员指着一家漂亮的书店,费力地对我说,他从没有去过那里。我一直对不读书的那些人印象深刻,似乎他们掌握了一种我还在书里寻找的知识。于是我去了那个乡下小书店。空无一人。一些书乱七八糟地放在几张小桌子上。我不慌不忙地读完了《局外人》的整个开头,红脸膛儿的书店老板才脖子上冒着汗地来到。她在旁边喝着一杯加了咖啡的红酒。我很快就发现她回来不是为了监视我,而是想和一个过路的陌生人聊聊天。由于我手里还拿着那本书,她就跟我谈起了她对加缪的热爱。正是为了让人阅读加缪,她才开了这家书店。加缪那感性和阳光的写作吸引着喜欢红酒的女人。而严肃的女孩则偏爱《安娜·卡列尼娜》。我买了一本书,她给我指了去墓地的路,就在那条土路的尽头。那墓地活像那家书店:一些简朴的坟墓迷失在高高的草丛中。在别的城市肯定不会这样。我刚进门，门口的铃铛就响了，通知主人有客人来了。很快就出现了一个又高又瘦的女人，想知道我要买什么。我做了一个含糊的手势，表示我就是随便看看。我极少去书店明确寻找某本书，而是等书自己出现在我面前。一个真正的读者永远不知道他会带哪本书离开书店。这种选择经常取决于洋溢在书店里的气氛。有时，氛围沉重得能让一个情绪焦躁如塞利纳的人变得麻木。我感觉到女老板猜疑的目光投到了我的脖颈上。我出去得那么匆忙，以至于她跟到了人行道上，想知道我是否在大衣里面藏了一本书。我认为参观那座城市的墓园是不合适的。另一天，我走进一个豪华郊区的大墓地。一些干净的坟墓，整齐地排列着，就像在立正，让人想对它们说：稍息。有一些姓氏出现在门口旁边。有时，妻子没结婚时的姓也和丈夫的姓一样。他们被封闭在自己的社会等级里。我觉得好像有钱人都被安置在入口旁边，那里就像头等包厢。墓园的中间地带，是姓氏不同的亡者。更远处是死于鼠疫的人，出于基督教的仁慈，人们已宽恕了他们。那地方的书店正是我曾经想象的样子。一个宽敞明亮的空间，前面是成吨的杂志，后面是上百种文化周边产品，中间是美国的畅销书和日本的漫画。一些年轻的店员在走道上推搡着你，他们在书店里跑来跑去，让你觉得是在火车站里，而且火车刚到站。因为那天天气好得让我临时起意，下了高速公路，进入那个外表并不吸引人的小镇。书店就在饭馆旁边。我点了一份牛排加薯条,然后去书店里转一转。书店门口又窄又暗,往前走了几步才渐渐宽敞起来。到处都是书,甚至能爬到天花板附近寻找百科全书的阶梯上也堆满了书。最里面,有个男人坐在一盏点亮的灯下。他那么专注,我还以为他是在一个荒岛上。我走过去,想知道他是否正在读书。他向我缓慢地抬起眼睛。我的眼前是一头濒临灭绝的动物。不管你怎么想,这家书店才不想讨好你。我愿意我的书在这里终结它们的时日。在这家书店里,这个脾气有些暴躁的人保护着书,不让它受到那些粗鲁的人的侵犯,他们不知道书是种种激情的总和。我及时回到饭馆,看看我的牛排加薯条是否已热气腾腾地上桌。

死亡的艺术

我回忆起
当我在海地的一个村庄
发现这个如此喜庆的墓地,
心中激动万分。
附近的农民
怀着巨大的热情
将它涂画。
用如此欢快的颜色绘画墓地
这一想法从何而来?
一种节庆的气氛。
我曾徒劳地在这些
阐释艺术和生命奥秘的人身边
寻找答案,
甚至和一些画家谈论这个话题,
他们好像也不知道
自己身上的那种暗示力
来自何方,
目的何在。
我据此推断(并不怎么知道
这个同样无用的发现

究竟有什么用）
这个地区的人
或许并不想了解死亡，
而是把死亡纳入自己的生命。
人们能否避免这些
此刻悄悄地伴随着每一个人的
这种病态的仪式，
只保留生活的热情？

词语引起的高潮

猫一样的年轻人

十八岁左右时,我和诗人克里斯托夫·夏尔跑遍了太子港。他那时候二十岁,刚刚出版了第一部诗集《人类的历险》。我们在那个早晨早早出发,去敲每位在我们眼里算得上作家的人的家门,试图博得他们对这本诗集的某些称赞。那些大型猫科动物,由于担心破坏丛林的平衡,当一只有花斑爪子的年轻老虎向他们求助时,往往犹豫不决。用不着一直爬到毛发最漂亮的老虎——诗人雷昂·拉罗当时所住的奖杯园里,每个星期六正午前后,我们总能在《短篇小说家》编辑部里见到他,他在那里与老朋友会面。我们坐在一个角落里,记下他轻快的答话,并且希望他能注意到我们。拉罗因为这首短诗而出名:

背 叛

这颗萦绕的心,它不
和我的语言和习惯契合。
别人的情感和习惯
如铁爪在这颗心上噬咬。

在欧罗巴，你们可感到这痛苦
和这无与伦比的绝望：
用法兰西的词语来驯服
来自塞内加尔的这颗心？

不过，拉罗已经发现我们。在下一周的《短篇小说家》里，《人类的历险》享有一个评价。那天，我们永远击败了死亡。没有什么比一位年轻诗人初获的荣耀更令人感动的了。

重要的是所问的问题

"您是用什么语言写作的？"《世界报》的记者问我。语言这个词把许多作家，尤其是第三世界的作家挡在了文学的大门之外——人们总有一天会遇到写作的烦恼的——词还是那个词，但原先的问题已经彻底改变了，让我不得不三思之后才明白这个问题的意思。人们经常指责我为什么不用母语写作，对此我已经早就习惯。正如法庭的一个执达员突然向我指出，我刚刚盖了房子的这块地并不属于我。听到这个问题，我觉得自己终于有了选择。一股清风。我把它抓在手中，四下转着，就像孩子把玩着他刚刚得到的一个奇特而漂亮的物件，心想它有什么用处。我之所以这样做，是想品味这一时刻。我登上文坛二十年了，第一次没有挠头就回答了问题。以自己的母语写作的人，不了解国家被征服的悲剧，他们不会理解我的惊讶。往坏里想，他们是在嘀咕，那个记者是否正在扮演移民官员的角色；往好里想，他们将从中看到这与风格有某种关系。文学语言。我是个作家。对他们来说，这是用来向那些以身份画线的人解释，文学是一扇窗户，国家试图禁锢的思想从那儿飞走了。对那些没有任何人指责他们没有用母语写作的作家来说，这是一个好机会，可以告诉大家，是目光创造了语法而非相反。写作更多是一种姿态，而非奴役。我感觉这将直奔一场新的论争。我冒着被人关在门外的危险，继续品尝这个问题。我觉得它很诙谐，具有颠覆性，充满了惊讶。我很想拿这个问题问问写《拉摩的侄儿》的狄德罗。这个问题将让对方在秋日的一天，在公园找条长凳坐下，好好地思考一番。如果你知道自己用什么语言写作，那你什么都是，就是不是作家。就是相信切断动脉能让你更好地看到流血。我向你保证，这类似乎并不寻求答案的问题并不是天天都能遇到的。它会让人产生怀疑，这可不是无足轻重的问题，文学语言并非你所出生的那个国家的语言。不过，让我打消这小小的疑虑吧！您是用什么语言写作的？我希望，人们并不想得到一个低级的回答，听到我解释说，我用法语写作，尽管我的母语是克里奥尔语。我已经在毫无微妙之处看到了微妙之处。我这样回答《世界报》没有任何危险。我已经非常明白：这是一个巧妙的问题。我不会无缘无故地激动起来的。这是因为，这样奢侈的享受在我们的生活中非常罕见。我想起来，关于我的第一本书，我曾这样对我的美国译者说：非常容易翻译，因为已经用英语写了，只是用了法语词汇。为了证明我能用法语写世界上的任何语言，我给我的一本小说取了这么一个书名《我是一个日本作家》。写作，正是为了摆脱自己的身躯和所处的空间。为了成为他人。我用正在读我书的人的语言写作。

词语的味道

词语的味道是一种奇怪的味道，与成熟的水果、新鲜的鱼甚至雨中的吻没有太大的区别。我还记得我第一次与书独处的那天，我看到字母在我惊奇的目光下聚集起来，成为我嘴里吐出来的一个声音。没有比字母更抽象的东西了，也没有任何东西比词汇更加具体。之后，造句，就是顽强、坚持和不断修改的事了。一个孩子，严肃地低着头，用二十六支闪光的小钥匙，试图推动人类想象出来的最神奇的机器，你是否见过比这更动人的事情？书比电脑复杂，但打开它就跟夏天云开日出那么简单。这种物质如此平静，孩子们可以把它放在膝盖上，就像母亲曾把他放在膝盖上那样。它会突然变得像炸弹那样危险。这颗虚构的炸弹，只要不曾在一个冒失的读者脑袋里爆炸，几百年都不会失效。有件东西来自我们的童年，可我们已经失去，那就是大声朗读。我发现，许多书，是专门用来朗读的。阿根廷作家认为，默读是我们从圣奥古斯丁的《忏悔录》那儿继承来的坏习惯。因为从那本书里，我们发现了第一个默读者。今天，我想是在公园里，在地铁或公共汽车中，总之是在公共场所里阅读的习惯，出于优雅的考虑，只让我们用头脑来阅读为嘴而创造的词汇。难道读者会比摇滚乐爱好者更难办吗？博尔赫斯——一谈到读者，我们还是会想起他——他不是让大家大声朗读吗？因为他本人是个瞎子，无法再让眼睛顺着句子柔软的河水漂流。所以，大声朗读，正如我现在所做的那样，我们会既有声音，也有图像。而默读更多是让人想起默片时代。福楼拜很喜欢让词汇在他的嘴中发出声响。这个胡子光亮、眼睛乌黑的人，三件套里面藏着施虐的成分。如果你还认为那是室内乐，你就无法读懂《包法利夫人》。它对你来说更多是外省的一个重金属乐队的名字，由于邻居过于娇气，不得不放低音量。但有了CD，只需提高音量，就可以感觉到愤怒和失望这双重打击的力量——"包法利夫人就是我"——尽管有雨果的铜管乐，这句话还是让优雅的19世纪震聋了耳膜。从某种意义上来说，福楼拜终结了掺杂着玫瑰露的狂热的浪漫主义。在那群人当中，还有波德莱尔、莫泊桑那样的疯子，以及可敬的巴尔贝·多尔维利[①]。

[①] 巴尔贝·多尔维利（1808—1889），法国浪漫主义作家。

雨果呢，这个管弦乐队指挥刚刚租了一个库房，把沿墙排列的所有乐器都试了个遍。如果说《悲惨世界》是部宏大的小说，那是因为雨果是在流放中写的，他有的是时间。如果他在法国，享有女演员们的尊重，面对他凸突的前额，她们都对他表现出无限的热爱，而他则很容易把这种热爱变成床上快乐的叫声，那么雨果会写诗或者是戏剧。如果说他的诗歌数量太大，那是因为巴黎漂亮的女演员太多。对雨果来说，词汇就是躺在他书房隔壁暗影中的女人的胴体。他的目光流露出来的更多是肉欲而不是邪恶，因为他比贪食者还贪吃。谈到肉欲，不得不说一说贝纳丹·德·圣皮埃尔[①]，他选择了带水果香的词，在小说《保尔和薇吉妮》中，让赤道中的阵雨、吊床上甜蜜的午睡、裸着双乳的女人的味道都流行一时，就像之后人们在高更的油画中见到的那样。

一本好书

这位年轻人（没有洗澡，指甲乌黑）挨着我在公园里的一条长凳上坐下来，边嚼汉堡边喝可乐，好像对我的书好奇。这书好看吗？是的，非常好看。和杰克·伦敦的书一样好看？没等我回答，他就告诉我他不经常读书，一

[①] 贝纳丹·德·圣皮埃尔（1737—1814），法国作家、植物学家。

年一两本，不过读得很认真。真的，他从口袋里拿出一本脏兮兮的《白牙》①。他灿烂的微笑使我发现他刚过青春期。酒精、毒品加香烟造成的破坏。他拿书的样子就像抓着救生圈。您怎么知道一本书是好是坏？他一定要我回答。我仿佛看到了一只非洲獠。"我并不怎么知道。"犹豫了好一会儿我才这样回答。他安静地等着我，好像他有的是时间。"好吧，"我最后说，"一本好书能唤醒您在不知不觉中沉睡了的智性。"我并不满意我的回答。很多事情都能唤醒一个麻木的头脑。一本好书总是在一位自由的读者手中，否则它就不会长时间在那里停留，因为糟糕的读者总想摆脱和他已经读过的东西不相像的一切。一本被诅咒的书与一本被崇拜的书从来就离得不远。自由的读者可以自己做主，决定读什么书，不管别人如何强烈地向他推荐哪本书。有人总想成群地读书，这种古怪的爱好从何而来？阅读是一种私密行为。人们不会吞掉一本好书，更多是在书中有被玩完的危险。怎么认出一位好读者？看他是否沉默。当您问某人在读什么书，而他热情地向您详细讲述他所读的书，当心了，这不是一个读者，而是一个自找烦恼的人。阅读对身体来说并非必要，氧气才是身体所需，但一本好书能给心灵提供氧气。

---

① 杰克·伦敦的一部小说。

诗人在他自己的城里

米隆[①]去了哪里？他的诗歌在我们当中继续流传，所占比例超过了我们个人的范围，甚至可悲地超出了人类的范围。直至超过了我们的边境。米隆的作品想冲到海洋上空，用我们听不到的语言触及人心。这位米隆，我在生活中到处寻找他。加斯东，你的房子着火了。他在我面前变得具体起来，在圣路易公园大声叫喊：

> 长眠于此，只为容颜
> 不眠此处，可在他的语言中
> 古老的米隆
> 没有被埋在任何地方
> 如风

这位"古老的米隆"曾长期驻留在我心里。这是一个强大而辉煌的男人。这种辉煌来自肚子而不是脑袋。米隆对世界上所有的音乐都那么渴望。他在跳舞，带着他那群梦幻者。他迈着大步，穿越公园，用他张得大大的掌心掠过树木。这是一种抚摸，那些树对此非常敏感。他好像独自一人在说话，实际上他仅对松鼠讲述他的梦。到了另一位做梦

[①] 加斯东·米隆（1928—1996），加拿大著名法语诗人。

的伟人奈利冈曾经居住的房子前,他一个踉跄,如同一个因"绿色的欢乐"而醉倒的人。他转过身,用他富有特点的喉部笑声对我耳语:"在大量吸引人的诗句里,你毫无办法。你将在我们背后长期颤抖。"融入早晨的空气之前最后一个舞步,然后去跟他消失已久的诗人朋友们重聚。

让生命起舞的艺术

一过青春期
我就成了太子港的记者,
当时,那位在过去的二十年
那么闪耀的女性,死在
这个超员的病房。
我偶然得知,她是当时
最伟大的石油舞(民间舞)
舞者,并且认识歌唱家
鲁曼娜·卡西米尔[1]和游吟诗人蒂-帕里斯[2]。
我在卡尔-布鲁阿尔广场附近
(以一位曾在那里生活过的
著名的无政府主义诗人命名)
一家小餐馆的桌角,
写一个潮湿的专栏。
几年后我碰到她儿子,他仍很激动,
悄悄地告诉我,他母亲只知道让生命起舞。

---

[1] 鲁曼娜·卡西米尔(1917—1955),海地最伟大的歌唱家之一。
[2] 蒂-帕里斯(1933—1979),海地游吟歌曲之父。

生活不是概念,因为有时会下雨

午后的故事

"生活,"这个年轻的贵族说,"在夏日沉重的下午,这种事交给仆人去干就可以了。"当时,我在午睡时间去看望一个老朋友,他给我讲述了他的过去。他当年是外交部部长,所以经常旅行。有一次,他来到一座温泉小镇,我想是巴登–巴登①,在亲密的气氛中跟一个年轻的贵族聊天。聊着聊着,他发现这个二十三岁的年轻人对工作毫无概念。此人完全不知道人还可以花力气为别人服务,从而获得报酬。他总是看到别人在他的领地上忙碌,从来没有注意到他们和他父亲之间存在着金钱交易关系。仆人们在城堡里居住的时间几乎跟主人一样长。我的老朋友跟我分享了他的惊讶:都到了20世纪50年代了,还有人生活在中世纪的概念中。有两种人,他们很接近,同时也相距很远,一类是被迫劳动的,一类是想劳动但找不到工作的。前者没有事干会很高兴,为了填补这一时间,西方人的所有聪明都用上了。创造一些微妙的词来形容某些东

---

① 巴登–巴登,德国著名温泉疗养地、旅游胜地和国际会议城市。

西，做饭成了美食，复活戏剧尤其是歌剧，没有这些有钱有文化的精英，戏剧肯定会灭亡。乘头等舱旅行，现代艺术，在利兹饭店吃早餐，等等。后者则伤心地看着天上的云，等待肯定永远都不会发生的变化。尽管如此，我和我的那个老朋友，尤其是他，我们都觉得回到了普鲁斯特的世界。那些人把欧洲当作是他们的财产，理所当然地属于他们。为什么他们那么重视家谱？遗产，你敢碰，就让你流血。正是它让他们过着现在这样的生活。他们一一走过欧洲典雅的沙龙，听着仆人演奏的音乐。这些仆人不是叫莫扎特就是叫舒伯特，总之是被迫以各种方式谋生的人。在他们看来，这个世界非常简单，除了他们的家庭成员，其他全是仆人。艺术家可以得到宽恕，只要能给他们带来快乐。但这些人要什么有什么，不是那么容易取悦。他们就像孩子，一不高兴就动粗。他们不遵守社会规则，那是给平民和小市民准备的。小湖上有些年轻人在划船，湖的那头，有人为了谋生而累弯了腰，往往为了捡拾住在城堡里的那些人掉到桌下的面包屑而互相残杀。六七十年后，也许用不了那么长时间，也许会发生另一场大众运动，这会让那些穿着短裙比赛网球的年轻女孩感到不安，但运动会被平息的，一切都会恢复秩序。也就是说，被布满天鹅的小湖隔开的这两类人会相聚的，人们将听到那些年轻女孩的尖叫声，她们重新登上网球场，继续比赛，好像刚才只不过被阵雨干扰了一下。

寒冷保护人，炎热暴露人

我躲在这家小咖啡馆的一个平静角落里。这家咖啡馆是我逛街时发现的，我经过一条树木葱茏的安静小马路，看到一家可爱的小店，里面有十来张桌子，两三个年轻的女侍应，头发花花绿绿（有蓝色的，有红色的，有黄色的），显得很高兴，终于来了一个客人。她们继续聊天，不时地扫我一眼，看我脱衣服脱到什么程度了：大衣、毛衣、围巾、手套。我每天都要花很长时间来穿衣脱衣，钻进暖暖的地方，然后出门走到冰冷的马路上。这座城市与其说是我住它，不如说是它住我。我突然明白了为什么在这个国家没有独裁者。独裁是一种热带植物，在那样的气候条件下才能长大。那希特勒呢？对德国人来说，希特勒并非一开始就是独裁者，因为他想让每个德国人都成为世界的主人。这是一个集体独裁计划。把独裁种植在一个有时气温低到零下40℃（加上风的因素）的社会里是很困难的。寒冷把我们关在个体当中，熄灭了我们身上所有的集体梦想。而独裁需要的是自发的（失业）、杂乱的（要穿得少）人群，随时都能召集起来，冒着自己的生命危险，涌向大街小巷。有时，他们也不明白为什么要这样做，不知道谁是幕后指使。这类大众弥撒，受民粹的演讲所驱使，自发性很强，正如最近在中东某些国家的首都发生的那样。但如果天太冷，工人阶级都躲在工厂里，不知道外面天黑还是天亮，这种活动是不可能组织起来的。所以，我们这里从来没有独裁，也没有革命（一枚奖章的两面）。总之，这是一件好事。我是在那种对比鲜明的世界中长大的，不断地涨潮退潮，让我目眩呕吐。以革命的名义颠覆政权之后，出现的是新的独裁。这种政权的更迭如此相像，完全可以预料，如果不是往往伴随着流血，我们都会趴到窗边去看狂欢的队伍。流的当然是穷人的血。很奇怪，我越来越觉得冬天是我生命的一部分，它进入了我的肉体，以我的基因密码待在那里。我的两个女孩都出生在蒙特利尔的圣朱斯丁医院，她们喜欢冬天。当我害怕寒冷，离开蒙特利尔，去迈阿密写作时，她们在行李中给我带来了田野边深雪①的一幅小小油画：几个小孩正在屋后的小街上打雪仗。天地白茫茫。雪覆盖了一切：屋顶、庭院、花园、人行道。女儿们不断地看着这张小油画。在快乐的记忆中，她们已经把圣朱斯丁医院变成了一座白雪皑皑的小村庄。姐妹俩中有一人从来没有见识过冬天，因为她出生于8月，9月初就离开了蒙特利尔。她一直想念冬天，以至于我们7月份到蒙特利尔度大假时，她还希望那里仍然是冬天。我与根在魁北克的人不一样，他们起初都非常喜欢冬天，到了晚年，却开始诅咒它，开着印有百合花图案②的旅行车，逃往佛罗里达。我是开始的时候讨厌

---

① 田野边深雪（1937— ），原籍日本的魁北克画家。
② 百合花图案为魁北克的省徽。

冬天，可耻地逃亡南方，后来才回到北方。我老实说吧，之所以回到蒙特利尔，主要是因为那里文化生活繁荣，有许多可爱的人，白天黑夜都藏有无数惊喜。如果不必早起去工厂上班，这总是好事。

小事的味道

我感到有点奇怪，我们为什么对思想那样重视，对生活却没那么热情。这种生活，我们几乎有些蔑视地把它叫作普通生活。当我们想留住它时，它过得那么快；当我们牙疼时，它简直会要我们的命。我们对抽象的概念感兴趣，对嘈杂的生活却不理不睬。如果这样下去，我们会忘记这一重要事实，即我们首先是人，以各种方式试图在这个地球上生活下去。由于我们只是匆匆地在世上走一回，我们只能是房客，总之，有不断的痛苦、激情、工作、友谊、历险、仇恨、快乐、艰难和烦恼。我们带着可嘉的谦逊，把这美丽的计划叫作普通生活。碗碟的叮当声和马路上的嘈杂声混淆在一起。吃早餐的客人离开了暂时客满的咖啡馆。我给女侍应做了个手势，她又给我端来了绿茶。冷风钻进咖啡馆，新来的客人总是不随手关上身后的门。不管怎样，我拿出小本子，记下早上就产生的几点想法，被狄德罗叫作"娼妇"的思想①。

烦恼：我童年时期就尝到过烦恼的滋味，当时，生活像一条漫长的道路，消失在天际。两天来，雨下个不停。由于赤道的暴风雨，人们不让我到雨中去玩。当你精力那么旺盛的时候，你怎能乖乖地待在家里不动？雨下得很大，我站在窗前，就像一个囚徒，看小鸭子在外面嬉闹。后来，我到了走廊上，凝视着空空的马路。那条路平时总是熙熙攘攘，挤满了农民。他们从小戈阿沃周围的小山，来到军营旁边的市场卖蔬菜。这是我最喜欢的一幕。可现在，那里空无一人。有时，一个人骑马而过。然后，又什么人都没有了。马路是空的，只有雨，雨，雨。为了逃出这个牢笼，我到大衣橱里去淘旧书，在白色的毛巾下面。我知道藏禁书的地方，他们不让我看那些书。于是我爬到床底下，雨马上就停了。我踮着脚尖，恐惧地钻进了D.H.劳伦斯让人心慌的世界，慢慢地发现了谁是查泰莱夫人的情人。我那时还不太懂那些游戏，色情与某些阶层拥有的权力混杂在一起，但我感觉到那里发生了一些十分严肃的事情。我好像偷了一把钥匙，它能让我逃出童年的牢笼，进入小孩禁止入内的成人世界。在读劳伦斯之前，我并不知道社会阶层的存在。在这之前，对我

---

① 狄德罗曾在《拉摩的侄儿》开篇中说："我的思想，就是我的娼妇。"

来说，只有成年人和孩子，不是在这个阵营，就是在那个阵营。从某种意义上说，多亏伴随着那场雨的烦恼，我才发现了文学。

时间：后来，我遇到了另一种烦恼。因时间加快或减慢而产生的烦恼。以前，我只因下了两天雨而烦恼，现在，烦恼来自四面八方，等上十分钟就会让我感到烦恼。只要我觉得不能随心所欲，我就觉得烦。手表不满足于告诉我们时间没有正常前行，它也开始制造烦恼，让气氛变得更糟。有时，时间飞逝，有人刚好瞥见对方在看表，脸上立即愁云密布。我们在都市生活的中心。时间总是断成碎片。集体时间消失了，人人都有自己的速度。思想由此失去了活动的自由。哪怕只有两个人，也越来越难分享同一时光。城乡之间完全不一样，我们的生活节奏是那么不同，让人觉得我们不是同一类人。拥有同样的想法，看同样的电视节目，说同样的语言或来自同一个国家，这些都无济于事。这种区别首先取决于时间在这一生活模式中所占的位置。大城市需要有众多的人口才能运作。这些人拥挤在同一块土地上，加速了生活脉搏的跳动，同时也创造了新的时间。如果说，在我的乡下小镇，烦恼能让我看书和观察周围的人群，当我们在创造越来越嘈杂的城市的同时，把烦恼完全驱逐出我们的生命空间，那又会怎么样？当然，速度快会带来烦恼，但想到缓慢也会产生烦恼，情况就不一样了。

欲望与禁忌：它甚至比持续一整夜的精神预言更激动人心，比最极端的体育运动更体育，比伊丽莎白时期的戏剧更悲伤，这就是欲望。谁都可以在任何时候对谁想入非非，直到最终克制住自己的激情。一个男人，一脸黑色的长髯，戴着无边圆帽，在地铁上遇到了坐在他对面的一个女人的目光，然后闭上眼睛，想象她一丝不挂的情形，而对面的女人还以为他在祈祷。这就是设想别人在想什么所造成的误会。要避免这种误会，首先必须想到，别人跟我们不一样。宗教是最了解人的，它很快就认识到了欲望的重要性及其爆发的可能。谁都不能钻进别人的脑袋里，在那个隐秘的地方，没有道德，也没有界限。试图挡道的宗教只能刺激欲望。有人以为宗教平息了我们老祖母的欲望，这种想法总让我感到好笑。如果说这种想法与老祖父无关，我们是否应该认为，他们只和那些渴望获得祖母称号的女人做爱？那样的话，感到快乐的是她们。我想，她们不过是不说罢了，那种秘密，她们会一直带进坟墓。我说的不是性行为，而是性幻想和欲望。大家都知道，欲望是一条章鱼，不会松开自己的猎物。它一旦跨进我们的家门，就不会再出去，最后占据所有的空间。欲望摸索着行动，它温柔地钻进猎物的血管里，像剧毒的毒品那样，爆发力十分强大。

友谊：内心有多大欲望，外表就会有多大快乐。在离咖啡馆不远的这个小公园里，快乐来到了我身边。一道阳光斜斜地照射过来，我不时地要用报纸遮挡它。我抬起头，看见一个朋友远远地向我走来。这事，表面上很平常，其实让我欣喜若狂。我再也感觉不到生活的沉重及其严厉的规则，忘了把人折磨得筋疲力尽的困难和惊人的贫困。身体感到更自如了。朋友在长凳的另一头坐下来，不想妨碍我看报。他什么都没说，但这种沉默而非远去让我觉得跟他很近。这是友好的沉默。谈话悄悄地开始了，并不限于一个话题。从牛谈到鱼，正如别人从鸡谈到驴一样。我们重新评估一切，心平气和，更不匆匆忙忙。感情在顺畅地交流。这是一场低声的谈话，夹杂着长时间的沉默，这让我们得以欣赏事物的甜蜜。我们彼此十分了解，不一定非要对方在场。

看向别处的艺术

有人悄悄地为我们的目光指引方向。
一切迫使我们看向某个特定的
方向。不该惊讶,那么多人感觉到自己
被同一个主题,或同一个对象所吸引。
往往是一种产品
或是拥有修长大腿的金发女郎
充斥散发出工业香味的有光纸印刷的
杂志。围着爱马仕丝巾的
时尚专栏作者召唤着当季的
趋势。今天它触及生活的
各个方面,甚至是最私密的方面。
可以说,一切都生机勃勃。
在同一个时刻看到、感到和梦到
同一件事物,发明这种方式的人
正是圣埃克苏佩里,在他看来,
"爱,不是互相看,
而是一齐看向同一个
方向。"而我们的时间无法越过的地平线
是放在床尾的电视机。
并且决定了那些爱好。

现在，真应该来到窗前
看一看
雨淅沥地下。

旅行历险

不同种类的旅行者

在19世纪，终极历险仅限于荒岛求生。这种任性在我们身上根深蒂固，以致今天在新闻界还能看到。每当记者没有准备好采访，他总会这样问你：如果你要去一个荒岛，你会带些什么？不到一百年前，人们还热衷于发现处女地和原始人。许多大陆，即所谓的蛮荒之地，大汗淋漓地来了一些人，戴着殖民者的头盔，寻找已经消逝的文明的痕迹。如果查一查英国人的档案（那是最详细的档案），我们就会发现，在这样的背景下，历险，主要是欧洲人的一种爱好，而且是人类学家、动物行为学者和语言学家的专利。学者们往往漫不经心，但对人身上的动物性或动物身上的人性永远都感兴趣。让我们把这些无伤大雅的学者们放在一边，寻找另一类游客：有钱人无所事事，却苦于感觉迟钝。他们旅行数月，甚至数年，最后迷失在大自然中，有点像杜鲁门·卡波特想象出来的那个讨人喜欢的女孩藿莉·格莱特丽[①]。然后是集体旅游，包机旅行

[①] 卡波特代表作之一《蒂凡尼的早餐》中的主人公。

十来天，先苦后甜。今天，是穷人在旅行，而且往往一去不回头。最近一次人类大历险，是与一种文化结缘，甚至冒着失去身份的危险。为此，必须毫不设防地前往别人的地盘，如能放低身段那就更好了。同意当个一无所有的人，下到社会大厦冰冷潮湿的地窖，让工业机器转动起来，日久天长，便成了一台被剥夺了所有人性的机器，最后消失在无名的人群中，苦苦干活，早出晚归，不见天日。与那个阶层有关的东西很少浮出水面，以至于大家最后都以为，这个劳工世界并不存在。要开动这台沉重的机器，需要的是双臂而非头脑。这些越来越便宜的商品是由那些先被使用后被抛弃的人所生产的。最后的这种历险专门留给马提尼克知识分子弗兰茨·法农所说的"地球上的受罚者"。这个头衔是不能给他们摘掉的，这种状况也是不能去改变的，那是他们的真实身份。有钱人不再旅行：他们一家酒店一家酒店地换。今天，移民是最后的旅行者，他们在路上的遭遇越来越糟糕，这意味着旅行的终结，正如不到一百年前人们所设想的那样。

酒店房间里的游客

如果老想着要给别人讲述自己刚刚经历过的事情，这样的旅行就太难了。认识一个国家的最好办法，仍是到实地去看一看。在那里逗留期间，我们所有的感官都一直在灵敏地捕获有趣的逸事。而记录在异国看到的细节,会浪费很多时间,真正重要的,是什么事情都没有发生的时刻。比如热得一塌糊涂的这个下午,在自己的房间里午休,听着远处市场里传来的嘈杂声。不过,一踏上一个新的国度,我们的大脑就会开始捕捉、剖析和收集一大堆我们回家时乐于匆匆忘却的细节。身体经历这些事情的方式就不同了,它很快就知道,这一系列那么新的感觉、气味、颜色和味道,此刻叫作巴马科①。游客一到某地,首先要做两件事情:买一沓当地的明信片(如果是在非洲,那就必须有长颈鹿),这往往可以在酒店的小卖部买到;打听邮局的地址。于是,这样到附近走一走便成了旅行的习惯之一。他在前台打听了很久当时的风土民情,人们劝他小心钱包和护照,加拿大护照在当地的市场还是挺值钱的。他想知道怎么去通布图或莫普提,因为他打算第二天就上路。真正懂行的游客应该知道必须尽快离开第三世界国家的首都。如果在北半球,重要的是大都市(巴黎、纽约、罗马、马德里或柏林);如果是南半球,必须马上消失到热带丛林当中,或深入沙漠。北半球人们刚到就急着要离开的唯一大城市,就是蒙特利尔,因为面积辽阔的魁北克不可避免地吸引欧洲游客,还有加拿大小木屋,有熊,有塔杜萨克的鲸鱼,有佩尔塞的岩石。反民俗的斗争

---

① 巴马科,马里共和国首都。

是不可能胜利的。让我们谈回巴马科吧!我们的旅游者的房间钥匙有问题。行李箱放在脚边,他很恼火,因为他觉得已经离目的地很近了。最后,他终于打开了门,但重又把钥匙塞进锁孔,想再确认一下,他巧妙地动一下手腕,听到"咔嚓"一声,除了酒店的职员,只有他知道这一奥秘。然后,他走进有点昏暗的房间,在里面站着,茫然地看了一会儿之后,才发现有几个巴米勒格①面具在黑暗中盯着他。想到那些恐怖的历险电影,上面的非洲面具在黑暗中会突然动起来,他不由得有点害怕。他站在面具前,一一仔细分析。这时,发生了一件奇怪的事情,他觉得自己曾在哪里见过这情景。他突然想起来,在海地也有这样的面具。他自问,不知发生了什么奇迹,非洲能够继承海地的文化,到了影响其艺术的程度。他在床上坐了很久,什么都不想。他不做任何努力,让自己被居住在这里的精灵所接受。

旅行者的身份

旅行者的复杂身份在移民局官员面前变得简单了:他突然就成了加拿大人,而他还以为自己是原籍海地的魁北克人

---

① 喀麦隆西部高原居民。

或其他人。他想起了罗曼·加里①想改变主题及写作方式时曾说："我想用别的名字写完全不一样的东西。"我们绝不应该放弃这种自由，哪怕是为了让自己舒服一点。老实说，根据不同的对象，从口袋里掏出不同的身份证，这种做法几乎会让他到处受到欢迎。在法国，做一个魁北克人当然没有坏处；在人们跟他兴致勃勃地谈起1804年海地事件②的非洲时，做一个海地人很受欢迎。但旅行者如果住在迈阿密，他往往不会告诉你他的居住地，这在全世界差不多都一样。他觉得公开自己的美国人身份，会替布什去送死。他继续在房间里旅行，尚不知这个房间是他真正的到达港，是他能深刻认识的唯一国家。也许这是旅行的唯一办法。非洲国家现在希望别人把它们当作是现代国家，但有的旅馆老板还在怀念那些梦想在一个平行的世界里旅行的客人。旅行者在一本《圣经》里发现了一个护身符，在马里这样一个大部分人都是穆斯林的国家里，这是很让人吃惊的。他一只手拿着《圣经》，另一只手拿着护身符，待了一会儿，心想，只有扬博·乌奥罗根③才能痛击残暴

---

① 罗曼·加里(1914—1980)，法国外交家、小说家，两次获龚古尔奖，一次是用本名，另一次是用笔名。
② 指1804年的海地大屠杀，当时的海地总督让-雅克·德萨林下令屠杀白人，导致大量的白人和克里奥尔人死亡。
③ 扬博·乌奥罗根(1940—)，马里作家，1968年出版的《暴力的责任》深受欢迎，但后被指涉嫌抄袭。

的殖民世纪，强烈反对宗教，恢复马里动荡得让人难以置信的历史。但在这个房间里，还有别的问题。他发现浴室那边有奇怪的声音（现在，他的各种感官都非常敏锐）。他小心地走到那里，发现洗手盆下面漏水了，于是跪下来修理，结果又发现了他刚才没有注意到的小毛病。他高兴地让空调重新运转了起来，并马上就明白先前为什么没有开。他宁愿打开窗户。班加科的味道和噪声迎面袭来。他就是这样适应自己的房间的，所有的动物都一样，在捕捉新的感觉之前都如此。他应该马上解决明信片问题。趁他还是游客的时候这样做，因为几个小时后，他就要改变身份了。星期四晚上，他就会以为自己是马达加斯加人了，虽然他还不曾去那个国家。明信片也是一个证明，证明你不在自己的国家里。于是这位旅游者掏出一盒漂亮的明信片，上面有地址，他在那里逗留期间会去参观。他回到房间，打开行李，把衣服放在衣柜里，然后坐在腿有长短的小桌前，嘴上带着微笑，想着那边的冬天，发送自己的第一批印象。他当然会说起马里美丽的夕阳，那种让人忍受不了的炎热（无非是想让那些还踩着冰雪的人妒忌得要哭），无精打采的尼罗河，山羊节，以及在酒店的游泳池旁边喝啤酒的乐趣。这些东西他要以后才能体验，但他很快就发现，旅行惊人的地方之一，是它能让人与时间建立起一种奇特的联系。由于自己肯定不会在两周内死去（尤其是在国外），所以可以拿未来打赌。谁知，旅行者在半路上死了，人们收到了他寄出的明信片，上面讲述着他肯定还没来得及经历的险遇。但这种事毕竟非常罕见。

他者的精神

他手里拿着一只蓝色的大螺栓，微笑着转向我，不停地揉着左脚。我们一言不发，对视了一会儿，随后，我在他身边坐下，就在这家旅馆的院子里。过了一会儿（在那些人口稠密的城市，正是沉默让人给自己创造一个私密的空间），他开始轻声说话，想让我听他用万能的巴姆巴拉语[①]博学地解释，表达出最微妙的概念。我的微笑暴露了我的怀疑，他很快就察觉到了。于是桑巴·尼亚雷大声地说出这个复杂的句子，并立即翻译成巴姆巴拉语（我这辈子听到过的最难的句子之一）："在说话时不说话的人，除非过了说话的时刻后用语言说话，否则，我们不会把他的话当作是正常人说的话。"翻译："Ni mogo min ma kuma tuma la fo kuma tuma temennen k'i be kuma kuma la An t'i ka kuma mine kuma kunma mine kuma kunma ye O tuma."我没有完全理解这句话的法文意思，甚至把它译成巴姆巴拉语也同样。当人们知道在法语中有一些字母在巴姆巴拉语中找不到时，难度系数又增加了。用一种非洲语言说话，

[①] 巴姆巴拉语，马里共和国最重要的语言。

并不一定局限于个人对最近的一场雨、不好的收成或众神的愤怒的看法。有时候，它像马列维奇的绘画——黑底上一个黑色方块——一样抽象。

旅行箱

我看到一个男人向我走来，我很快就认出他来，把他带到我的房间里。一只旅行箱在角落里等我们。他扑过去，打开箱子，翻弄着，终于找到了他那么焦急寻找的东西：一部厚厚的手稿。没有经过互联网发送的手稿。故事发生在巴黎机场，一个男人说着陌生的语言接近我。一会儿之后，我终于明白了，他把我当成了他的一位同胞。知道我来自海地之后，他热烈欢迎我。我能替他带一下这只旅行箱吗，到了那个国家之后他再来取？我毫不犹豫地接受了（我知道这很危险，可怎能不帮他的忙呢？他在一个拥挤的机场里为你朗读你祖国的一位诗人的诗）。我把我的旅行箱和他的旅行箱一起托运上飞机，这似乎让他感到很高兴。他大声地表达了这个意思，不断地感谢。

突然，他担心起来，想知道我去哪里。去马里。天哪！他要去塞内加尔。他冲上去，试图从滚动着的传送带上拿回他的旅行箱。有人阻止了他。悲剧。这个高大的男子开始哭泣，信誓旦旦地说，他的博士论文在这只旅行箱里，而且是唯一的一份。我们最后去喝了一杯，我把我在巴马科的旅馆地址塞给他。剩下的就是旅行箱问题了。他向我描述他的旅行箱，可它和其他几百只旅行箱并没有什么不同。没有任何明显的标记。到了巴马科机场，我得等待所有的人都取走自己的行李之后，才弯腰去拿装着那个塞内加尔人的数学博士论文的小旅行箱。人在整个一生中不断丢失的那些物或人都去哪里了呢？

寻找母亲的艺术

我回想起一个小男孩
他眼神惊恐
拽住我的袖子
对我耳语:
"您曾见过一位
丢了小男孩的母亲吗?"这
使我回想起我的母亲,
有一天,我在街上遇到她,
便走过去问她
要去哪里。"我一直在找你。"
她对我说。"你怎能
在一个超过两百万居民的
城市找到我?"
"这不找到了吗?"

战争笔记：现场记录

夏威夷吉他时代

只要发明不出一种技术,让人能逃避日常生活的责任,而又不会没有任何罪恶感,战争就会永远存在。我知道有少数人能轻而易举地做到这一点,但其余的人仍会陷入道德价值的泥潭,无法潇洒地走开。除非是去上战场。20世纪60年代,人们曾想用爱情作为反战的药方。"要做爱,不要作战"是既热情又天真的一代人的宣言。这一切都与夏威夷吉他同时消失了,但战争仍然没有过时。

"'热情',我明白,但你为什么要加上'天真'?"那个很难说话的朋友问我。

"认为无法同时做这两件事的人,我觉得他们很天真。"

"哪两件事?"

"爱情与战争……战场的不远处总有妓院。"

电视上的战争

在这家奥地利旅馆里,晚上过得很不舒服。也就是在那天晚上,战争突然爆发。是因为消化不良?我注意到,不同食物（尤其是香料）给游客造成的身体不适有时比时差还要严重。不要吃得太晚，不要吃太多的香料，尤其不要喝太多的酒，但我并不总是能遵守我的这些老规定。这个"太"字，我难以正确地界定。我的酒量越来越差，好在我对酒已经失去兴趣，但这种想法我不能接受——因为我对咖啡已经没有兴趣。确实，从几年前开始，咖啡我就已经喝得很少，而且要喝也喝得很甜，这让我周围的人都感到惊讶。我之所以提及这些小事，是想提醒大家注意，战争的目的是在公共领域中动摇个人生活。于是，充满各种细节的个体生活便成了这种摸得着的东西，也就是人们所谓的敌人。所以布什要轰炸伊拉克，并信誓旦旦地说，他只恨萨达姆。但要抓住萨达姆，就必须摧毁巴格达。问题是不可能杀死某个没有名字的人，而在这件事上，只有萨达姆有名字，甚至还有姓。大家会问，还有多少个萨达姆？必须杀掉所有替身才能抓到真正的萨达姆？如果布什盯着萨达姆，只要伊拉克还能向CNN提供一个替身，战争就永远不会结束。

萨达姆的多重人格比布什的个性更让CNN感兴趣，布什只有一张面孔。我突然惊醒过来，跑向厕所。什么事都没有。我打开电视机看CNN的节目，刚好看到战争打响。"斩首"行动开始了。我看到了一个化了装的萨达姆（戴着墨镜和贝雷帽）。是不是他？只能是他，因为他看起来太像假的了。我马上就知道，萨达姆将彻底打形象牌了。

可我立即就陷入了困境：我将整天坐在电视机前看布什当着世人的面展示自己的力量？向我们展示他昂贵的玩具，他的年轻人坐在亮闪闪的坦克（新材料）穿越沙漠，这显然是他的策略。画面不会改变：几个轰炸的场面，接着是布什的一个镜头，他正以坚定的步伐（目光严肃，嘴唇紧闭）穿过白宫的草坪。这一切都是为了表明，他才是这场游戏的主人。在这期间，困扰人类的其他所有问题（比如非洲的艾滋病）都退居幕后。

但在我看来，比布什更糟的是拉姆斯费尔德和他那种连环杀手般的冷笑。布什也许是个有宗教幻象的人，目光盯着远处的一个点，而拉姆斯菲尔德显然很欣赏落在伊拉克的每一颗炸弹。于是，3月22日，当数千颗炸弹和导弹飞向伊拉克时，这一天成了奇迹（持续亢奋）。权力可以给人带来小小的乐趣。当民众被卷入其中的时候。在莫妮卡·莱温斯基事件中，克林顿由于想独自玩儿而成了罪人。这种个人享乐把他变成了一个普通公民，而他的使命是成为美国的一个象征。布什则让大家集体享受一种快乐：战争。所以克林顿要受到惩罚而布什不会。

美国作家菲利普·罗斯喊出了这句口号："Bring back Monica[①]！"暗示战争才是真正的丑闻。人们一开始就陷入了这个困境：是否以CNN的目光来看待战争，而CNN只

[①] 英文，意为"把莫妮卡带回来"。

代表两个阵营之中的一个。美国人再次提供了一切：人员、技术、演出甚至观众。美国的电视讲述着美国的战争。人们会想，不管怎么说，画面总不会欺骗我们。我们看见了躺在路边的尸体，这不可能是假的，我们这样对自己说，然而事实却并非如此。没有什么比电视画面更虚假的了。摄像机只拍摄摄像师想让我们看的东西，首先是人们要他展现给我们看的东西；第二，人们可以操纵拍摄的画面，当不太远的战壕里有十具或五十具尸体时，他们只让我们看到其中的一具。

　　人们也可以事后在剪辑时改变图像。这很容易，只要摄像师愿意以自己的方式给战争出力。并不总是CNN的摄像师，有时民族主义热情会在人们身上燃烧。在系列谎言中，应该加上"直播"这个词，它深深地吸引了很多电视观众，让他们觉得真实就展现在他们的眼前，并制造出所谓的"即时行为"。可是，在这方面也同样，我们并不能肯定都是真的。人们常常忘了去掉屏幕角落的"直播"字样，结果人们在白天"直接"看见了晚上的场景。应该相信人们从窗口或在小屏幕上看到的东西吗？你可能与事件发生的地点不在同一个时区。如果一直待在电视机前，我们最后会发现，同一天会多次播放同样的画面，而他们却说这是直播。我很难理解这种"直播"的意思。总之，我们要记住，在战争时期，新闻检查是无死角的。哪怕是在和平时期，军方也从不来多嘴多舌。所以，每天早上都看到一个上校在跟CNN的电视观众,也就是全世界的电视观众分享当天的战略,人们会哑然失笑。在战争时期,电视台不会违背严格的规定,关于美军的任何敏感信息都不能发布。人们知道这些之后,再看到那些骗人的把戏,就会哈哈大笑了。况且,战争期间,记者们大部分都要依赖军队。哎呀,我得跑着去上厕所了,否则会吐到地板上的。

忧虑之夜

尽管我不生活在伊拉克,我仍然无法逃出那个迷宫。美国人同时鼓吹战争与民主,却不想想二者水火不容。在美国的军队里,伤兵有时会由负责治疗他的医生跟着。炸弹摧毁了巴格达,华盛顿的政客们却在商谈国家的重建,当然是由伊拉克人民出资。那些日子,民主与独裁在中东跳探戈。美国承受着巨大的压力,最后的武器仍是金钱。已经花了几个亿。自从纽约的双子塔被撞之后,布什就想在所经之处都让大家为之买单,不管是政府还是个人。对个人来说,这没那么明显,只是声音会不时地沉默,或在另一个方向响起。前线总会发生战争,问题是电视给出了虚假信息,让人以为一切都出现在我们的眼皮底下,没看见的东西就不存在。当我们关掉电视去吃饭、看电影或做爱时(我说的不是那些在做爱的同时还看电视的人),我们会觉得,我们从椅子上站起来,战争就停止了,直到我们重新打开电视机，它才会继续。

如果我们想思考一会儿，有时真的要关掉电视，至少要试着从不同的角度来看事物。我们并非每天都从已经亡故的诗人的角度来看待战争的。我觉得，在发生严重危机——我们脚下的一切似乎都在摇动的时候，走开一点是有好处的。当死亡的人数不断增加，清点者提到人类痛苦的时候轻描淡写，此时，听听诗人讲述个人的噩梦会让人心里好受一些。生于海地南部雅克梅勒的卢桑·卡米尔（1912—1961）就属于那一代诗人，在海地被美国占领时期（1915—1934），他们一直生活在耻辱之中。那些年轻人的诗歌观可以说是接地气的，确实，当时的海地诗人往往是在大使馆当文化专员，而不像之后那一代诗人，在杜瓦利埃当总统期间长大成人，在监狱里告终。那是一个激情澎湃的时代，美国的黑人诗人发起了Harlem Renaissance[①]，兰斯顿·休斯[②]以其神奇的手指，在美国文艺界指点江山。所有的大学生都会背诵卢桑·卡米尔的诗《内吉》，该诗的前几行是这样的：

[①] 英文，意为"哈莱姆文艺复兴"，又称黑人文艺复兴，指20世纪20年代到1929年世界经济危机爆发这10年间美国纽约黑人聚居区哈莱姆的黑人作家所发动的一种文学运动。

[②] 兰斯顿·休斯（1902—1967），美国黑人作家，被誉为"黑人民族的桂冠诗人"。

> 你只有16岁，
> 你说你来自达纳基勒。

这两句诗成了出入文学俱乐部的密码，人们在弥漫着三K党味道的太子港之夜默诵着这首诗。太多的成功最后窒息了他的灵感，卢桑·卡米尔失之浅显。他酗酒，像许多担心失去魅力的年轻人一样，相信酒精能给诗歌带来灵感。但诗歌并非诞生于酒精，因为它本身就是真正的酒精。这一切都将在医院中结束。就是在医院里，在1948年6月16日的那个可怕的夜晚，这位天才诗人面临死亡。他在那天晚上所写的《医院的夜晚》，是那个时代罕见的诗歌之一，当时人们讨厌华丽的诗。我们还是回来谈谈躺在医院小病床的那位诗人，他痛苦的声音代表着一个时代，甚至也是我们这个时代的声音。

> 啊，被框死在门洞里的丛林，
> 烈日当空时如此自豪的沙箱树
> 到了夜晚就成了惊恐的野兽，
> 它拼命地跑
> 却是为了不从我的噩梦中走开。
> 热情之圣母，忧虑之贵妇，
> 请可怜在黑夜中惊慌的思绪。

沙箱树①是赤道地区的一种大树,当风吹动它的枝条时,能发出快乐的音乐。人们常常说,从沙箱树下面走过的人会忘记自己的过去。

> 这里所有的树
> 叶子都能遮挡阳光
> 形状都能美化空间,
> 这里所有的树
> 都被框死在门洞里,
> 那是涌动的巨兽,
> 抵挡着滚滚乌云
> 不让它扑向孤独的我。
> 忧虑之圣母啊,
> 看看那些没有睡着的人。

诗人到处都被敌人围困:树木是天然的盟友。他自问能否摆脱这无尽的黑夜,他所有的幸福今晚都变成了痛苦的来源。这就是死亡吗?

> 孩子们在附近的路口梦想,
> 微风让树叶抚慰得更欢更久,

---

① 生长在南美热带地区的一种大树,果实成熟爆裂时,能发出巨响,威力巨大。

> 孩子们的歌声和树叶的旋律
> 绝非黑夜从内心发出的音乐,
> 而是它让人撕心裂肺的哭泣。
> 沮丧的心之圣母,您可感到
> 我搏斗的最后一丝热情?

痛苦变得难以忍受了,到了黎明,就要投降了。回到童年时期虔诚而天真的形象。

> 回来吧,阿莉丝妹妹,
> 带着吗啡和鸦片
> 双手合十,满怀同情。
> 我将看见黎明从你眼睛的海洋中升起,
> 基督如此温柔
> 如在《圣经》的梦中,
> 他向象征人类痛苦的波浪
> 庄严地伸出一只手。
> 热情之圣母,忧虑之贵妇,
> 请可怜在黑夜中惊慌的思绪。

我感到诗歌回归了,只有这种语言艺术能够表达我们最内在的感情。我不过是一个偶然读诗的人,但越来越多地寻找诗人为伴,那是一群奇特的人,他们的世界观让我激动。最近，我的许多朋友都重新读诗了。这是诗歌的回归，如同第二次世界大战之后，达达派及之后的超现实主义者，像狡黠的小精灵，在欧洲仍有余热的灰烬中雀跃。诗歌，人们在文学、音乐或绘画中都能找到它，只有它保持着足够的沉默，表达内心的恐惧。

被遗忘的记忆

人们是否还记得，这些东西不久以前就已经让我们感兴趣了？看着电视里播放的血腥事件，大家觉得紧张，这似乎危害了世界的平衡。后来，时过境迁，人们也就转移了注意力。妻子回到厨房做饭去了，丈夫在办公室工作到很晚，在忙一份大腿修长、嘴唇颤抖的文件。火热的女权主义运动过去四十年了，情况并没有得到改变。我们继续我们越来越狭隘的生活，通过媒体了解世界上的所有悲剧。这让我们不断地改变生活方式，一方面是个人小生活，另一方面是可怕的战争，我们得在两者之间不断地来回。我们整天骂，但拿那些恶魔没办法。小屏幕上络绎不绝的尸堆，就是他们的杰作。随着时间的推移，这就造成了一种持久的自卑感，道德水准越来越低下（除了谋杀和强奸，我们觉得一切都微不足道）。与此同时，我们问自己这又有什么意义。人们很激动，看着战争让人难以忍受的画面，家破人亡，妻离子散。后来，美国政权更迭（一切都与白宫有关），人们忘记了这一切，好像它从来没有发生过。一分钟内，一切都被抹去了。在那一分钟里，民主党新总统代替了共和党总统。比一出在百老汇不成功的音乐剧被遗忘得还快。

最大的戏剧

对于喜欢戏剧的人，要向他们推荐一出如此壮烈、场景大得容得了一整个国家甚至全世界的戏，除了它还有什么呢？仅在20世纪，这出戏在欧洲就演了两个漫长的季节：从1914年到1918年，然后是1939年到1945年。另一次，几个世纪前，有一场战争一连打了一百多年，主角的名字像马戏团的人物那样怪：勇者里查德，赤贫者约翰。当年，身经百战的士兵晚年靠疗伤度日，妻子则在炉火边缝补旧羊毛袜子。战争可以打那么长时间，以致成了一种生活方式，成了一切的中心：厨房、节日、宗教仪式、税收、贞节带、爱情、祖国、艺术，甚至包括死亡本身。战争也是一种普遍的爱好，其根源可追溯到该隐和亚伯的斗争，其触手能伸到所有时期和所有国家。但与莎士比亚的某个剧本相反，死者最后并没有为了得到掌声而重新站起来。如果说道德因为杀人的权利而挨了一个响亮的耳光，爱情也没有被排除出这场残酷的游戏，因为一些充满激情的信件从战场飞到了家中，写信者是些失望的男人，他们以前从来没有跟伴侣说过一句温存的话。这出迷人的演出今天仍在上演，甚至在最偏远的地区。在戏中，金钱是战争的原动力。

大地与金钱

在讨论之前，在知道谁对谁错之前，最大的问题，应该去问战争本身。那是一段什么历史？为什么生活中的一点点暴力就会让我们厌恶至极，而我们却又接受战争，好像那是命中注定的东西？我们这一代是素食者，都不忍心在电影上看到杀鸡，却能心安理得地坐在电视机前观看战争场面。

当然，我们不赞成战争，但我们做了什么来表明我们反对？没做什么。当我们表明态度的时候，人们会通过地理专家、经济专家、历史专家和军事战略家的口，回答我们说，事情比我们想象的要复杂得多。其实，一点都不复杂：不过是有人在合法地杀另一个人。这连孩子都懂。复杂的是要给自己杀人提供一些理由。战争有两个主要理由：土地与金钱。农民被捆绑在战争上，所以才有土地的国有化；金钱：卖武器能赚钱。战争是一门多好的生意啊，必须永远维持它。点燃战火，这对国家有好处。战争中的政府不会有反对派；对军火商也有好处，对害怕民众或靠假想敌生存的石油政权更有好处。总之，对大家都好，除了对大兵，他们都不知道自己为何而死。

战争的碳氢燃料，就是仇恨。这种仇恨来自何方？来自可怜的大兵们的母亲，政府把她们的儿子送上战场去死（他们总是首先倒下），她们却无法恨自己的政府，所以就把仇恨发泄到被当作她们的敌人的人身上。她们要求全国所有的母亲至少要把自己的一个儿子或女儿送到贪得无厌的魔鬼嘴里。我儿子死了，你的儿子也应该死——这就叫作爱国主义。于是事情就没完没了了，这让正在往银行赶的军火商笑得合不拢嘴。将军们躲在幕后，参议员大腹便便，这些吸血鬼都在地堡里干杯。死的是普通老百姓，让战争持续下去的仍然是人民的仇恨。很长时间没有听说将军战死沙场了，而以前，将军死在床上是一种耻辱；很长时间没有听说大明星死于战争了，可他们动不动就说要动武——录像带中的伪暴力；很长时间没有听说知识分子死于战争了，也没有大资本家的儿子、部长的儿子或年轻的王公死于战场。有一些职业团体被豁免了，现在和过去一样，都是谁死于战场了呢？是平民的儿子，也就是奴仆。我们的文化希望，如果事不关己，就高高挂起。如果那些战死的人连名字都没有，又怎会跟我们有关呢？一方面是士兵或平民，另一方面是恐怖分子。杀死不认识的人要容易得多（所以人们不想知道他们是谁）。

当然，每次都会有盛大的葬礼，一排棺材覆盖着国旗，放在寡妇们脚边，部长们安慰了她们一下之后便匆匆返回高级轿车，扬长而去。都是同样的仪式同样的举动，让人觉得是在重放几十年前的电影。我们在银幕上看到的人，他们自己也早已死去。人们展示死亡，却掩藏尸体。谁也没有见过用大型运输机运回来的尸体是什么样的。真的是尸体吗？如果是，状态如何？为什么我们从来都看不到？人们把他们送到了屠宰场，我们有义务亲眼看看屠夫把他们怎么了。人们给我们看了很多细节，有些东西我们丝毫不感兴趣（有时，人们以政治家的性丑闻为由，让我们走进某人的卧室），我们想看的东西他们却不给我们看。让我们看看尸体，我们想看。他们不再属于寡妇们，而是属于送他们上战场的人。战争只说明一件事情：我们的社会建立在一个巨大的恶作剧上。

　　我们没有前进一步。自从新石器时代以来，什么都没有改变。我不想听你们解释。我在想，我一直都在这样想，怎么能派一些人去杀他们不认识的人，还继续大谈什么道德、法律甚至上帝。我们怎能相信这样的悖论？据说，从战场上回来的人必须接受心理治疗，因为他们很难理解为什么他们不再有权杀人，或因为再杀人就要受到惩罚——对从战场上回来的士兵来说，那是恐怖之夜。杀人，打破了最大的禁忌之一。这是在向神性的权利进攻。人们拿神祇出来说事，是为了从人们手中夺走同样的权利。但最可怕的玩笑，仍是以和平的名义打仗。这种和平，叫做墓地的和平。

抵抗一直存在

我有时会想,这个奇特的世界到底维系在什么东西上,因为那根绳子好像很细。是什么东西没有让我们在绝对的恐怖中跌倒?大家都知道,一切都在累积,一种恐怖并不会消除另一种恐怖,这个人的恐怖不会消除另一个人的恐怖,它们是相加关系。刚刚出生的孩子大量继承了这种野蛮。说起孩子,以前曾有禁忌,对孩子的禁忌。大家好像都达成了一致,让孩子远离我们的争吵。现在不是这样了。双方的孩子都死了,死于炸弹或是火箭弹。好像谁也不反对,大家都觉得这样基本正常。我们彻底变成了肮脏的人类,为什么还没有在绝对的恐怖中跌倒呢?为什么还有一些豁免区呢?这种艰难的平衡靠的是什么?法律?啊,它完全被执法者给践踏了;习俗?它随时可能会被更大的爱国怒潮所冲垮;宗教?它正处于这种悲剧的中心。扑灭这种大火可不能指望宗教,它已经用永恒之火烧得我们惊恐不安。地狱的威胁就是这种恐怖在基督徒生活中的首要表现。至于伊斯兰教,我们就不谈了。

那我们能指望什么呢?指望人类抵抗旧有恐怖的力量,这种抵抗力自古就有。我们要提醒大家,所谓的恐怖,指的是个人或国家对另一个人或国家实行任何种类的恐怖。大家都倾向于相信,让他人陷入恐怖,这是现代的情况，其实也是人类最古老的习惯之一。抵抗也跟恐怖一样古老，这也是事实。为了能够生存下去，这种抵抗不得不到处躲藏：一声不吭，或藏在每一声大笑之中。它也会生长，不管在什么地方，只要有可能，就像野草那样。

我想起来，小时候，我在书中读到，美国总统只要按下红色按钮，就能摧毁整个地球，这让我在好多天里吓得要死。最后，我顶不住了，把心事告诉了奶奶，她久久地抚摸着我的额头，想抹去我的高烧，并用极其温柔的声音对我说："他可能有这种权力，但他永远不会动用的。""为什么？""因为就是这样。"我不知道为什么，但我完全懂得她想说什么。这和信仰或历史毫无关系，更多是跟这种生机勃勃的活力有关，它似乎随时都出现在我们周围。你是否注意到孩子们眼中的那道光芒？谁都无法一下子永远熄灭它。哪怕是按了一个按钮，甚至是红色按钮。我奶奶没必要给我上生物课、人种学课或心理学课，我已经什么都明白。当年那个让民众陷入恐慌的独裁者已经给了我们一个具体的例子。他想成为我们生活的中心，不管是爱他还是恨他，我们白天黑夜都必须想他。奶奶的手一直按在我的额头上，想消除我的恐慌，由此创造了一个奇迹：我避开了那个独眼巨人的魔爪。

后来，我是这样理解这件事的："并不是因为讨厌那个独裁者，人们才与他斗争得那么激烈，而是因为这样做他们感到很高兴。"幸福绝对是一种破坏力，绝对不应该把它与无忧无虑混为一谈,因为它要费尽力气才能获得。我直到今天也不知道,奶奶为了让我的童年避开怪兽的魔爪做出了什么牺牲,但我清楚母亲后来遇到了什么事。在小戈阿沃小住之后,我回到了在太子港的母亲身边。我还记得我在海地的最后几年,那时,我还在一份周刊上与那个独裁者做斗争。

　　深夜,我到一些地下酒吧去会朋友,政权的打手们也会在那里出现。我们围着一瓶朗姆酒讨论文学、政治、体育和年轻女孩。处境十分危险。每天深夜两点左右,我回家时,母亲都会坐在夹竹桃旁边的走廊里等我,微笑中透出一丝担忧。在让我们陷入恐怖的那个独裁者的野蛮统治下,仍有这种活动自由,至少我有,是因为母亲一直在走廊里警戒。我的自由依赖于母亲的警觉和宽宏。本来,她只要说她为我感到害怕,就可以砍断我的翅膀,但她从来没有这样做。正是这种抵抗,这个世界才没有像当权者期望的那样陷入黑暗。奶奶的手消去了积忧成疾的高烧,母亲痛苦的微笑在可怕的深夜迎接着我。这些女性让我重新看到了光芒。

关于小事的艺术

这是巴黎的一座公寓,
堆满了书籍、艺术品和
巴格达的记忆。从厨房里
传来的是一种古老美食的
香味。伊娜姆·卡查奇,
伊拉克记者,好几家阿拉伯语日报
驻巴黎的通讯员,
刚刚发表了一张
家乡妇女们的照片
(《伊拉克妇女的言语》,2003年)。
她坐在长沙发上,瞪着清澈的
大眼睛,告诉我
"打击和惊呆"行动的第二天,
布什向巴格达
投掷了一千五百枚炸弹和导弹后,
她找到了她八十四岁的母亲,
母亲似乎非常伤心
因为在骚乱中丢失的化妆品
找不到了。关心小事
可能是最感人的勇敢方式。

沉默的革命

一大堆小事

我不知道人们是从什么时候开始相信，革命总是伴随着武器、爆炸、鲜血，而且往往展现在我们眼前。通常，当代人都不知道他们正在做一些要在十年、二十年、五十年后才让人感觉到其影响的事情。我们今天的生活之网是以前编织而成的，我们的生活要在我们死了很长时间以后才能完全找到其合法性。我们每个人都在做些什么，哪怕是最懒惰的人。每种活动，不管它多么微不足道，都在回应一种要求。如果能升到足够高，我们就能看到完整的地毯。那时，人们就会明白，做事的和什么都不做的，其实不知不觉中都在服从某种严格的命令。如果大家都在一个如此有限的空间干活而丝毫不作抵抗，就会造成物质多余。如果过去只在将来才找到其意义，那人们会问现在又有什么用。一家满负荷生产的工厂，生产出来的东西是那么渺小，以至于肉眼都看不到，但很多这样小的东西最后将在不知不觉中改变我们的日常生活。关于这一点，我最清楚的印象又将追溯到童年时期。那时，我每天下午都在观察小走廊里的蚂蚁，我奶奶则坐在不远的地方。我被那种繁忙的活动吸引住了。蚂蚁的什么东西总是让我感到不自在：它们从来不睡午觉。一个令人窒息的世界。所以它们没有任何时间概念，总是保持着同样的节奏。

同一张桌上的牛肉片和香烟

除了我们能意识到的逻辑之外，还有别的逻辑，或者说是结构。这些深刻的结构支配着我们，更让我们无法从生活的自然运动中辨认出它们。不过，它们有自己的节奏。这是一些活生生的组织，它们的任何活动都会给我们的思考和行为方式带来革命。通常，只有当这些革命结束旧的循环，开始新的循环时，才能被我们意识到。我们很难理解为什么大家突然都跟着某个节奏动了起来，喜欢上某种香味，好像别的（节奏和香味）都不存在似的。尽管几年以后，每次都那样，看到全城的人都疯狂地爱上了粉红色的糖果，人们会大吃一惊。为什么迷你裙在这么多年之后又重新出现？其实它早在恺撒时代的军队中就已大为风行。那时，士兵和军官们都穿着皮或布的迷你裙，一点都没有感到不好意思。更让人惊奇的是它的消失。还有一些革命，表面上看起来微不足道，却比被人们吹上天的革命更深刻地动摇了我们的生存方式。血腥和短暂的革命往往掩盖了一些更加隐蔽却更加持久的革命。真正的革命很少显示自己的面孔。有时，历史学家要花几百年时间才能从一大堆假革命中发现它。只有当面貌遭到破坏，我们才能觉察到革命。可有的革命从头到尾都在打口水仗，最后却引起了重大的社会变革（如女权主义）。更糟（或者更好）的是，最后也改变了我们。这类革命直接面对个人，而非面对社会阶级或国家。我记得我参加过的第一次国内战争，那是20世纪70年代末。那么不可思议的事情，而且范围那么广，只有在北美才能发生。如同每场国内战争，它也把国家分成了不平等的双方。对于希腊人来说，那场战争的原因是海伦，而对我们来说，那是一块四方的牛肉，或者是别的肉块。我说四方的牛肉是为了给人印象更深刻一点。战争正是在拒绝吃肉和大块吃肉的人（营养专家甚至说他们吃得太多了）之间爆发的。不吃肉的是食素者，吃肉的是食肉者。这和宗教冲突没有区别。只是宗教繁荣于贫穷国家，牛肉因稀缺才更显宝贵（除了在印度，在那里牛是神圣的）。那天晚上，大家友好地围坐在一张桌前，上面端放着一大块牛肉。有时，会有客人对女主人耳语几句，女主人转身离开，不久端来一盘鱼配蔬菜。这一普通的举止带来一阵沉默，至今仍在我心中回响（当时我刚来蒙特利尔，还不习惯北美的沉默）。这类沉默有时比古典戏剧的长篇独白更说明问题。后来，有人想知道那条鱼是否也是一种像牛一样可敬的动物。这是我被允许参与的最猛烈的思想论争。我想，越南战争也一定造成了同样的冲突，可当时，我还是个海地青少年，无法做出证明。相反，甚至在太子港，在某些我至今都不敢说出名称的秘密场所（那些独裁者回来就是为了证实尼采如此喜欢、一再重复的主张），我参加了托派的一些论争，关于一些边缘问题。啊，血淋淋的边缘问题。也许是因为独裁者就在附近，总是出现，让他们回到了现实当中，我看到那些顽固的敌人终于发现了共同点。于是，那天晚上，食肉者和食素者丝毫没有放弃立场。敌对状态表面上似乎很有礼貌，其实悬于一线。他们之所以没有扑向对方的喉咙，是因为还有选择的可能性。如果你不想吃肉，还可以吃鱼。而在海地，只能是鱼或者是肉，从来不会一顿同时吃两种。最后，火气消了，但一提到香烟，便又怒火重来。食肉者（食素者往往都不抽烟）为了报复，点燃了一支烟。让我感到惊讶的是，这事竟然引发了怒火，好像人们利用这些借口来表达更深层的冲突。当这种动物统治与植物统治之间的知识战争（一把刀，但上面没有血）仍让人们觉得好玩时，另一种同样血腥的战争——吸烟者与不吸烟者的斗争——结束了。应该说，谁也没有看到这一战争来临，甚至包括烟草公司。大家都太习惯香烟了，以为自己就是由肉、骨和烟造就的。烟就在我们身上，以至于塞尔日·甘斯布尔信誓旦旦地说，今天，人们之所以活得比以前久，是因为酒与烟保存了肉体。于是，当人们看到意大利不战而降时，围绕香烟展开的战争甚至还没有真正开始就突然结束了。这是一个时代的结束，甚至是一个纪元的结束。因为香烟让许多革命得以幸存。从无政府主义的意大利到顺从的意大利。革命在我们身上酝酿，甚至包括反对我们的革命。所以，它们一出现，就被人们认了出来。到今天为止，本世纪已过去十四年，一场新的革命正在萌芽之中，人们不知道它将以什么形式出现。别在我们熟悉的革命中寻找，它将会让我们吃惊。假如这一切突然爆发呢？什么东西？互联网带来的虚拟世界，它让我们不再走动。我们要重新使用我们的身体，因为太长时间不用，这一杰出的工具最后会忘了自己的用处。假如人们能坐在这家咖啡馆的平台上，从上衣口袋里拿出一本书，点一杯红酒，然后向坐在桌旁已经观察他们好一会儿的人转过身去，只等待"您好"这一常见的万用密码，开始聊天——这已经是一场革命了。

赫拉克利特[①]之河

这是历史上最古老、影响最大的比喻之一。以弗所的赫拉克利特把时间想象成一条河，人永远不可能两次踏入同一条河流。在一个雨天，人们确实能做出这种简单而明了的推断。当我想起赫拉克利特，我觉得自己变得越来越液态。自从我们这位朋友把这个比喻抛给广大民众后，几

[①] 赫拉克利特（约前540—约前480），古希腊哲学家，爱菲斯学派的代表人物，著有《论自然》一书，被认为是辩证法的奠基人之一。

百年来,感到自己就处于这种境地的并非我一人。所以,这个"我"包括赫拉克利特的所有粉丝。

这天上午,我来到一条河流面前,慢慢地成了一个沉思者,意识到这并不是一条在我脚边流淌的河,而是时间。时间是液态的、自由的,没有记忆。它也是无情的,所经之处席卷一切,只是稍晚一些而已,因为赫拉克利特远远早于我们,甚至早在两千多年前就有了这种想法。自我枯萎了。不过,如果说我们觉得这种形象今天是那么清澈澄明,那是因为它到达我们身边时已经被数百年激烈的、有时甚至是暴风骤雨似的讨论磨砺得很圆润很光滑。

应该说,在古希腊,到处都是敏感易怒的哲学家。对他们来说,一切都是他们争论的素材。希腊精神,或者说人类的思想就是这样形成的,所以不会轻易地接受别人的观点。他们不考虑那些平庸的思想,对来自想象的东西总是持怀疑态度。他们好像忘了,所有东西出现在我们的生活中之前,都已经被思考过、梦想过、想象过。我看这里的普通雅典人,确实生性多疑,喜欢较劲,他们怀疑赫拉克利特不过是在宣布公共卫生条约,而河流将在其中起重要作用。他们甚至认为赫拉克利特是在鼓励大家到河里洗澡,而不是在盆子里洗,因为浴盆里的水不流动,很可能会成为疾病的来源。这些希腊纳税人认为,这一点也不亚于公共卫生领域中的一场革命。应该说,公共卫生一直是雅典政府持续关心的事情。这种分析,也许有对的地方,因为雅典人大多都是诗人和数学家,他们总是在至少两个层面上来感受事物:梦想与现实。

赫拉克利特本人也这样写道(这种神秘的推断常常让我在半夜里醒来):"睡者创造世界。"创造这个词用得很确切,让人不敢怠慢。他本来可以这样说的:"睡者梦想世界。"数学家一直对那个先锋时期的哲学家感兴趣。我们今天只要分析人们的思维和梦想方式,就能懂得,假如说他们的世界观那么容易就经历了几个世纪,那是因为他们没有把所有的鸡蛋都放在同一个篮子里。从那个古老的下午开始,赫拉克利特的比喻就被各个时代的各种人引用、分析和重新解读。有个电影编导甚至把它加以改编,用作自己的电影片名:《生命是一条平静的长河》。这取决于您的情形,因为有的人的生活是一条动荡的河,充满了污泥和鲜血。大家都知道,一条河如果太平静,很快就会像水潭,腐水不流。人们借此巧妙摆脱了赫拉克利特关于流水的比喻。我想,面对这样的水潭,另一个希腊人开始"当心静止的水",由此创造了一个妄想狂团体。

还是让我们谈回赫拉克利特之河吧!这一比喻的运气如此之好,现在还让我感到吃惊。8月的一个普通下午说出一句话,到了晚上,全雅典的人都在谈论它,全然忘了关于帕特农神殿①建筑师的女人的流言蜚语。我在想，喜欢或反对赫拉克利特这个比喻的人是否想到，两千多年后，人们还在谈论它。如果赫拉克利特的母亲仍然活着（当时没有阿司匹林，人很快就会因偏头痛而死），我想她一定会摇头的，认为儿子发现这种没用的比喻真是太懒惰了。家里曾送他去一个权威的语法学家那里上学，学费相当贵，但他却不专心，结果都没能毕业。那种比喻有什么用呢？那个抱着实用主义思想的女人这么问。她总是亲自洗衣服，然后把脏水倒入河中。在同伴们倒脏水的地方洗澡，她觉得这种想法太荒唐了。而且，像当时所有的女人一样，她也不会游泳。她完全属于另一类人，相信另一种说法，对"静止的水"十分当心。

尽管赫拉克利特的母亲态度十分明确（我怀疑还有一位赫拉克利特夫人，因为希腊知识分子在这方面也讨厌妇女，名声在外），我还是相信，关于"流逝的时间"这一概念，人们此后并没有找到更好的比喻。贺拉斯觉得人睡着的时候跟死的时候有点相似。人们只需承认，古代的那些人，除了鉴定科学的能力，还有惊人的想象力，对那些经得起时间考验的形象，他们的感觉很灵敏。很难想象他们会说些平庸无奇的话。我似乎还听到苏格拉底在雅典郊

---

① 帕特农神殿位于雅典老城区卫城中心，建于公元前447—前432年，由著名建筑师与雕刻师菲狄亚斯设计。该神殿是多立克柱式建筑艺术的登峰造极之作，有"希腊国宝"之称。

区的那场欢乐盛宴中响亮地说:"柏拉图,把那串葡萄递给我。"尽管在那些宴会上,人们总是喝得醉醺醺的,平庸的话很多,在世界上的其他宴会中,从布罗萨德到拉姆安拉,情况也差不多,但赫拉克利特的那句话经历了2600多年后,仍然保持着新鲜。

为了完成这么长距离的马拉松,我想象赫拉克利特的那句名言(我在此提醒一下:人不可能两次踏入同一条河流)踏上了一艘高速飞行的火箭,否则穿过不了这么多个世纪。可以想象,他宁愿走乡间小道,碎步小跑,走上几百年,直至来到我们身边。然而,让我们追溯时间(我喜欢这种简便的说法),重回当年,看看赫拉克利特当年是如何发现流动的河水与流逝的时间的内在关系的。他是赤脚的吗?他是否吃了中饭?他是独自一人还是有朋友在身边,可以为他作证?因为如果没有证人,我们也可以认为这句名言是第欧根尼[1]或我们的那位柏拉图说的,柏拉图剽窃苏格拉底的已经够多了。应该看到,这也可能是一种平庸的思想,加上一点那种思乡的调味品:"看哪,阿里斯托芬[2]。看着那条河,好像生命也随之流逝了。"

但这句话为什么那么深地刻在了我们易于被忘记的

---

[1] 第欧根尼(约前404—前323),古希腊哲学家,犬儒学派代表人物。
[2] 阿里斯托芬(约前448—前380),古希腊早期喜剧代表作家,雅典公民,同哲学家苏格拉底、柏拉图有交往。相传写有44部喜剧,有"喜剧之父"之称。

记忆中？在我不断循环的梦中，我看见赫拉克利特沿着离家不远的一条泥泞小河往前走——他之所以要提起那条河，是想强调他的思想的重要性。我看见他在跟一个朋友散步，一个好像不年轻的雅典语法学家。赫拉克利特若无其事，悄悄地说："人不可能两次踏入同一条河流。"那人还以为这是在说洗澡，把赫拉克利特当作是一个有洁癖的人。我听见那个刻薄的语法学家在圆形露天大竞技场上说："赫拉克利特白当哲学家了，他首先是一个有洁癖的人。"在不那么注重身体洁净而相当重视思辨能力的古希腊，这可不是什么恭维。一个经常洗澡的人，他的哲学能有什么分量吗？

我在想，人们是从什么时候开始重视他的智力劳动，相信他是以哲学家而不是洁癖者的身份说话的。一个打算对时间的流逝发起持久的知识革命的哲学家。赫拉克利特希望唤醒沉睡得太久的雅典人，尤其是那些严格按字面来理解他另一句名言的人："睡者创造世界。"两句名言为同一人所说，所以有人以为，只要生在古代就可以成为一个大思想家。其实，这种情况非常罕见。赫拉克利特及其河流最后一次大特写。他为什么那么坚持自己关于运动永恒的主张？他想对当时的政治形势发表意见？他想让大家明白，随着新人掌权，我们完全无法保证人们的境况不会改变？或者相反。因为假如两个参数之一改变了，一切都会改变。"人不可能两次踏入同一条河流"这句名言就是这样来的。

结论：这对当时的暴君是个严厉的警告。今年，我们知道，我们觉得最普世的思想，往往都有自己的乡土。不过，在这期间，赫拉克利特的河水不会被污染吗？人们把生命中的所有垃圾都扔进了那条记忆之河：无用的沮丧、痛苦的回忆、无理由的忧伤、虚假的微笑和缺乏智慧的小小谎言。人们心想，要是那天下午，赫拉克利特没有思考，而是一个漂亮的猛子扎进生命的河流之中，出来时青春焕发、精神抖擞——因为没有比洗一个舒适的澡更爽快的事了，哲学的面孔也许会是另一副样子。

读诗的艺术

这件事人们几乎从来不谈
而它应该成为
都市生活方式的一部分:
读诗。
自从离开乡村
开始这种快节奏的生活
读诗就变得
和氧气一样必不可少。
医生们本应把诗写成处方
作为对压力的治疗。
诗人们之所以看起来焦虑
是为了让读者能更好地
呼吸。我先提个建议:
诗不能当作小说来读。每首诗
都是独立的。请每天服用两首诗:
早上一首晚上一首。
找出您喜欢的一行诗
反复咀嚼一整天
直至它嵌进您的肉身。

一个有待定义的世界

破坏性的词典

人们再也跟不上它了,它更新得那么快。人们让那些想向我们隐瞒真正含义的人来解释词汇。"工作"这个词的其中一个定义是:折磨的工具,或是给马钉铁蹄的工具。妇女分娩过程中感到的痛苦。以前,我从来没有把工作与折磨联系起来,但我感到其中有蹊跷。提到工作——我在这里指的不是办公室的美差(我丝毫不反对美差,假如人们利用这机会来阅读),而是指在工厂里干活。由于在魁北克经常听到"外省"这个词,有一天,我便在词典里寻找这个词的定义(它来自拉丁语,意为"战败者"):把战败者拒之门外的地区。这真无情。如果独裁者知道词典这破坏性的一面,他们就不会浪费时间去挫败更换太快而不总是有效的反对派,而将满足于直扑问题的根源:词典。因为,如果花时间去命名一个物体,那就等于决定与之斗争。这本如此平静地讲述人类思想中最秘密的历险的词典,其实是权力最危险的敌人。如果说词语无需任何帮助便可知道自己是谁,句子却没有语法就无法成立。蒙田提醒道:政治问题往往都是语法问题。而且,假如有什么东西在人与人之间造成了距离，那就是语言。为了反对父亲，青春期的我发明了一套语言。每年开学，操场上都会冒出一些新词来。有时，人们更换词语的位置，来向语法发起进攻，这可把老师气疯了。住在某些富豪区的人，他们的用词、语言，甚至包括被叫作语音的语言之音乐都与别人不同，这一事实我就不说了。在电话中隐瞒自己的种族比隐瞒自己的社会出身容易多了。从口音就能听得出来。人们宁愿看到一个黑人在电视新闻中读新闻，也不愿看见一个人用大部分人都觉得讨厌的口音说话。听新闻的时候，大家可以闭上眼睛，但捂不住耳朵。在一个国家当中，总会发生关于语言的斗争。在国家和地区当中，在社会阶层之间，在不同年龄层和性别之间（这种由男性制定的语法让女性很难受，他们才不关心女性是否存在呢）。当一切问题都解决了的时候，还得费劲让别人接受自己的语言，而别的语言又不愿在桌上有丝毫的退让。这种交流工具就像是后面拉着运货车厢（啊，商业）的火车头。人们不愿意看到的，是一个新赌徒。这是关于统治最有说服力的例子。人们觉得这个国家很强大，是因为它的语言很了不起。其实，很难找到一个国家想统治别人而又不强迫别人接受它的语言（当然，如果你真的寻找，总还是能找到一两个的）。

电视上的谋杀案

我一边看书一边看电视,不慌不忙。非常安静,因为我关掉了电视机的声音。一部关于动物的纪录片(我最喜欢的电视节目),但由于说教味太浓的解说往往让我生气,我便只看图像,以此解决问题。这是一个弱肉强食的无情世界,跟我经常看的电视新闻没有任何区别,只是后者还要为部长们的做法寻找合理性,专栏作者还要为当局歌功颂德。对人类来说,吞噬别人的梦想可追溯到远古时期——人们还花时间一个场景一个场景地拍摄。所以,当我看到一头老虎把羚羊撕成碎块,然后大摇大摆地走开时,我想,这才是一个真正诚实的世界。有点像我在炸鸡块或做红酒洋葱牛肉时,不会去想这些鸡大腿或这块牛肉是怎么跑到我的厨房里来的。我像老虎一样——不会每顿饭都发表一篇关于死亡的社论。好了,这部讲述动物残酷、没有解说的纪录片放完之后,我便打开声音看美国的电视连续剧。美国人确实是在电视上讲故事的大师,这跟大银幕上的电影很不相同。电视上的故事要写得你不必从头看就能明白。人们从中间插进去看,两分钟后就什么都看懂了:焦点,人物的动机,办公室里谁骚扰谁,城市漆黑的马路上谁追逐谁,谋杀的原因。不那么容易写。美国人运用这种式样的本领就像做快餐。我之所以把它们联系起来，是因为来源相同。它们目的不是创造艺术，而是回答一个实际问题。这种文化始终考虑生活的真实性。正常的情况下，人们并非总有时间吃饭，也并非总有钱吃饭，所以快餐才应运而生；正常情况下，人们往往不能像在电影院里那样坐着看电视，于是便拍摄电视系列片，以各种方式重复同样的谋杀故事，一小时内重复三十多次，每两三分钟事件就被重新安排。当时，诉讼的故事已不再时髦，人们更喜欢科学探索。出现的不再是手上拿着枪的老警察，或者是口才出众的律师，而是一小队科学家，他们与警方联手，寻找杀人犯在犯罪现场留下的痕迹。这种情况一直存在，但人们满足于留在酒杯或香烟上的口红，留在门把、手枪或汽车方向盘上的手印。今天比以前讲究多了。总之，一切都建立在这种矫揉造作上。让我感到惊奇的是，他们可以挖掘出如此细小的源泉。我注意到，以前的罪行现在不再是罪行，人们对谋杀案不再感兴趣，它再也不能吸引人。法庭门口再也看不到愤怒的人群，像讲述打官司的旧电影中的那样。人们再也听不到检察官一字一句地说，此人是个魔鬼，无情地杀死了那个无辜的老太太——去他的陀思妥耶夫斯基。人们再也不要我们就"杀人的好邻居"这一题材写作文了。人们涌到证人席，说他对街区的孩子们如何如何好。那种连环女杀手再也看不到了，她们要了丈夫（连续四五个）的性命，以聚敛保险金。现在，重要的不再是罪行，而是犯罪的科学。这种科学需要有场景来显示自己的本领。犯罪的场景被一直扩大到马路中间。这一切都被解释得那么清楚，以至于电视观众将来会尽量保护犯罪现场。人们终于明白讲的是什么了。原先，大家还以为警察把公众挡在隔离犯罪现场的黄带后面，只是想显示他们控制了局面。今天，人们才知道，一点点细节，哪怕是肉眼看不到的东西，也可能有助于一直追踪到罪犯。一方面，罪犯抹去痕迹的办法越来越巧妙；另一方面，科研队伍在昂贵的实验室工作，为警方提供服务。奇怪的是，这类干净而设备精良的实验室不但没有给人以现代世界的感觉，反而让我想起炼丹的地窖。人们感兴趣的是罪行，而不是罪人，血消失了，如果要出现，也仅仅是出于美学方面的考虑。罪行越来越严重，但实施犯罪行为的罪犯却不见了，要不就是以美学的形式出现，他与杀人已没有多少关系。当然，剧集快结束的时候，警方将在魔鬼的巢穴发现墙上有几张照片。糟糕，我没有提醒大家旧手枪已逐渐消失。如果看到一把，人们会感到很惊讶。手枪已经像电视一样，成为一种附属物，能够用来判断是哪个时期的电影。今天，如果你拥有手枪，人们更多是把你当作一个收藏武器的人，或者说是一个玩家吧，而不是连环杀手。好像你在迈阿密海滨的酒吧与人争吵，突然拔出一把剑，结果被警车团团围住，他们控制了整个街区。杀人犯变聪明了。一切都在脑袋里展开。在警察的脑袋里，在罪犯的脑袋里，在观众的脑袋里，而不是在受害者的尸体上。这具尸体人们只在片头字幕前看到十秒，有时是在电影中间，因为法医这个探案老手要重新进行尸检。于是我们看到那具尸体正被一个不怎么有幽默感的法医肢解。电视上的犯罪世界在没有太否定过去的前提下更新了。

插上电的人

突然，一道强烈的闪电。小时候，我还以为那是某个爱开玩笑的神在给我们照相呢！这是暴风雨带来的炎热。电马上就断了。人们总觉得是自己一个人在黑暗中，于是赶紧跑到外面去，看看别人是否已经在那里。都在。这下我们就放心了。不幸（在当时是某种不愉快）如果有许多人来承担，会变得好受一些。这是夏天的一场暴风雨，当然不会持久。风停雨过，但电并没有恢复。得去找只手电筒。我想在整个街区，家家户户都在做同样的动作，希望还没找到那只该死的手电筒之前（除了总是把手电筒放在口袋里的老太太），电就来了。所以，我们都是一些真正的邻居，有着同样的经历，平时打个招呼，说些闲话。和我们亲近的人住在城市的另一头。这是一种非常好的生活方式，免得城市变成村庄的聚集。电一直没有回来。慢慢地，人们开始习惯黑暗了。黑暗拥有所有的可能性，那是一些灰色地带。一些黑洞。孩子的恐惧我想已经逃到无意识深处。房子开始具有新的形状。圆圆的手电筒发射出的光照亮了我已经遗忘的细节。一片寂静。这一新生的寂静伴随着黑暗。它渐渐弥漫开来。这是一种死寂，显得比以往强烈。在这静寂当中，我才明白我们平时生活在一个工厂中。一切都开足马力，噪声一刻不停，以至于我们的耳朵已经听不到它们。只有当这些机器停下来，我才能意识到它们的存在。冰箱、电视机（不止一台）、电脑、打印机、电话、留言机、电烤箱、微波炉、洗衣机、烘干机、洗碗机。人们已经忘了，这些家电上小小的红灯绿灯是干什么用的。到处都是线。家里四处都是闷响，甚至还有些悦耳，弄得我们的神经很紧张。来源多种多样。所有这些家电都在不停地运转。突然，什么声音都没有了。工厂靠电运行。我成了家里唯一不需要电就能运行的机器。不一定。人体是一个很好的导电体。我感到全身皮肤刺痒刺痒的。现在我才意识到自己也是发电机的一部分。而且，我是它的原料。一具拔了电的身体会怎么样？那我就不能读书、写作、看我喜欢的美国电视连续剧或听收音机。不够累，结果睡不着。感觉到自己就像一座罢工的工厂。然后，我渐渐地平静下来，坐在扶手椅上，在黑暗中平静地呼吸，最后停下了主机：我的大脑。不过，很久以后，我才发觉黑暗中有个灰色的东西看着我：电视机。当它开着的时候，我们看它；但它关着的时候，是它在看我们。灰白色的大眼睛。

这个如此现代的东西

我知道,电视一打开,战争就会继续。战争只发生在电视中。我们不看电视的时候,很难相信战争还在继续。我们在战争片中看到了别人的死亡。很奇怪。我在黑暗中,受战争的影响却更加强烈。我在想,电视关了以后,电视机后面有什么,而不想知道中世纪或别的地方(在非洲也有战争爆发)发生过什么。那些战争,没有被电视记录下来,没有被当作是我们这个时代的事情。电视是一个现代的东西,通常来说,它只反映发生在本地的、都市里的和西方的事情(除非其他地方出现饥馑或战争)。甚至对于战争,也是有规则的。对任何故事都同样。对真实性不要太苛刻。还需要有两个阵营。人们要穿不同颜色的服装,就像足球赛一样,或者像第二次世界大战那样:德国人着装跟英国人不一样。不仅仅是一个地方,应该是一个空间。这个空间,就是现代性。一言以蔽之,是快捷的东西,不让人讨厌的,可以购买的。剩下的都是陈旧的,过时的,让人恶心的。部落战争。丝毫没有乐趣:关于动物的纪录片已经起到这一作用。我在黑暗中问自己,这一场景是不是仅为我上演?一切都为我而演。事实上,电视并非是为了告诉我世界上发生了什么而存在的,而是为了告诉全世界有我这么一个人的存在。如果我不再坐在电视机前,战争就不会再有。没有电视观众就不会有战争。如果来电之后我不打开电视,我可以来个180度大转弯。我将告诉电视我再也不听它的声音,而不是让它对我进行信息轰炸。灯亮了,人们就不这么看了。我打开电视是想知道停电的原因。

对陌生人讲话的艺术

和熟悉您的
某人交谈，
他很难不向你灌输那些
沉重的友情建议。
对他来说，你好像成了一本
加了旁注的旧书。如果没有
随时随地都可能发生的
偶然相遇，在朋友吃晚饭时
不请自到，生活可能会很
悲伤。或是在车站月台，
在街角。
这可能始于一个微笑
也可能始于一个误会。
一时间，相遇的双方
有些敌对，但很快
两人就亲近起来。
于是开始平等地聊天。
这类相遇从不始于
寒暄。大家觉得
这场谈话早就开头。

终于找到了一个秘密的地方，
互相讲述
只说给家人或朋友听的
事情，
然后，各自离开而不说再见。
这样永远更好。

感觉的世界

对另一半的思念

在我三岁的时候，表哥强迫我坐到一个蚂蚁窝上。虽然我一直尖叫但却一动不敢动。舅舅后来告诉我，等他们找到我的时候，我的屁股都肿了。我异常镇定地看着他，把他都吓坏了。这次经历让我对痛苦的耐受度大大提高。现在，当我感觉特别痛苦或非常开心，我本能地感觉到不那么痛苦或者不那么高兴。这次痛苦的经历就像一个坐标，让我知道我忍耐的极限在哪里。人们猜想感觉是否会随着经验的增多而发生改变。记忆就像我们感觉的天花板，它也会把过去的感觉和新的感觉相比较，即使这两次体验隔了很长时间。我现在还记得捡起一根拖在地上的橡胶线时的狂喜：我突然全身发抖，而并不知道怎么回事——我触到了高压电线。真是太可怕了。我的身体不再受思想支配。之后我再也没有体验过这种感觉，直到几年以后我第一次和一个姑娘做爱，那姑娘显然身经百战。这次感觉要温和许多，但也同样激动人心。触电的时候，我想扔掉电线，但我没有这么做，而是紧紧地把电线握在手里，直到别人突然将电线从我手里打掉。做爱让我浑身颤抖，我同时却在祈祷这种快感永远不要停止。我除了感觉到愉悦，还发现了其他事情。我想融入别人的身体里。几个月之后，我痴迷于一本小书，这是我第一次读柏拉图的书，书名叫《会饮篇》，我从书里找到了我为什么想和别人灵肉合一的答案。柏拉图相信，最早的时候，人是一个独立的整体。我们的样子看着很奇怪，有两个背，四条胳膊和四条腿。接着我们被分成两半，这两半都在到处寻找彼此，忍受着心灵的煎熬：对另一半的思念。

鼻子的故事

想象一下，鼻子挤掉了所有器官，像一个小国王一样独自占据脸的中央位置，这样我们就不会忽视它。而诗人们总是歌颂眼睛，两颗小眼珠深嵌在眼窝中，能凝视地平线，也能和女人们深情对视（《艾尔莎的眼睛》[①]）。还有耳朵，精雕细刻如同贝壳，我们通过耳朵能听到外界的歌声。再看看鼻子，这堆由硬骨、软骨和肉构成的器官立在脸的正中。我不知道你今天早上有没有照镜子，就当你这样做了吧！我想我们的样子会吓坏很多动物。我们可以看不见或听不见而照样继续生活，但要想呼吸维持生命就必须通过鼻子。鼻子是如此平凡，以至于我们总是最后才

---

① 《艾尔莎的眼睛》是法国诗人阿拉贡的名篇。

想到它。在人类这种强调合理性的生物身上，这不是唯一奇怪的事情。很显然，人类最初的生理结构并没有设计成直立姿态。你看到人类四肢着地时，更能明白这个设计。头在前面，短小的脖子，宽阔的肩膀，还有一个长长的脊背，脊背后端有丰满或扁平的屁股。如果四肢着地，我们就不会想要骑马；如果不打算靠别的东西来运送自己，我们就不会想到造汽车。那我们就不会这么笨。尤其是我们越把鼻子靠近地面，闻到的气味便越多。还是让我们来仔细观察一下这张不同寻常的脸吧！把几乎所有感觉器官（五种中占了四种）如此密集地分布在一个暴露在外的地方是多么不妥当啊！我们就像一辆日本汽车，不浪费任何空间。美国人的设计不太一样，他们首要考虑的是舒适和空间感（他们想占有更多辽阔的国土），他们会在每个屁股上设计一只眼睛并把鼻子放到背脊中央，让嘴孤独地待在脸上。法国人会将鼻子放到嘴的旁边，因为他们的生活中最离不开的是美食；同时这也最适宜品酒，因为在喝酒之前我们要先闻一闻。嗅觉带我们进入了各种不同气味的世界，这些气味将我们包围，但我们浑然不觉。有的气味会让我们欣喜而有的又很破坏气氛。我认为，嗅觉能被记得最久。我们先不要听马塞尔·普鲁斯特的，他一直想重建让他伤心的"小玛德莱娜蛋糕"的味道。鼻子能让你在一生中永远保留对一种气味的记忆。它情况特殊，不像眼睛和耳朵，因为它很难拒绝气味。纵观人类的整个历史，我们都不得不承认鼻子过得并不容易。长期以来，人们都不爱洗澡。毛孔在洗澡时会打开，疾病会趁虚而入。我们并不是从拉辛那里得知这一烦恼的，拉辛认为爱和嫉妒是比臭味更加高雅的题材。然而，当我们在某些油画中看到拉辛的脸时，我们明显感觉到他在凡尔赛宫里抑制住自己的呼吸。我有时候幻想如果自己能轻而易举地把过去那些难闻的气味换成今天的气味就好了。我们常常讲贫民阶层喜欢噪声污染和刺眼的色彩——这完全是错误的，因为老百姓喜欢清净。我们有时候会在早晨的电梯里遭遇差点不想上电梯的情景，因为气味实在太大，各种香水在打擂台。您有没有在一个快餐店周围生活过？快餐店的气味常年停留在您家里。这种气味虽然看不见，但是无所不在。所以，我们可以通过周遭的气味来定义各个时代，对每个人也是一样。作家安德烈·纪德1893年到非洲长途旅行时，有力地揭露了殖民主义，他很快就被一种绿色树叶的味道熏得头晕。他说当地土著身上有这种植物的气味。在现代社会不会有这样的事情发生，全球都被同一种工业生产气味所笼罩。鼻子比其他器官更加受罪，总是最受刺激，它肯定希望能换个地方待着，而不是待在脸的正中央。

听觉：沉默的权力

在这个噪声文化中，我们是否已经失去私密感？什么都无处隐藏。我们就好像被变成了一个机器，在一个空旷的房间里制造出一条静静流淌的语言之河。为了表达自己，我们不再考虑别人是否能听见我们说什么。相反，我们向别人倾诉并不是为了和别人分享情感，而是倾吐一连串烦心事，压根没有想过别人听了你的话之后那苦涩的微笑后面隐藏着什么。这种方式在不知不觉之中将烦恼转移给了别人。越来越多的人在想怎样用另一个时代的方式来面对这碾压路上一切障碍的声音推土机。世界上仿佛分成了两种人，一种不停地说，一种只知道听。前者驱逐后者。一进沙龙，"滔滔不绝的捕食性动物"就能根据自己的经验，在众多闹哄哄的觊觎者中发现哪些耳朵会注意他的讲话。安静的倾听者通常都是守口如瓶的人，不会传播谣言。"滔滔不绝的捕食性动物"，人如其名，猛地扑向倾听者，把她逼到一个角落，一做完自我介绍，就开始讲述起自己生活中最隐秘的细节；讲述自己身体上的小毛病，这些小毛病随着人上了年纪真是越来越多；讲述他不幸的婚姻生活，工作上的困难。他讲得飞快。更糟的是，有时还会聊到精神生活。在两次告解的间隙，"专注的耳朵"——我们权且这样称呼她，才能走一会儿神。没有什么真正的隐私，这只是一种和新朋友分享什么东西的方式。但是"滔滔不绝的捕食性动物",在继续诉苦之前短暂地停了一下。倾听者空洞的眼神表明她拒绝再听了,"专注的耳朵"想摆脱这种控制,但"滔滔不绝的捕食性动物"还是找准了他的猎物。这个耳朵,它的主要功能——不是它的唯一功能——是倾听。我从很远的地方就发现了。就像被一只猫玩弄于股掌之间的老鼠。猫让老鼠有时候觉得能逃脱它的掌心,却在最后一刻把老鼠死死抓住,用爪子掐住老鼠的脖子。我试着解救这样一只可怜的老鼠,因为我知道"滔滔不绝的捕食性动物"只害怕一件事,就是别人把他当作"专注的耳朵"。我刚开始向他讲述我的肠胃病,他就立马混入宾客群中去寻找一个新耳朵了。"专注的耳朵"困惑地问我,是否她的额头上写着她注定要倾听别人的小烦恼?我很遗憾地说"对"。人们怎么看出来的呢?因为你的神态安详,表明你内心平静。你处于这样一种宁静的状态,而"滔滔不绝的捕食性动物"就被这样一个能容纳他所有忧伤的空间所吸引。"专注的耳朵"告诉我,她感觉被这些毫无意义的话语搅得心烦,这些话语的唯一目的就是让她的精神世界变得干枯。其实对于"滔滔不绝的捕食性动物"来说,这个"专注的耳朵"和另一个"专注的耳朵"并没有差别,他根本看都不看对方一眼,甚至"滔滔不绝的捕食性动物"差点又要接近这个耳朵,重新给这个耳朵讲一大堆令人厌倦的烦恼,忘了刚刚跟这个耳朵交谈过。在人际关系中怎么会走到这一步呢？因为他缺乏一种稀有的东西：知己，就是两个互相接纳的人。一张嘴找到了一个理想的耳朵。反之亦然。一个说，一个听，两个人都进入忘我的境地。知己就是密友，能随意聊天。他不仅是想知道我的想法，最终是想知道我的世界观。而且神奇的是，我们能推心置腹地交谈而不怕被下定论。这需要相交多年的默契，彼此仔细观察。但在今天这种多元文化背景下，我们能很快发现一种新的交友可能：暂时的朋友——随着脸书①的兴起而出现。我很想知道"滔滔不绝的捕食性动物"在这样一次狩猎之后的感想。我惊奇地发现，他都没有意识到，在和他的对话中，别人一直无法分神。对他来说，"专注的耳朵"沉默的表情传达出太多东西，她的脸上有时轻松，有时严肃。实际上，有些人有话语权，而另一些人只能把自己的不同想法深埋在心里。他们之间的沉默不是一座桥梁，而是一个鸿沟。

视觉的胜利

有的东西我们看不见，但它存在。我们甚至都感觉不到它的存在，但它确实存在。我们以为自己是在一个巨人的世界里，并没想过巨大的东西都是由微小的东西累积

---

① 脸书，英文名为Facebook，一个社交网络服务平台。

起来的。世间万物都会逐渐缩小到肉眼看不见的程度，但我们现在用眼睛只能看到那些特别吸引人的东西，眼睛已经被训练成这样了。眼睛在小屏幕前花很多时间看别人想要它看的东西，以一个别人想要的角度，受别人想要的启发，而不想知道是谁用这些反复出现的画面来对自己进行狂轰滥炸。别人把我们都变成了旁观者，从而扼杀了我们的视觉。我们花大量的时间待在荧幕前，那些荧幕光线强烈，最终我们都被闪瞎了。它已经改变了我们看东西的方式。小屏幕里的颜色如此浓烈，光线如此炫目，我最近感觉当我从窗口向外望去时，我看到外面的风景就好像延迟了半个世纪一样。当我在电视里看到19世纪50年代的黑白影像时，我不敢相信那个时代自然界里还有红色存在，那些艰难的岁月只可能是一片灰色。虽然我知道是当时的电视不能显示其他颜色，没别的办法。生活在我看来就像档案里的画面，在田里挖土的农民总是穿着节日盛装，眼睛里总沐浴着阳光，甚至在大冬天也挥汗如雨。这是因为由于现场没有合适的照明光，人们只能在正午，在强烈的阳光下拍摄。所以，今天的人不知道那些年的夜晚是什么样子的。我看过一本画册，里面有一幅高更的画作，画的是太平洋岛国妇女午睡时候的情形，色彩浓烈，让我头晕目眩，所幸画中妇女们的曲线像远处的小山一样柔和。一个鲜亮而性感的世界。我记得第一次在博物馆看到这幅画时很失望。画作的真实颜色比照片上的看起来还要黯淡。

与照片相反，画中的人物却更加生硬，妇女们的曲线也没有那么柔美。我现在只能对着真实的风景来区分照片、绘画和自然之间的差别，这是视觉的三种状态。但现在电视中所呈现的东西又千差万别，摄像机忽略了曲线，放大了细节，突出某种颜色。结果，我的眼睛跟随摄像机移动，视觉已经不属于我了。这些画面汹涌而至的原因很简单，今天的世界已经以吸引眼球为目的了。在视觉面前，其他感觉都是陪衬。长久以来，音乐只是为耳朵服务，而在我们的视觉时代，需要看到音乐家现场演奏，于是诞生了视频。文学本来可以调动所有的感官，但是今天的读者想看到作者，触摸到他，听他读自己的作品，看不见的作者和孤独的读者之间原来的默契被打破了。作者和读者要在图书沙龙里见面，越来越多的人对不认识作者本人，不了解作者的爱好、工作地点、影响力的书没有一点兴趣。一切都要公开，没有神秘感，结果作者像在作秀一样地展示自己。有一天，不再是读一本书，而是满足于看作家。为了书有人读，就要被人看。但如果作家老是抛头露面，就可能被错误解读，小说家雷让·迪夏姆好像就是这样想的，差不多四十年，他的读者从来没有在蒙特利尔的街上看到过他。但是眼睛的胃口变得贪得无厌，视觉在这个世纪的欲望超越了其他世纪，18世纪是嗅觉的世纪，这种最细腻最隐秘的感觉产生出一个细腻的、喜欢明暗对比和哲学思考的社会。19世纪在我看来是听觉的世纪，这是一个充满喧嚣的浪漫主义和情感强烈的世纪。很多铜管乐器。甚至在绘画领域也是如此。而我们的世纪是视觉的世纪，一切都来到眼前。图像的时代。电影、电视、视频、互联网和日本人在不停地拍摄地球的世纪。下一个世纪将是味觉的世纪吗？我们已经感觉到眼睛的疲惫，因此需要转移到另一种感觉上去，不那么有侵占性也更接地气的感觉。我迫不及待想要进入味觉的世纪。

对味觉的爱

最近有朋友来我家给我介绍他们的女儿克拉拉，她只有八个月大。那是迟来的夏天里最热的一个下午。她真是娇巧活泼，一直不停地引起我的注意。我一刻不停地盯着她看，想搞清楚她是用的什么手段吸引我的注意——人类的一个新生儿。不只是我看着她出神，我的一个女儿也喜爱克拉拉，她抱了克拉拉好久。余下的时间，所有人的眼光都被这颗晃动的小火苗吸引。准确地说，不是被克拉拉吸引，而是被她身上的活力所吸引。最令人惊奇的是她恢复精力的能力。没有一点预兆的情况下，她突然停下来不动，蜷起身子，完全不管周围发生了什么。克拉拉在几分钟的时间里与世隔绝了，她周围的一切都沉寂下来。然后她又醒来，狩猎时刻到了。是一种盲目的狩猎。小手快速挥动，抓到她想要的东西就立马塞进嘴里，她的母亲都没有来得及看清。母亲的眼里满含笑意，并不想扫女儿的兴。她并不希望女儿错过品尝东西的年纪，现在是贪吃的嘴巴占上风。这张小嘴好像习惯啃咬各种形状和构造的物品。为了测量一个物体，克拉拉要把它放进嘴里，这是她赋予静止的物体新生命的方式。我很惊讶她并不像我们想的那么着急地啃咬东西，她拿到一个东西之后会吮吸很长时间，舌头摆弄着那个东西，直到口水把那个东西浸湿。她很喜欢啃东西。看她这样做，我自问，我们是否对自然界的东西哪些能吃哪些不能吃判断得太快。观察了克拉拉后，我觉得我们应该在严谨的美食学里记上一笔：一些圆形的东西会刺激我们的胃口，让我们流口水。克拉拉的出现挑战了某些食材方面的禁忌。当一个成年人抱着一个婴儿的时候，这个婴儿对他来说真是一个巨大的诱惑。这个小身体有着光滑的皮肤、柔软的骨头和新出炉面包的香味，一切都让我们垂涎。我们在她耳边轻声说的一句习语"我想要吃了你"，应该就是字面上的意思。克拉拉看长毛绒小熊时目光也同样贪婪，然后她就准备把小熊塞进嘴里。这让我怀念起那个美好时代，那时，卡尔·冯·林奈[①]还没有规定哪些物种可以食用，哪些是不能食用的。克拉拉那机灵的圆圆的大眼睛总和人保持着距离。她灵敏的听觉能及时发现危险，鼻子能闻到猎物，双手动作迅

[①] 卡尔·冯·林奈（1707—1778），瑞典博物学家，首先构想出定义生物属种的原则，并创造出统一的生物命名系统。

猛，一旦抓到某样东西，就立刻放进嘴里。这个动作都成条件反射了，她好像在说："凡是我拿到的东西都属于我。"最好的东西都是她的，她不能忍受任何区别。与迪夏姆的小说《被吞没者中的女性》里的人物相反，那个人说"一切都将我吞食"，而她是吞食者。我们离开客厅的人造环境去到花园里。当然，这一丛丛的植物在她眼里就像森林一样难以进入。她光着脚。我仍然对光脚踩在草地上、泥土上和砖块上的感觉记忆犹新。想象一下克拉拉的感觉，她的脚掌应该比我的喉头还要柔软。寒冷、炎热、潮湿、泥浆、水。我明白她发出的小小尖叫声。这些感觉是如此强烈，而且突然袭来，她体验到了最鲜活的生命。当我们光脚踩在泥土上，我们也会大喊大叫地向世人宣布我们的存在。我们现在已经从感官的世界过渡到领土的概念。这让生命充满欢乐。克拉拉是个快乐的小家伙，想要让她安静下来就像用汽油浇灭火一样难。她突然转向一朵花。我看着那朵花，但不知道克拉拉看到了什么。什么东西吸引了她。美丽不在于我们自己和欣赏的某个事物之间的距离，而在于我们投入这上面的速度。这样的活力当然是无法抗拒的。想抑制住这股冲动那就让人遗憾了。需要经过很多年的明令禁止，才能让人不受自己的热情驱使而一时冲动。宗教首先就是想延迟这股最原始的冲动，国家随后也这样做了，而社会同样在扼杀这股冲动。但每次，我们都希望有奇迹出现。我们中的一个人将平安越过敌人的封锁线。如果我明白了克拉拉给我的启示，一切都应该在嘴里终结。世界也是如此。

圆鼓鼓的肚子

我在街道、地铁、超市或其他地方遇到的小孩子都会让我联想到这个最初的国度，就是肚子。圆鼓鼓的肚子就像地球，看起来既柔软又强有力。我们不会想要去拍打一位妇女的肚子。怀孕的肚子是神圣的（对，我知道，我知道，在公交车上已经没有人再给孕妇让座了）。这是西方几十年来讨论最激烈的话题。怀孕的肚子属于谁：孕妇本人还是国家（最近的女权主义讨论已将男人排除在外）？这得看社会的需求。在一次人口爆炸之后，妇女获得了休息的权利——但没有太久。当国家认为缺少操作大炮的血肉之躯时，战斗再次打响。妇女们必须再生孩子。一旦孩子生下来，围绕着领土、语言、殖民、征服和财富的旧话题就再次被讨论。人们排成一列去打一场殖民大战。没有新生儿，就没有故事。最后，新生儿就和移民没有区别了。我们要求他做的第一件事就是忘记他原来的国度。为什么要抹去他在母亲肚子里待的这九个月呢？他从降生开始就到了一个新的国度。但是就像所有的旅行者一样，新生儿也渴望讲述自己这九个月的漫长历程。他是唯一能准确真实提供关乎生命和死亡秘密的人。母亲并没有问他这些问题，而是忙不迭地向他介绍属于她的世界。我们武断地认为新生儿是无知的，其实他拥有（深藏不露）一个强大的大脑，能在不到两年的时间里学会任何一种语言：法语、瑞典语、斯瓦希里语或汉语。实际上，母语只是他的第二种语言，因为我相信新生儿已经会说一种语言。于是一场殖民进程开始了。当我们想要剥夺某个人的存在感，我们就强迫他说一种新的语言，信仰一种新的宗教，并且告诉他，他没有什么历史。国家把这个不招人待见的任务交给了母亲，而母亲热衷于给新生儿没有系统的、毫无逻辑的教育，这种教育还常常被湿乎乎的吻打断。母语是由象声词、奇奇怪怪的声音、低沉的吼叫组成——百分之八十都是新词，完全无法理解。这种私密的语言，就是名副其实的母语，跟大众所说的语言完全没有关系。孩子要完全靠自己学会一种语言才能融入外部世界。我们在想，一种婴儿的语言怎么能在几百年中具有那么大的生命力？比起和婴儿聊天，母亲更愿意给他唱歌。我们更多的是通过音乐的语言交流，而不是通过语言的意义。这种音乐多美妙啊！婴儿在母亲的肚子里就已经听过了。你可以说这是一个共鸣箱！这也许解释了为什么母亲一离开，婴儿就哭。尽管这是感情问题，母亲却觉得有必要给婴儿讲道理。母亲说："妈妈去给你买昨天给你买过的东西。"然后婴儿在想谁是妈妈，因为在母亲时常带他去的小公园里，几乎所有的妇女都叫妈妈。如果她们都是妈妈,那我就不是任何人的孩子。

别人的存在

当大部分时间都在和情人煲电话粥的保姆到家里来的时候,婴儿一片茫然。本来打电话这件事就很不容易理解,但是婴儿却高兴地发现他不再是人们关注的中心。这是自从他出生以后知道的第一件很重要的事情,这件事以前没有人想要告诉他。通过仔细观察,孩子学会了这种结构更严密、语汇更丰富的语言。在非洲或者南美洲,这可能是孩子周围的人说的语言,在北美洲,孩子首先学会的语言就是保姆的语言。孩子突然就会说话了,母亲还以为是奇迹出现。就像所有殖民的情形,我们要让新生儿明白他降生的世界是和谐的,他母亲是完美的。这里的一切都在严格的规则管理下井井有条。这是一个一成不变的世界。随着时间的流逝,孩子明白这一切都是表象。实际上,他母亲没有任何权利,孩子是国家的财产,如果他母亲打他,他只需叫警察,然后警察会把他交给其他人抚养。那母亲代表什么?更像是一种象征;实际上什么也不是。那父亲呢?如果他没有离开家,他的角色要从孩子的青春期才开始扮演。刚明白自己要独自对付一切的孩子,心想:我进入了一个怎样虚幻的世界啊?

感觉的世界

他不断地牙牙学语，怀疑妈妈没有能力（她说着一种原始的难懂语言），国家很快掌控了一切，至少掌控了跟孩子的教育相关的东西。但是这样并不好。国家将所有人都关进一间教室，为他们发明了集体教育，从此抹煞了孩子们的独创性。孩子发现老师们大部分看起来都好像很喜欢教育，其实是花钱让他们这样做的。这就出现了热爱和金钱的矛盾。从那时候起，与金钱的关系就处于谎言中。金钱很肮脏，但是得到金钱之后人们似乎很幸福，而大众只能容忍没有欲望的爱。为了生存下去，孩子需要学会很快看清这个奇怪的世界，在这个世界里，向我们隐瞒的东西比教给我们的东西更让人着迷。于是有个密码能让你穿到镜子的另一面。这是一个永远不停的动作，每天都有新生儿赤裸裸地来到这个世界上，不会说当地的语言，也不知道当地的风土人情。而成年人却像一直都生活在那里一样。他们看起来在自己建设的这个世界里生活得很惬意，唯恐这个世界被孩子破坏掉。不知道从哪颗星星来的新生儿强大的胃口让世人感到了危险，这已经不是第一次。《圣经·旧约》里的大希律王就曾让军队寻找最有破坏性的小孩。每一个新生儿对人类都是一个威胁。世界的命运不知道每天发生多少次变化。让人相信我们是这个世界的主宰，而其实我们不过是过客。土地属于最初的占领者——用武力征服。在学校里，孩子们的大脑被强制灌输了这条规则。人们首先告诉孩子们，正是前人的无私奉献才有了今天的世界。我们不是把这个世界送给孩子，而是让他们为这个世界埋单。

爱解除了死亡

孩子很快就发现了这个奇怪的故事里那个插满玫瑰花的瓶子。我们在世界上的存在就像昙花一现，非常短暂，对生命的影响微乎其微。死亡的临近决定了成年人的言行举止。因此，是死亡在主宰这个系统。如果我们要死了，我们就会从根本上撒谎。这个根本是什么？各种各样的爱。爱是一种颠覆行为，能摧毁一切教义。爱的根源很神秘。某人从另一个世界带来的？也许，因为孩子能立刻明白爱的每一个动作。爱让人把眼光从自己身上转移到别人脸上，明白对方不是敌人，需要卸下防备（合为一体）。让我们暂且忘了这种随意的身份认同，不再寻求我们和别人的不同，对"爱"这一普世的技巧感兴趣，它能通过消除私有财产的概念来抹去差别。于是，最珍贵的东西就是别人的存在。新生儿很快就明白了这一点，就像他知道乳房是用来做什么的一样。这种古老的知识是怎么反映在孩子的心中的呢？他感觉到一些事物。这些事物是：诗歌、清新、自发性。而绝不是父母亲在客厅里骄傲地重复的大话。这是一种更淳朴的诗歌，是深深地凝望你的眼睛，而你也被深深吸引。被吞食、被占有、被摧毁。

这种力量来自哪里？孩子眼中的世界和我们生活的世界不同。在那个世界里，战争不是一场灾难，饥饿只出现在政治小说中。诚然，孩子看到的是一个没有战争、人人都能衣食无忧的世界。这很天真吗？或者只是我们没有力气去进行一场相同的战斗？我们迫不及待地要孩子接受事物的本来面目，而实际上，我们应该教他怎么挑战这种不公平：少数人过着君王般的生活，而大部分人都异常艰辛。计划，就是把他变成一个新的房东，收未来房客的钱。要想实现这个计划，就得阻止他建房子。不惜用武力逼他接受我们对生命的看法。于是，我们偷走了他的童年。这并不只发生在好斗的孩子或叛逆的孩子身上。谋杀发生在别处。孩子没有时间去看雨水从天上落下，我们把他推入了一个人造机器玩具的世界。对限制他游戏方式的这种独裁，使孩子远离他的童年世界，那个世界很脆弱但不能被摧毁。

征服字母表的艺术

照亮我童年的
故事里,那些讲述
海盗的历险故事
往往最让我激动。我整天整天
坐在一棵芒果树下
追随那些无法无天的人
进行最冒险的远征:
在荒岛上
寻找被隐藏的珍宝。
总有两个敌对的帮伙,
每个帮伙都有首领
真让我害怕。
一个有条假腿,
而另一个是独眼。
可最危险的是瞎子,
他的手杖可以致命。
两个帮伙各有半张地图,
拼起来才能找到珍宝埋藏的准确地点。
不知何时,我在其中看到了
文学的一个非凡隐喻。

一个是作家,另一个,是读者。
完整的地图,就是书。
人们会这样想,一个孩子
每次手捧一本书,
眼皮底下都会展现一场
可怕的战役,字母表的战役,在
童年野性而纯真的地带。
在那里,梦占代替了现实。
我邀请您庆祝这个时刻。

传奇造就我们

低语声

耳朵是最性感的器官，人是通过说话（沉默也是一种说话方式）来吸引或征服别人的。我们一生的大部分时间都用来说话或倾听。我们可以观看、散步、吃东西、跳舞或哭泣而不牵扯另一个人。除了某些特殊情况，谈话或倾听通常要两个人。在发生性行为时，我们有时听到："跟我说话，跟我说话。"我们常常在想这个我指的是谁？是我们认识的人还是另一个，隐藏在耳朵里向我们打过招呼的人？我们不敢靠近去查看这头人身牛头怪①，它只有听到人类像音乐一样的低语声才会苏醒。重要的不是我们说什么，而是某种音调变化以正弦曲线传到这个如此爱听故事的怪物的耳朵里。我们从童年起就喜欢阅读，尤其是在晚上，这种渴望正是从那里来的，母亲给孩子不停地重复读着同一篇童话，孩子躺在浴缸里微笑着听，少年躲在被窝里用手电筒贪婪地一口气看完一本小说，深夜为了驱赶失眠而读一本侦探小说。每次重读《奥德赛》关于海妖的著名段落

---

① 希腊神话中饲养于克里特岛的迷宫里食人肉的怪物。

时，我都不能理解奥德修斯怎么能抵抗住那来自海底的悦耳呼唤。我想荷马是想通过这一场景来强调面对肉欲时的某种恐惧吧。爱丽丝可以跟随会说话的兔子跳进兔子洞，而奥德修斯却充耳不闻。刘易斯·卡洛尔[①]可能想通过展现我们比荷马的奥德修斯更勇敢来振奋这位老诗人的心。对纯粹的探险没有兴趣险些让《奥德赛》变成了一道中国宴席，主角每一道菜都尝尝，但不停留在任何一道菜面前。爱丽丝低下头钻进了唯一的冒险里，这个冒险显然有很多故事。在兔子洞里，一点声音都听不到，我完全不感到惊讶。这本书里听觉是缺失的，但其他感觉如此强烈。

心在字里行间怦怦跳

自从有了小说，其中最重要的两个角色就是爱情和死亡。当这样一种有化学浓度的混合物，在一本书里和谐共处，这本书就堪称作者的代表作了，这不总是一件好事，有时候我们会错过目标，脱靶了。一位对作家很崇拜的读者并不能顺利地和作家建立起亲密关系。再回到我们的主题上来，虽然这两个主题（爱情和死亡）已经被频繁使用，但还是很有效。爱情通常产生于两个生命体之间；而死亡有时候是定义某一个时刻。有的时刻特别让人

---

① 英国作家，《爱丽丝梦游仙境》的作者。

悲伤，由于战争或者重大的传染病疫情，书中常常出现死亡的场景，好像是为了提醒那些有情人，生死之间只一线相隔。无论如何，我觉得爱情的表现形式更加灵活多样（我们可以随时陷入爱情但只能死一次），是小说最基本的组成部分。当小说中没有出现爱情，我们可以想象爱情不久就会到来，总会表现出来。爱的气味飘浮在空气中。爱情深深地渗透在书写下来的任何文字中，就是在纯洁的阿基米德定律里，我也能感受到它。这个定律一开头我就觉得性感得很，能让一个缺乏爱情的人因欲望而痛不欲生，当我读到"……浸到水里的物体受到一个自下而上的垂直推力……"时，我禁不住会联想到一对正在水中做爱的男女。总之，一切都会把我们带到爱情上来。每一个字母都很性感，能点燃读者大脑里的导火索。天真的读者不知道翻开一本小说时，会面临怎样的危险。有时候我们读过的一个故事在几年之后才会引爆。所有这些千姿百态的爱情故事，总使我们这些读者渴望爱情的迷药。读者看到的最美景致就是一张被爱情照亮的脸。如果一个作家为了标新立异，想避免这种猝不及防的心动，陡然改变他的小说节奏，受到惊吓的出版商会立即提出需求——"写爱情故事"。否则评论界就会隐晦地批评他，书店老板看到年轻女读者撇了撇嘴又把这本书放回书架，也会赞同评论家的观点。我们应该想想，为什么小说里必须要有爱情，是因为爱情能迅速给小说增光添彩？我们看过一些平庸的小说，在一章的末尾只因为一个背影就浮想联翩。在小说的谱系上，不管追溯得多远，爱情是永恒的主题，比战争更常见。如果荷马的书封底上没有这么一行字，估计没有人会打开来看：我们为解救一个女人而战。这个女人自然是年轻貌美的。很多史书反对这种说法，认为它会淡化特洛伊战争的严肃性，但是荷马的史诗在终点前超越了它们。不过很遗憾，荷马在《伊利亚特》里让我们听到的更多是军歌，而不是来自心灵的歌声。历史学家一直强调，海伦只不过是一个借口，但我们在一本小说里除了寻找历史真相还寻找其他东西。让荷马的作品流芳百世的，是他的故事构思：几个男人为了他们从没有见过的美人的眼睛而挑战死亡。这才是永恒的主题，而不是军事征服和对权力的痴迷。这样一款鸡尾酒能很快让人沉醉：战争、权力、爱情。为什么盲诗人（也许还有很多其他作家）都使用这种技巧来使作品迂回曲折？在一艘被风吹得像软木塞在水面上东摇西晃的小帆船上，奥德修斯的命运虽然被设置了一些美妙陷阱的恶神们捉弄，但他还是一心想着回家和妻子团聚。如果在第一个故事中，人们为一位不认识的女人而挑战死亡，在第二个故事中就应该为一位很熟悉的女人而视死如归了。淘金热让读者入迷，有时候也让作家致富。我们不是想要去找一个爱情故事来读，而是在书的字里行间寻找爱情的密码。这种动力是不是沁润了海伦这个名字的每一个字母，从而让荷马的这部史诗能够永久流传？当莎士比亚将两位年轻恋人因阴差阳错而自杀的平常社会新闻编成一部戏时，读者感觉问题不在这里，这部戏遗漏了某些重要的东西。这个爱情故事只能用来激活那些笼罩在有害的诗歌阴云里的爱情，这些诗构成了莎士比亚的艺术。这种有毒的阴云从这些因死亡而美丽的年轻人身体里散发出来。那是否应该相信爱情和死亡能让一部作品永垂不朽？

初次阅读

我想是否少年时代的阅读存在于那些没有浴缸的地方。在那个地方，附近的孩子都聚集在一个棚架下面听一位老妪讲述那些传唱的故事。在北美洲，大部分家庭都有浴缸，晚上在浴缸里泡澡就成了对孩子们的折磨，他们会要求在洗澡时让母亲给他们讲故事。故事开始于浴缸，结束于床上。这是一个亲子时刻。总是讲同一本书。孩子蜷着身子睡在床的最里面，控制着这个神圣时刻的故事情节。他的权力在这个时候是最大的。母亲悄悄暗示他，还有比这本书更有趣的书，但白费力气，孩子非常固执，不仅要求母亲讲同一个故事，而且还要母亲每一次都用同样的方式、同一种手势和同样的音调来讲。这不是传播文化，更像是研究地质学。这个时候，孩子的感觉开始慢慢形成。有人问为什么孩子总是想要听同一个故事。因为这不仅仅是一个故事，当他明白不止一个故事时，这个故事就变得和其他故事没有两样。现在我们给他讲的故事是这样开头的："从前，有一次……"只有一次。没有什么可以怀疑的。孩子相信只有一本书，就像他只有一个母亲。他在婴儿时期就很难相信两个乳房都可以吃奶。他在想：当右边乳房空了，左边乳房的奶为什么不会流到右边去？因为身体机能还没有调整好。孩子生活在一个独一无二的世界里，这一切都让他不去想昨天，也不知道明天。他对妈妈讲的故事的相信程度不亚于一个成年人对《圣经》的信仰。两者都想要听到同样的故事，想让讲故事的人一直不断地讲下去。犹太教神秘哲学。对信徒们和孩子来说都一样，他们的世界被概括为一个故事。因为他在母亲给他洗澡时讲的这个故事里发现了一切（《灰姑娘》或其他故事）：爱情、害怕、嫉妒、悲伤、背叛、欢乐、恶毒，特别是他母亲讲故事时声情并茂。我们看到在这间卧室里，两个强烈的愿望在对抗，两种复杂的世界观在对抗。母亲知道孩子是什么（她怀胎九个月），但不知道孩子脑袋里在想什么。孩子在观察母亲，小小的思维特别活跃。他首先分析母亲声音的音调：当她怀着孩子时，孩子就已经听过这个声音，他在出生时也听到这个声音。每一次差别都很细微，他要求母亲重复讲同一个故事，或者让她唱那首他还在母亲肚子里时她经常唱的歌，他想寻找这两种音色的差别（在肚子里和肚子外面听到的）。我们不去考虑故事的内容,先看看词语的色彩。我们总是重视词语的意思,却忘了词语也是有色彩的。兰波能自如地回到童年的世界,当句子这根闪耀着元音字母的彩色长带掠过他的眼前①。因此,我们在不知道词语的意思时,却能欣赏这个句子的乐曲。这首乐曲通常和句子的内容无关,有时候最好不要去想它的内容。那晚上重复讲同一个故事的真正意义何在?其实相比故事本身,孩子对讲故事的人更感兴趣:他的母亲。书就像一个没有涂锡汞齐的镜子一样放在他和母亲的脸之间。母亲单纯地读着故事,并不知道在她肚子里怀了九个月的这个聪明透顶的小脑袋正在全神贯注地观察着她的每一次抽搐、每一个手势、每一个微笑和脸上流露出来的内在的感情。所有这些学习都是为了能更好地了解外面的世界。因此,他需要重复听很多次同一个故事,只为了看母亲是否在讲到相同的地方时有相同的反应,记住每次讲故事的细微差异。母亲给孩子讲故事,而孩子却在仔细地观察她,不漏掉她的一个动作,不管是多么细小的动作,这种仪式他长大了同样也会为他自己的孩子做。我们很想知道这种奇怪的仪式是从什么时候开始出现的,一个人给另外一个人讲故事,而这个故事是由他们都不认识的第三个人构思的。然而,魔法生效了。这是不是说我们是同一个人,听别人给我们讲同一个故事的不同

---

① 指兰波的《元音》一诗。

片段？我们不断地寻找踪迹，想在这场人类探险中找到一种逻辑。

在迈阿密读卡夫卡

　　书能永存不朽，而我们都是要死的。我说书会永存不朽，不是指书的质量。某些作家想要在死后百年还有人记得，也就是流芳百世。可这是由读者决定的。当我们参观某人的阁楼，看到他所收藏的东西时，我们想，流芳百世也不过如此而已。我们发现时光流逝，但纸张的变化不大。而图像小说的纸张，跟女性杂志的纸张一样，质量上乘。我这样说并不是讽刺那些杂志，这些杂志有助于我认识什么是女人。在对那些杂志着迷之前，我都不知道月经或更年期，更不知道由人造丝制造的女性内衣（这种为女性而生的设计对男人也好，广告是这么说的）。我们想，我们这个时代留给后代的，也许就是这些东西（图像小说和杂志），只是因为它们的纸张质量好，能长时间保存。我们在阁楼和车库里可以发现这些书完好无损，就像考古学家在北极发现被冰封了几个世纪的尸体。此外，我发现在巴黎塞纳河边或蒙特利尔圣劳伦斯河边选购旧书的人当中，我发现男人们喜欢翻看那里的旧杂志。这里面有些东西永不过时。为什么不直接说我们对什么感兴趣，但现在已不再提起。我这样说是因为夏天快来了，几天之后就是为夏天选书的时候了。我认为最不好的书就是出版社为了某个特殊季节而推出的书。书要吸引人而且有厚度，我们明白为什么。因为在海滩上看书，是不想看到她的男友正瞄着扭着屁股来往的女孩流口水，也不想看到身着玫瑰红比基尼的女孩从面前经过，她在这儿唯一能做的就是假装有学问——所以在夏天来临前的几个月不愿忍饥挨饿。沉浸在一本厚重的夏季侦探小说中最好（甚至有专门用于夏天看的侦探小说），让你不必抬起头。相反，一本好书并不会想去吸引你，而是让你忍不住抬头望天（夏季无云的天空），平躺在地。我向你发誓，这跟恐怖小说一样让人兴奋。自我感觉很聪明，这非常激动人心。让一个女人去买机票、订酒店房间、喝带菠萝片的彩色饮料，借酒店的浴巾遮挡自己，以免在那些堪称人生赢家的苗条女孩面前丢脸，这一切都令人厌烦。因为大家都知道，我们去海滩不是为了去看书，也不是为了看海，那里只有尖叫的孩子和穿得严严实实的胖子。那是为了什么？想想吧，是为了展示自己。如果不能展示自己那又会怎么样？不会怎么样。风平浪静。嘴里有苦涩的滋味。而文化呢？我们在学习。我们在迈阿密读卡夫卡。人们在几个世纪之后，会发现以前的图像小说书页间有几颗沙粒。

迷失的艺术

在空间里迷失，这并非灾难，
因为最终总能回到罗马。
而在时间里迷失，发现时
往往已经太晚。
混淆过去和现在
并非最糟的事情。
先将来时①才最麻烦。
被认为在语言的密林里
给我们指路的语法
并不总是巨大的援助。
事实上，知道去哪里却最终无法到达
人才会迷失。
如果不在乎
去哪里，出发时
就没有让我们感兴趣的地点。
所以，迷失在时间里
比迷失在空间更危险。
可我在哪一刻失去了您，您？

---

① 法语的一种时态，意即先于将来的某个时间已经发生的动作。

论权力的本质

穿灰西装打蓝领带的人

他们说话时,我们不相信他们所说的。任何人都觉得有权在公共场所辱骂他们。我们认为这种人和在世界另一端贪污的同行没有什么区别。我们很少因为他们做的好事而表扬他们,却绝不原谅他们犯的错误。"腐烂透顶",我们听到人们这么评价他们。我们好像从蒙昧时代就把这种职业与贪污和谎言联系起来。我们想知道是什么让他们放任自己深陷泥潭。按某些政客的说法,一切都身不由己,就像一场由业余爱好者排演的戏剧,我们分配角色时不会管他是否愿意,也不管他的演技能否胜任。一位部长有一次向我描述他的职业,他觉得自己就像在骑俄罗斯小轮车,一直不停地骑了四年。然而我们每天都会在日报上或者谈话节目中见到他们。不管怎么说,他们比摇滚明星、体育冠军和好莱坞明星更让人上心。电视里的政客常常被当作是公园里的木偶剧中的警察。这是一位喜剧人物,我们希望看到他掉进一个大陷阱。总是老一套:金钱和性,贪污和堕落。但老百姓在街上遇到这位政客时,会祝贺他,吹捧他,站在他那一边,严斥想把他赶下台的对手。为什么会有如此矛盾的两种行为？从这里，我们可以看出，权力处于一个无法企及的地方。我们谴责的是权力的代表，但对权力的崇拜丝毫未减，这就让有权的人显得更年轻、更有钱、更性感。

权力的眩晕

权力，作为人类最强烈的欲望之一，永远都会受到质疑。我们想：这种可怕的想领导别人的愿望有什么了不起？我说的不只是政治权力，还有权力的其他不同形式。人们想超脱论战，超越时间，因为所有的权力都想要持久。另一方面，需要分析一下那些把他们自身的权力赋予少数几个人的人。绝大多数人都盲目地接受一小群人的领导。相反，这一小群人在任何时候都有被赶下台的风险，只要人民有一点愤怒情绪。这是权力的平衡。我们花了几个世纪，才使这一原始的工具日趋完善，我们引以为豪。是什么让大多数人都放弃行使自己的权力，或者更简单地说，不管自己的事情？哦，美丽的无政府主义！人们到处这样宣称。我认为我们还没有真正地试过。权力和时间的关系看起来纷繁复杂。时间像一匹野马，从来不曾被我们驯服。我们希望尽可能长时间地掌权，但一旦身居高位，时间就好像过得更快，我们也老得更快。权力只会使独裁者越来越年轻。我们总是怀疑政客不会变老，他们很会保养身体。民主国家的当权者们总是时不时地被人要求做汇报，他们很羡慕那些老独裁者，独裁者们除了死后去墓地之外，从不会离开他们的宫殿。如果说在某些地区，只有一个人拒绝放弃总统的宝座，那么在北美洲，却是整个一代人拒绝让位给继任的一代。在这里，最高领导的人选在变化，但下面还是那个阶层在掌权——那群穿灰西装打蓝领带的人。这里一切都做得干干净净，不同于流血的独裁政权。在某些国家，武力才能得到正当的权力。在西方国家，是国家政体保证了这个固定阶层的权力。于是，时不时地，猛兽苏醒，吞食离他最近的东西。我们想知道他们为什么会有这些轻率的行为。是因为他们很快就适应了权力，过着养尊处优的生活；很快就以为自己犯罪是不会受惩罚的。少数几个一直保持警惕的人是因为有更高的目标（做国家首领）要去实现：他们想要青史留名。于是，他们很注意。干净的履历能实现更大的目标，即使为了实现这个目标要使人民挨饿。践踏文化体制会使抗议者走上街头游行。除此之外，少数的政客，就像我们所说的，用尽一切办法赖在权力的交椅上，只有一个目标：不要出乱子。人们只能对明显的目标开枪，那我们就躲起来，老鳄鱼心想，他把自己伪装成一截枯树干，漂浮在沼泽中。把权力想象成一个有鳄鱼的普通泥沼，这也太天真了。同样，也有一些人，当然是少数人，仍然相信公共机构。我们很容易识别出他们，因为他们往往设计一些自己做不到的东西，推出一些比他们寿命还长的计划。问题是，我们发现这些人（对，真的存在）很容易就被这些善于腐败的家伙所吸引。这些人总觉得在精神上比他们的代表更高尚，所以某某人才会总那么蔑视政客，最后让政客变得厚颜无耻。我们知道，被无端蔑视的人不会因为被蔑视而感到耻辱。

权力的结构

猛兽：真的应该把他们的名字一一写出来吗？诚然，人是一刻也不消停的。他们上任的时候锣鼓喧天，最后在民众的冷漠中离开。循环往复。权力没有假期。好像人类创造神就只是为了使权力更合法。一句话，这是骗人的。为什么？因为在独裁统治下，我曾梦想，更富有、更文明、更强大的国家有另一种处理事情的方式。对他们来说，权力并不是一个吸收人类野心的黑洞。理想呢？理想不过是这个推土机的燃料，推土机把所经道路上的一切都推平了。你们知道权力是怎么对待理想主义的吗？辗压他们。所以，一旦他们中有人取得领导权，他们就会变成法西斯分子。你们认为我在打击年轻一代的勇气？还是看看不停地对他们低声重复谎言造成的伤害吧。我在这里指的不是腐败，也不是没有实现的选举承诺和其他废话，我想说猛兽本身：权力。关于它的人性本质。或者太人性了。

游戏：有人心想，那为什么还要继续玩这个残酷而盲目的游戏。权力不需要你的同意就把你加入了它的客户群。权力的设计是以政治辩论为核心的。如果你们今天想要一个孩子，这将不是一个私人计划，而是一系列政治决策的结果。而且，国家也会不遗余力地让你多生孩子，以拯救这个种族，否则北边的国家很快就会被南方国家的居民所占据。最终有一天，西方国家的首都得改说斯瓦希里语或克里奥尔语，就像我们今天在非洲说法语、英语或葡萄牙语。因此，要想保住犹太基督教徒的身份，首先要使这个教派的信众人数增多。但是我们很明白，虽然家里有两个以上的小孩让当母亲的没有办法去上班，这也把我们带回到被如此鄙视的20世纪50年代。那时候诞生了堕胎。我们都赞同，堕胎没有太多的政治和宗教因素。而当权者，大部分都是男性，总是用大腿以上的部位处理事情。关于胎儿的论证上升到了一个高度，上升到了神与国家之间。我们很快就相信政教分离（民主的基础）只是一种剥夺教堂权力的高级手段。实际上，我们找到了两种平行的权力，一种是看得见的，另一种是隐形的。怎么区分体育与权力？体育是另一种烈性毒品，长期以来都将妇女排除在外，权力以前是背着妇女行使的。体育运动都是在聚光灯下进行的，而大部分政治活动是在暗中默默地进行的。与体育相反，权力同时在很多方面起作用。

开心：很少看到受伤的政客背上插着一把刀出现在电视上。公众拒绝承认政治谋杀，只因为他们也是参与者。他们的沉默是致命的一击。我们知道这个游戏的规则来自远古时代，而场景却很现代，只在蛋糕上加上这颗道德的樱桃：必须透明。这么天真让政治泥沼中的老鳄鱼发笑。让我们再回到问题的源头。这是因为老百姓自己想要美妙的不切实际的承诺，明明知道国家的经济状况，还将政客们推向谎言。我们把政治和宗教混为一谈，于是产生了对救世主痛苦的期待。最近一段时间，听别人说话，我们感觉卓越的领导力是一个领袖的基本素质。他需要天生就会对公众发表演说，即使那些人是他的邻居。这看起来就像一个神圣的按钮，将个人凌驾于公众判断之上，有时候能让他转败为胜。有时候，胜利者在摄像机前的喜悦，强烈得好像快要达到高潮。在这个权力游戏里：我们发现了运动、血液和性。我们这才明白为什么莎士比亚的悲剧总是围绕着这个主题。这是在我们狂热的注视下表演得最原始的一幕。

恐惧：我们可以利用恐惧来掌权，通过制造一种恐怖气氛的方式。当人们处于这样一种动乱中，他们就会渴望秩序，或更直接地说，希望建立良好秩序。在这个不尊重价值的世界里，人们却毫不犹豫地谈论着事物神圣的意义。伪君子的统治，人有两张面孔，说着两种语言。怎么会这样？因为：我们坚持不懈地重复别人已知的事情，这给他们一种被倾听的感觉，然后再给他们解释说，如果说这有必要，却不一定是合理的；在梦想和真相之间有时候有难以逾越的距离。当然这些不足以说服他们，要想他们接受选举战中的候选人，必须镇定地打出绿色的王牌（持续的恐惧），因为要给公众一个印象，在全民恐惧的氛围中，他保持着冷静。如果继续有抱怨，就拿出秘密武器：替罪羊。必须去找替罪羊，但并不那么容易找到，尤其是当我们急需的时候。在这种情况下，我们就用各种零部件拼凑一个，最好的替罪羊往往是我们自己做的。

首领：恐惧使村民们都围拢到了首领的帐篷旁。在恐惧的呼喊声中，首领出现了。人群立刻沸腾了，这种能量充满了在场的每一个人，他们像电灯一样发光。首领在思考怎样能在四年或五年的任期内让人们保持对他的这种狂热崇拜，或者更谦虚地说，保持到下个月。在政治上，人们只在目之所及的范围内航行——在危机时刻，一个月就是永恒。如何面对这缓慢流逝的一千四百六十一天而只保持小火？这种担忧只需要渗透到政客的思想中，他就会忘记其他一切。这种癌症扩散得飞快。自从那根针扎到他的大脑里，每一天都像一生一样漫长。我们早上和媒体一起出生，白天和部长们一起统治国家，晚上和各路反对派一起死亡。唯一能与之对抗的是对公众事务假装完全轻视。他们很羡慕小说家，他对自己笔下的人物有某些决定权而且不用承受后果。管弦乐队的指挥用小棒指挥音乐家们，其中独奏音乐家是唯一可以不听他的。新任指挥问为什么我们给他这个头衔,如果街上随便谁都可以侮辱他。他后来开始明白,他是包进火鸡肚子里的肉馅。我们在他来的时候热烈欢迎他,就像他是能带领一队牲口找到绿色牧场的神话人物,但我们保留解雇他的权力。不论什么时候,如果他犯错就会被解雇。为什么?就是这样。几个世纪以来,人们发现,要想平息这些不断变化的公众,只需在他们的头脑中植入恐惧。于是,围绕他、支持他的人便会散去,他恢复自己的真正力量。难对付的政客就是我们对他没有什么期望的人。人们轻视他,却不停投选票给他。他能在玩超低空飞行的运动员家里悠然自得。相比天空,他更接近地面。如果诗意的飞翔和伟大的梦想让他飘飘然,他有时会重新脚踏实地,最终抛弃那些让他做白日梦的人。短暂的平静之后,有人说野蛮人已经来到城门外了。恐惧来临。第一个能稳定人心的人掌权。人们于是聚集在他的帐篷周围。有时候,需要换的是人民百姓而不是领导。

背叛:如果没有和它完全相反的双胞胎姐妹——信任,它就什么也不是。谨慎让我们对任何人都不信任。可悲的是我们永远不可能预知谁会背叛你。直到敌对方的密使跟他联络。这通常是一个在一定时期内受到领导重用的高明的年轻人(我们只会背叛那些爱我们的人)。领导把他带在身边培养他,同时也是监视他。我们不会让这样一个聪明人放任自由。年轻人起初会拒绝见那些密谋者,因为他有自己的品行，于是我们以"国家的最高利益"来引诱他。每次我们都恭维说老百姓都在等着你拯救。我们跟他说街上都是愤怒的人群，一边说一边抹黑形象，如果我们希望我们的阵营继续拥有权力，就必须远离原来的领导。从此之后，每当公共活动时他会避免经常出现在领导身边。晚上，他回来找一些知心人，因为领导对他越来越严厉，年轻人比以前更少出现在媒体面前。老百姓担心会慢慢见不到这个年轻的继承者，而年轻人已经知道怎样让人久等。当暗淡的日子开始慢慢侵蚀权力，他的"新朋友们"让他明白现在该辞职了，于是他突然辞职，以一个原则性问题为由。年轻的狼想要去别的地方施展抱负，去他妈妈家，去这个田园诗般的小村庄。永远在接电话，电视也一直开着。觊觎者不能显得太贪婪，他应该是消息灵通的。只有在危机达到顶点时，他才会回来。注意不要错过机会：不能太早，更不能太迟，因为他不是唯一的参赛者。他的"新朋友们"培养了别的新人，此时正在黑暗中摩拳擦掌。至于老领导，我们让他自己决定最后的末日持续多久。

孤独：我总是在想，当周围完全没有人时会是什么感觉。当我们怀疑没有人给我们说真话，当我们开始怀疑所有人。我们会变得偏执，肯定会回忆起这些年来宝贵的默契。这份孤独是掌握权力之后最基本的感受，最终会展示给你最危险的敌人。与公众的信仰相反，最显示一位领导人品格的不是他吸引大家的超凡魅力，而是他平息公众事件的能力。直到让周围空无一人。这才叫不受拘束，接受能力强。在能量方面，应该方便流通。我们很快发现问题不是给予而是接受。让自己被那个千头怪兽吞食。很久以后，很久很久以后，这种空虚变成了冷漠。他的内心和他周围一样空虚。年轻的领导离开了乡村去大城市，为了权力。老领导准备回到自己童年的故乡。一个人开始空虚（没人给他打电话，于是他不要电话），陷阱已经在另一个人身上合拢。可这个在电视里发表慷慨激昂演讲宣扬大学免费的年轻大学生是谁啊？在年轻的领导还没有取得权力时，另一个新人已经冒了出来。

权力的电影

我昨天晚上在电视里看了一部夏布罗尔[①]的电影（《权力的迷醉》），结果忧心忡忡。这个可恶的人有时会让资产阶级睡不着觉。夏布罗尔是还相信我们并不是每个人都有房、有别墅、有车和一个好工作的最后的电影艺术家之一（是的，我知道他已经去世）。或者相信俄罗斯帝国的崩塌并没有扫除社会等级。夏布罗尔非常喜欢拜访资产阶级，他尖锐的目光立刻落在关上的橱柜上。但在富

[①] 克劳德·夏布罗尔（1930—2010），法国导演，新浪潮电影运动奠基人之一。

人家里没有不好的东西,他们的厨房装饰漂亮,夏布罗尔很高兴。他所有的电影结尾几乎都是在饭桌上吃饭。夏布罗尔想要暴露的,是这种巧妙的方式:偷走穷人的面包,然后给他施舍一些面包屑。以前,这个电影艺术家描绘外省的老资产阶级,但是最近,我们看到他开始光顾一个新的群体,可能并不是那么默默无闻,但却跟前者一样贪婪:政界和金融高层。电影的名字说明了一切:《权力的迷醉》。在电影里,伊莎贝尔·于佩尔从强大变得弱小,游刃有余地表演出了一种张皇失措。这部电影反映了什么?当然是腐败。腐败像龙卷风席卷而来。一位企业(国有企业)老总在离开岗位前颁布了最后的一些指令,一切都是为了他的家庭利益。长期掌权的人最终会把自己的钱包和公款混为一谈。我们在这儿不提这笔巨款(这是另外一个故事),而是讲讲精神状态。警察在楼下等着他,像对待普通小偷一样给他戴上手铐。一个预审法官想审问他。我们知道预审法官在法国掌握着巨大的权力。可惜夏布罗尔用了太多的时间去展示腐败的手段,而我们却想看看权力的真正面目。他让两种权力形式面对面对抗:一是大企业家,他用自己的方式运营企业,做所有的决定,使用纳税人的钱;另一种是"小法官",随时可以让他下台,甚至可以将他关进监狱。但我们感觉这些都是舞台上的提线木偶,应该继续调查深挖出躲在阴影里的提线人。这第三种力量被夏布罗尔谨慎地称为体制。太简单了。我们想要的是他们的面孔和名字。我们想要看到支撑这座建筑的基础柱石，即使只有几秒钟。因为我们相信体制是某些有血有肉的人，他们大权在握。他们领导一切——政客和"小法官"，其他都是表演。行行好吧，不要把事情弄复杂了，没有什么用，一点也不神秘。目的就是钱。战争的动机。这是一场战争，因为每一个人都想拥有这种能保证自己强权的能量。中间人在桌子下面收集着面包屑，当体制想要给人以清廉的印象时，他们会被冠以贪污腐败的罪名投入监狱。但是夏布罗尔让我们觉得，这样的事情只会发生在政界或经济界——为了解决问题而将几个人投进监狱。我想夏布罗尔会比这样做更高明，但他想展现自己在这样的势力面前无能为力。真正的权力是无法企及的，甚至像夏布罗尔这样的电影艺术家都缺乏必要的方法去观察它。艺术家从来不可能达到这样的权力高度吗？大贵族觉得普鲁斯特的《追忆逝水年华》更有趣。普鲁斯特没有真正意义上的家庭，就像他的一位情妇所说，人们永远不会在公开场合看到他："小普鲁斯特不被人接纳。"他写小说所用的素材都是二手资料。由于不能达到顶点，夏布罗尔的精力只能分散到几个没有结局的小故事上。那些在权力巅峰的人不会用短暂的权力去弄脏自己的手。对他们来说，共和国总统是一个办公室职员。我们在哪里都看不到他们，他们从来不出来发表演讲，也没有任何职务，喜欢待在阴影里。夏布罗尔没有去拍这些大的场合，却去拍一个乏善可陈的夫妻故事，想表明作为预审法官的妻子也是很脆弱的。但是除了金钱和权力，还缺少第三种元素：性。夏布罗尔为了不使他的电影落入俗套而没有拍它。权力与庸俗为伍，因此他就远离那些太想保护自己尊严的人。啊，这必然让人沉醉的酒，我们闭着眼睛喝下它，不管在北方，还是南方，在东方，还是西方。权力的滋味在任何地方任何时候都一样。有些人将酒全部喝掉，一滴不剩。有时候血溢出了瓶子滴了下来。

权力的小说

这是南美洲作家一直摆脱不掉的烦恼，每个人都想要根据自己的感觉来描绘传说中的独裁者。对世界上这个地区的作家来说，独裁者是完全存在于幻想中的，是唯一可以将他带进全球化的人。伟大的小说因此就是这个来自梦境深处的怪物的画像，梦境不幸地强行出现在人们的现实生活中。危地马拉的米格尔·安赫尔·阿斯图里亚斯1967年获得诺贝尔文学奖，就是因为他画了第一幅魔幻现实主义的画像（《总统先生》，1946年）；哥伦比亚的加夫列尔·加西亚·马尔克斯用几年时间仔细推敲复杂的修辞堆叠（只是太口语化了），写出了《族长的秋天》；巴拉圭的奥古斯托·罗亚·巴斯托斯有《我，至高无上者》；墨西哥的胡安·鲁尔福将他的实验室安在了一个空无一人的村庄，这个村庄已经成了一座墓园，在那儿，有一个人死了也还在继续统治，他统治着妇女和儿童（所有的妇女都是他的情妇，所有的儿童都是他的孩子），这个人的名字就是佩德罗·巴拉莫。而秘鲁的马里奥·巴尔加斯·略萨好像很厌烦这样的苦差，但最终还是交上了作业。《公羊的节日》是为拉斐尔·莱昂尼达斯·特鲁希略（多米尼加共和国的独裁者，这个国家和海地瓜分了一个岛屿）画的恐怖的超现实主义肖像，这部小说使他在2010年获得了诺贝尔文学奖，也就是小说出版十年之后。而英国作家格雷厄姆·格林[①]用一本横空出世的小说《喜剧演员》描绘了弗朗索瓦·杜瓦利埃[②]的世界。这本小说写得很好，但是在我看来，杀手组织的精神领袖（格雷厄姆·格林认为他们是为了不让人发现自己悲伤的眼神才戴上墨镜的）有一幅不那么理性的肖像。其魅力主要是南美洲作家好像相信独裁者真的将他统治的人民的优缺点集于一身，否则，他认为，人民就不会在他身上找到自己认同的东西。独裁者并不只是满足于制造恐怖，他在大众的想象中占据了重要的位置。精英们会密谋造反，但只有大众才能将他赶下台，而大众只有在发现这个独裁者不能调和自身的光明面和黑暗面时才会决定将

[①] 格雷厄姆·格林（1904—1991），英国小说家，主要作品有《密使》《权力与荣耀》等。
[②] 弗朗索瓦·杜瓦利埃（1907—1971），海地前总统，人称"老医生"。

他赶下台。他也必须在一次运动中，从最极端的现实主义者变成一位最深沉的神秘主义者。真正的独裁者应该知道怎样调动起大众的敏感神经，就像莫扎特弹钢琴那样自如。我们能分辨出谁是强者，就像我们一眼就可以看出一个具有天赋的艺术家。他从中得到启发，变得让人既恐惧又尊敬。对很多南美洲作家来说，这是上好的肥料，会使他们的代表作像花朵一样茁壮成长。

自行消失的艺术

他站在墓地附近,对面就是球场,
一场足球赛正在进行。
他又高又瘦,穿着深灰色西装
在毒热的阳光下安静地吸烟。
我没有马上注意到他。他的影子
延伸着碰到了我的影子。我
转身向他致意。他突然脸色苍白。
看到他快要晕倒,
我便走近他。
他默默地看了我很长时间。
"您怎么啦?"又沉默了。他最终说:
"十年来第一次
有人对我说话。我让自己隐身
以逃避魔鬼。""哪个魔鬼?"
"独裁者。我不愿他意识到
我的存在。他所到之处都有间谍,
必须不能让任何人看到我。
所以,我穿同一套西装,待在
同一个地点,吸一个牌子的
香烟,不对任何人说话……您

怎么发现我的？我有什么失误？"
"您没有任何失误，先生。
我并不住在此地。我回来，是因为
独裁者刚被流放。"他消失得
那么彻底，都不知道这条
已震惊全球一星期的新闻。

浴缸里的阅读者

夏天不是一年当中的郊区

作家在自己家里

最近一段日子，人们在书籍的新工艺这个话题上谈了很多，对人们想读或不想读书的原因却谈得很少。应该少关心一点物质，多关心一点把书拿在手里时发生的事情。阅读是一种神秘的行为，因为在2014年一个星期二的早晨，我可以轻易地召维吉尔来我家，这毕竟很怪诞的。我跟这位古代诗人谈得很欢。很多人怀疑是否真能和亡人聊天，而他们自己正坐拥书城。图书馆就是一个墓地，满是正在思考的亡人。我有时候去拜访维吉尔，去他家里，我的意思是去他的时代。我和亲自出门见他的但丁一起每周和他面对面，时间在书的世界里不再是线性的。但丁离开之后，维吉尔显得那么热情，让我很长时间一言不发。这两位充满敌意的诗人好像互相监视，直到地狱大门。我对他们之间激烈的论争没有什么要补充的，他们用拉丁语（维吉尔）和意大利语（但丁）互相咒骂。通常，这种论争关涉语言和身份。我不建议你去见贺拉斯，他讨厌不让人喜欢的人，他把这个写在一个有趣的专栏里，他在里面总是展现小孩的肖像。我也不建议你去见经常乱喊乱叫、偶尔咬人的塞利纳。可如果你路过中世纪的一个街角，请代我问候我们的维庸。弗朗索瓦·维庸是那些梦想身后的影响比王子或独裁者更大的人的兄弟，尽管自己"贫穷而出生贫贱"。博尔赫斯教会我这样对待这些作家，不要在乎他们出生于二十个世纪还是二十年前。一本好书，不管是维吉尔的还是但丁的，或是最近一位二十岁的年轻小说家的，每次阅读都是一次新生。今天我愿意阅读能让我在魔幻森林找回道路的所有书籍。这些书每一本都以它的方式触动我，并且最后都能勾勒出我的感受。可我仍然仰面躺着，眼睛闭着，倾听任何声响。我喜欢这一刻，因为我不知道该继续睡眠还是起床。

里尔克在他的夜里

我半夜醒来，很想看书。小床头柜上的书对我没什么吸引力，我看了太多遍了。我想去书架上找新的书看。我很喜欢半夜读书，感觉就像是白天暴风雨中的唯一幸存者。我静静地在这间狭小的卧室里挑选了几本书，空气中弥漫着灰尘和我带到卫生间去的纸的味道。夜晚缓解了矛盾，使身体变得柔软，于是我走路变得摇摇晃晃，好像走在一艘船的甲板上。我把水龙头打开（三分之二的热水搭配三分之一的冷水），然后滑进浴缸，把书在地巾上铺开，然后选择了赖内·马利亚·里尔克的《给青年诗人的信》，这本书我有一段时间没读了。有些书需要在十七岁的时候读才能很好地品味其中的奥妙，比如萨冈的《你好，忧愁》，本雅明·贡斯当的《阿道尔夫》，赫尔曼·黑塞的小说或这本薄薄的里尔克书信集。里尔克的这本代表作封面上的作者像并不吸引我。在这张照片中，里尔克的小胡子下垂，眼神像一只挨打的狗，那悲伤的神情让你在夏天也不寒而栗。这个里尔克，不是一个有趣的人。世事艰难，我们没必要以这种夸张的方式把自己的痛苦呈现出来，而且，该书写的是一位老诗人给一位失意的年轻诗人提供建议，这并不能特别讨一位五十五岁读者的喜欢。但在我看来，一种怀疑的态度更可能来源于经验，尤其是当我们知道这种经验不会阻止欧洲在今后十年里再一次陷入可怕的战争。我们也知道，在更私密的方面，经验不能阻止我们陷入痛苦或做傻事。我更欣赏科克托的态度，他认当时还默默无闻且比他年轻很多的拉迪盖为师。我很怀疑我会有进步，因为不喜欢"我们能随着时间流逝而日趋完美"这种观点。其实，从第一封信开始，我就明白了这是里尔克和一位确实存在的诗人（这个说法好奇怪！）之间的真实信件。年轻的弗朗兹·格扎维埃·卡卜斯经常将自己初学的诗歌寄给里尔克看，里尔克用一种公正的语气给他回信，至少一开始是这样。里尔克给年轻人的信从1903年一直持续到1908年，条理清晰却不失温情。焦躁不安的诗人从一座城市跳到另一座城市，用瓦莱里·拉尔博①的方式，但与瓦莱里·拉尔博不同的是，他一直在诉苦。他在罗马感到沮丧，在巴黎感到痛苦和疲惫。1903年4月23日，他来到比萨②附近，建议收信的年轻人读一读延斯·彼得·雅克布森的作品，他对这位丹麦诗人赞赏有加。我不想去求证这个观点，因为我相信里尔克的品位。此外，我很怀疑我们还能否在图书馆找到里尔克的其他书。要更好地了解一个人，我建议你去留意他看过的书。如果我们不了解一位作家看过哪些书——这是他真实的一面——我们就不能完全了解他。问题是，像里尔克这么低调的诗人，通常会欣赏跟他一样低调的艺术家。一些诗人在他们所处的时代已经家喻户晓，却生活在神秘的光环中。我们跟随里尔克继续他那弯弯曲曲的旅行路线。7月16日，我们发现他在不来梅③，他给他的通信者说他在巴黎待了十几天。虽然他看起来无精打采，却在不停旅行。他和赫尔曼·黑塞相反，黑塞需要考虑一年时间才去临近的城市做一次短途旅行。让人惊讶的是——实际上一点也不让人惊讶——这些环球旅行家的脚从来都不下地。他们好像离这个泥泞的现实很遥远，而我们却在这片泥塘里谈论面包、牛奶或者房屋的租金。钱在里尔克的世

---

① 瓦莱里·拉尔博（1887—1957），法国小说家、诗人、评论家，曾把柯勒律治、乔伊斯等作家的作品译成法语。
② 意大利古老城邦，坐落于阿诺河下游，靠近入海口。
③ 德国北部城市。

界里是不存在的。不需要疾病来刺激想象力。他为回复这些信件而苦恼,因为我们知道经验来自于痛苦。身体迅速老去,我们有时候说话变得啰唆。他的不来梅来信(他住在那附近)充满了建议和哲学思考,我觉得有时候看起来很沉闷。年轻人了解的东西太少,所以需要他作为老师,给他们灌输一些基本观念,这些观念是一位中等教育程度的读者必须具备的。于是他扯掉了遮盖在这个世界,也就是他的世界真相上的布,碰触到一个伤他心的问题。比如他讨厌提及私事,里尔克写道:"性欲当然是一件重要的事情,然而,所有强加给我们的东西都是重要的,因为几乎所有值得认真对待的东西都是重要的,所有重要的事物也都是值得我们认真对待的。"有一条大鱼被他钓起来,在水下摆动挣扎。他不知道该拿它怎么办,就立刻把它扔回了水里。我们再来读一遍:"性欲当然是一件重要的事情,然而,所有强加给我们的东西都是重要的。"从这句有点直白的话来看,我们立刻明白了他受性欲的烦扰。他时刻表现出来的敏感只不过是面对自身悲剧的无尽哀伤。他无法协调自己的高雅修养与血管中流动的野性冲动。这是一种真正的毒品,让他有时候在豪华饭店的房间地板上喘不过气来。里尔克让我们不断诟病的这些小毛病,是为了避免说出真相,真相就是能引起"性高潮"。应该这样理解他信件中很少的"真实"吧!我们等着他的"黑皮书",那是托尔斯泰用来记录幻想的本子。这种礼貌只会让向他吼叫的受伤的野兽闭嘴。第一次世界大战前的欧洲产生了一种优雅文化，使他变得软弱。这难道不是因为我们想要掌控一切吗？与这种感情缺乏相对的是，他的社会地位给他带来了安逸。这一切都在几年后颠覆，第一次世界大战爆发了，这场战争使文明开化的社会在流血冲突中分崩离析。但在当时，一切看起来都尽在掌握之中。金融繁荣昌盛，街道秩序井然，妇女的美德被保护得很好，警察禁止因饥饿而流离失所的难民进入城市。我仿佛听见里尔克对他想教育的年轻诗人低声念叨："性欲当然是一件重要的事情，然而，所有强加给我们的东西都是重要的。"我重新看着他的照片，这次看懂了他忧伤的目光。实际上，里尔克的信并没有谈论诗歌，也没有谈智慧，这些信的力量就在于指出了一个巨大的危险。我们建立起来的用于保证我们能一起生活的制度使我们失去了人性。里尔克被这篇长长的洞察世事的论文吓到了，想用一篇关于自然、欲望和美物的长文来消遣一下——这就像一团烟幕，让我们没有看到伴随着他的内心在怒号的这个沉重事实。即使在大量的陈词滥调下面，我们依然能听到里尔克的喊叫。差不多一年之后，他又回到这个主题，用一种有点伪装但不那么失望的口气说道："人的一生必然要经历爱情，这艰难的工作生命难以承受，我们这样的新教徒无法面对。"我们发现概念在悄悄地转换，我们不再谈论性欲，而是谈论爱，需要为爱付出的努力是巨大的，以至于成了"艰难的工作"。切扎雷·帕韦泽①在某些时候和里尔克很像,他在半个世纪之后也谈起《生活的本领》。将爱比作一个任务("任务"一词和"痛苦"一词同源),将生活比作一项本领,我们于是明白那个时代会发生两次世界大战的原因。而被教会称作毒苹果的性欲是事情的核心。我正准备深入这本奇特的通信集中去寻求词语潜藏的意义,突然停电了。没有任何警告,黑暗就降临了。房间里的小光源几乎同时熄灭(先后只隔了十几秒)。发电机的轰隆声我再也没有听见,好像被黑夜吸收了。我走到窗前,想看看一片漆黑的街道,我家周围的房屋也像我家里一样黑灯瞎火的。我感觉自己到了大自然的中心,就是里尔克刚才谈论的大自然,突然发现我就是一盏随意被人点亮或熄灭的电灯,就像里尔克发现自己不是一个至高无上的诗人,而是一个被剥夺了最自然的一面——性欲——的人。这就是我感触最深的地方。

气氛特别紧张的谷崎

我徒劳无益地寻找,但还是回忆不起来,直到谷崎润一郎进入我的阅读生活。他的文字很审慎。谷崎在生活中是一个很害羞的人,与之相反的是他的写作非常大胆,有

---

① 切扎雷·帕韦泽(1908—1950),意大利小说家、翻译家和诗人。

两部简洁的代表作：《疯癫老人日记》和《钥匙》。很长一段时间，我更喜欢《钥匙》，这本书讲了一对传统夫妻不正常的性关系。今天，我重读《疯癫老人日记》，发现了比以前更多的乐趣。我觉得它更虐人，也更具人性，尽管如此，却没有丢失彰显谷崎作品现代感的大胆文风。在遇到谷崎之前，我有一段时间喜欢三岛由纪夫。三岛自己的生活也像一本小说，他像日本漫画中的人物一样死去。然后就是川端康成和他对生命的冰冷眼神，有时候让我觉得后背一凉。三岛和川端康成都是自杀的。在他们死后出版的一本薄薄的通信集里，我们看到年轻的三岛想寻求当时已凭《雪国》一书扬名的作家的师生情谊。我把《疯癫老人日记》拿到手之后，就再也没有看过他们俩的书。这本小说实际上是一本日记，日记的主人是一位在夏天得病瘫痪的七十七岁老爷子。叙述者没有任何文学野心（看到一个人随心所欲就能写出一部代表作，真让人不安），简单地记录了在一年最热的这几个月中的观察和思考。他完全被他的儿媳妇迷住了，儿媳妇、儿子和他生活在同一个屋檐下。他的妻子很担心，但她已经老了。他儿子工作繁忙，好像对周围发生的事情毫无察觉。实际上每次在他出门上班之后，所有人才活过来。由于老是要等待，年轻妇人就与她在电视台上班的表哥睡觉。相信我，这不是一出滑稽剧。谷崎处理性题材非常严肃，不会搞笑。这个资产阶级家庭里气氛很紧张。老爷子有很多钱，能满足儿媳的幻想，与之交换的是片刻的亲近。在这种一直封闭的暧昧环境里，道德也不那么重要。作家的写作技巧娴熟，制造了很多悬念。老爷子十分关注自己的健康情况，虽然每况愈下。他已经受不住强烈的情感刺激。医生经常在下午被召唤来。危机发生在午睡时。那是儿媳洗澡的时间，而这通常会刺激老爷子的性欲。叙述者总是面临内心的冲突，他忠诚地记录下了年龄和欲望的矛盾，他要继续活下去就需要这两方面相互依存。我想是时候说明叙述者长相丑陋、满脸皱纹而且完全性无能了。我知道谷崎很有现代感，总是与时俱进地在他的作品中引入当今社会的元素。我敢打赌，如果这是发生在今天的故事，他会在小说中写到"伟哥"。虽然老爷子接受了自己性无能，但他并没有放弃疯狂的性欲，不停地为了追随儿媳的足迹而奔波在剧场和城市的夜宵店。他是一个歌舞伎和美食的爱好者。我们看到他在闪耀着文化光辉的东京寻找好看的戏剧和好吃的饭馆。我们感觉不管怎样，在这场疯狂背后会发生更阴暗的事情。欲望侵入了他的肾脏，燃烧了他的身体，也燃烧了他的思想，直到危及生命。他的血压高得非常危险，当年轻妇人允许他亲吻她的膝盖"但不能用舌头"，因为她不喜欢舌头的冰冷和柔软，这种过分的亲热让他付出了巨大的代价。于是，他拒绝给他女儿一小笔钱，这笔钱够女儿女婿和孩子住到更体面的公寓里，他给儿媳买了一个很贵重的戒指。他的健康状况堪忧，大肆挥霍钱财，不知廉耻，然而这个人这一辈子从来没有这么幸福过。好在他没有昏了头，没有丢失了金钱观念（在谷崎的作品里我们不怕谈钱），因为他很快就明白这个差点要他命的爱情，是他不想被年老的焦虑所淹没而抓住的最后一根树枝。一个一文不名的老爷子没什么可以被剥夺了，金钱有时候能让他走出黑暗。这最后的斗争因此并不可笑。因为他与之抗争的是一种潜规则，即老年人很早就要与世隔绝。最开始，我们以为在看《女人和木偶》①的翻版。通常写的是这样一种无法自控的老人，或更糟的是他相信年纪大了，就可以为所欲为。但《疯癫老人日记》里出现的老人是很有修养、文雅、明智和果断的。事情由他控制，而不是这个年轻妇人，虽然她显得很有经验。一切都可以商议。尤其是当死亡迫近，生命是可以论价的。晚上，老年夫妇在一起讨论他们的坟墓安在何处。老爷子不想进东京的墓园，那里已经很挤，人们会毫不犹豫地把你赶出去。他更喜欢京都，那儿更加安静。我们能感觉到这种新的城市气象（一个霓虹闪烁、人满为患的东京）开始让人压抑了，甚至包括那些很喜欢东京的人。但在当时，在日本老龄人口爆炸增长的20世纪70年代，东京还是繁荣喧嚣的。每天晚上剧院观众爆满。电影院里一位新的男神阿兰·德龙迷倒了日本所有的包法利夫人。在这种激昂的氛围中，谷崎

---

① 法国作家皮埃尔·路易的小说，讲述老年贵族马德奥试图追求和占有女仆孔奇塔一波三折的情欲故事。

重新给了老年人尊重，让他重新收复了一大片随着时间推移而失去的领土：对肉体的简单欲望。老年对我们来说不是抽象的存在，智慧是哲学家的旧时明月。我们一直活到老死。这就是我们读到的谷崎的《疯癫老人日记》。

胡安·鲁尔福的《佩德罗·巴拉莫》

作家胡安·鲁尔福的《佩德罗·巴拉莫》是给我印象很深的书之一。在我的生活中，阅读占了很重要的位置。加夫列尔·加西亚·马尔克斯的《百年孤独》将我们带入一个奇妙魔幻的世界，马孔多小镇的世界。而当我们读到胡安·鲁尔福的《佩德罗·巴拉莫》时，印象完全不同了，这次，进入科玛拉村时，我们的血液都凝固了。我记得当我读完这本薄薄的（一百四十五页）但内涵丰富的小说时，我沉默了好一阵子。这不是我每天面对的那个世界。科玛拉村在每一个闯进来的人身后关上了大门，没有任何逃脱的可能。死亡是唯一能离开科玛拉的办法；叙述者的母亲是这个铁律的唯一例外。1955年，在出版了一本无人问津的短篇小说集两年之后，一位三十八岁的墨西哥摄影师出版了这本简短的小说，立刻取得了巨大的成功，不仅读者喜爱，评论界也很欣赏。这本小说一经出版就跻身墨西哥经典文学作品的行列，作者在三十一年后去世，但没有再写出一本新书，也就是说胡安·鲁尔福只有一本代表作。《佩德罗·巴拉莫》充满了安德烈·布勒东的超现实主义，而且胡安·鲁尔福曾在巴黎与布勒东见过面。另一方面，这本小说宣布了"魔幻现实主义"的真正成熟，古巴作家阿莱霍·卡彭铁尔为"魔幻现实主义"勾勒了轮廓，从此"魔幻现实主义"对南美作家产生了决定性的影响。卡洛斯·富恩特斯①和胡利奥·科塔萨尔②立刻跟随胡安·鲁尔福，站到他身后，他们的作品含蓄而讽刺，摒弃了当时引人注目的荒诞小说的道路。博尔赫斯与当地的文学通常保持距离，在这个乡村悲剧中可看到古希腊悲剧的影子。那这本书到底讲了什么？一个被母亲养大的男孩，生活在远离母亲家乡的地方。母亲去世时，让他发誓要回到故乡去寻找他的父亲，让父亲为自己的罪孽付出高昂的代价，因为他将一位苦难的妇女推进悲惨生活中。就像我们的思乡之情通常都会有部分混淆，在母亲的记忆中，科玛拉是天堂一样的地方。小说开始于儿子到达村庄的一幕："我来科玛拉是因为有人对我说，我父亲住在这儿，他好像名叫佩德罗·巴拉莫。"和母亲一起流亡，回来寻找父亲。我熟知相反的情况：和父亲一起流亡，回来寻找母亲。我们喜欢看的书都会或多或少地带

---

① 卡洛斯·富恩特斯（1928—2012），整个西班牙语界最具影响力的散文家和小说家之一。
② 胡利奥·科塔萨尔（1914—1984），阿根廷作家、学者，拉丁美洲文学爆炸的代表人物之一。

有我们生活的印迹或方式。胡安·普雷西亚于是到了这个被砍伐一空的地区去寻找一个悲惨的村庄。空无一人。这儿是如此炎热，以至于鬼魂们都披着一块遮阳布，这样才能在这个地狱里感到不那么热。在这个死气沉沉、满是灰尘的村庄里，我们遇到了很多鬼魂。渐渐地，在母亲儿时朋友的帮助下，叙述者揣测到眼前发生的黑暗悲剧。我想说一句，这本小说的目的不是用一系列的恐怖情景来吓人。恐怖在别处，在这个村子里的女人的生活里，她们生命的能量被一位当地的暴君掠夺了。就是这个佩德罗·巴拉莫，叙述者的父亲。佩德罗·巴拉莫好像是他在这儿遇到的大部分女人的父亲、丈夫或情人，是统治这里所有灵魂的独裁者。他收买了男人的良知，如果有违抗他的女人，他就强暴她们。他最终到达权力巅峰，但感觉到了死亡，因为他缺乏爱。他痴迷一位有理性光辉的女人。至于叙述者胡安·普雷西亚，他在这个充满令人厌恶的秘密的泥沼里感到窒息。胡安·鲁尔福顽强地记录下科玛拉夜晚所有鬼魂的叹息。这些令人窒息的呼喊都进入了专注的诗人的耳朵，不让他把这些苦难表达出来。声音此起彼伏。鬼魂的声音与活人的声音交错。在科玛拉，生与死之间没有界限。为了这个结果，暴君扑灭了所有希望。唯一能从这片被贪得无厌的杀人凶手残忍焚烧的土地上逃脱的女人是叙述者的母亲，但她也死了，去世的时候头朝向故乡的方向，心里满是苦涩，好像她从来没有离开过科玛拉。是我们没有离开科玛拉。这是一种集体宿命，没有个人的出口。在某些时候，我认为这个故事有着噩梦一般断断续续的结构，循环往复，是当时墨西哥的缩影，是那个苦难时代的写照。当时墨西哥的大地主让农民挨饿，激起了一位名叫潘科·维拉①的人的愤怒。但如果给这首黑色诗歌赋予某种社会目的，就会让它受到局限。胡安·鲁尔福的目标更加高远，他瞄准的是人心，因为他知道恐惧是共同的情感。这个赌注让这本薄薄的小说具有了深远的意义，让我想起雅克·罗曼的《露水的统治者》。但如果《露水的统治者》是一本白天看的充满希望的小说，《佩德罗·巴拉莫》就是晚上看的充满绝望的小说。

塞林格或顽固的存在

2010年1月27日杰罗姆·大卫·塞林格去世，让我感到十分震惊。他是一个很少人知道的作家，或者是很少能见到的作家，因为他对跟他同时代的作家发自内心地蔑视。几十年来他在新罕布什尔州过着隐居生活，这激起了记者们的兴趣，同时也激怒了他的同行，比如诺曼·梅勒②，说他是一个发育迟缓的未成年人。我不知道为什么他想要跟"文学圈"保持一点距离，就能引来长达几十年

---

① 潘科·维拉（1878—1923），墨西哥革命英雄。
② 诺曼·梅勒（1923—2007），美国著名作家、小说家。

的大量批评。塞林格的孤独是我们造成的。我感觉这是不可剥夺的人权的一部分。塞林格不想因为写了几本书就成为一只供人参观的动物。我们还记得，当有人想拍摄他在超市停车场的照片时，他怒不可遏，嘴唇因愤怒而扭曲，那种"卡住的铃铛"的眼神看起来好像安托南·阿尔托①。我很少看到一个人这么坚决地捍卫自己的隐私。他是不是有点过分了？有谣传说他有性格障碍。他之所以一个人生活，与他贫穷的生活条件是有关的，因为他拒绝成为新罕布什尔州的图腾，让游客们挤满车子来看他，和他拍照。这种禅宗的避世思想让他从一开始（我们很少看到他的形象）就不爱照相，更不爱影像。他拒绝了所有想将《麦田里的守望者》拍成电影的请求，吼道："霍尔顿不同意。"这个霍尔顿不是别人，正是霍尔顿·考尔菲德，是美国当代文学中唯一能与马克·吐温笔下的哈克贝利·费恩相媲美的少年。但是公众都想见塞林格，他们显然是把他和霍尔顿·考尔菲德搞混了。记者们不停地在他居住的小屋周围晃荡。摄影师们对他围追堵截，好像他是那种能让收藏者开心的稀有蝴蝶。一些传记作者将他带到了法庭（或者是相反？），让他打开心扉。为了给公众提供关于这个神秘男人的资料，一位出色的年轻记者只好去引诱他。最终人们能做的只有放弃。我们惊讶地想，在这

---

① 安托南·阿尔托（1896—1948），法国戏剧理论家、演员、画家、诗人。

样一个贪恋假钻石和荣誉的美国，怎么能这么断然拒绝别人梦想已久的出人头地。另一方面，为什么他拒绝融入芸芸众生这个有无数手臂的神之中？我们由此可以看出个人和集体之间的角力由来已久。塞林格没有将这个在新罕布什尔州的小城超市买蔬菜的男人和《麦田里的守望者》的作者之间建立起联系。对他来说，这是两个完全不同的人——公众却并不这么想，他们相信作家的生活肯定会比小说中的人物更加戏剧化。塞林格继续与喧闹的尘世保持着距离。他写作并不是为了让人崇拜他，在他看来，我们没必要在读一本书之前认识写书的作家，重要的是书里的能量能传达给读者。书只是作者种在读者心中的一粒种子，希望它能开出一朵癌症之花。这株"睡莲"就是《麦田里的守望者》，这部作品迅速打动了读者的心，以至于给作者的生活带来了困扰。虽然他并没有暗示霍尔顿·考尔菲德就是他自己，但我相信没有任何一本传记能像《麦田里的守望者》一样让我们对塞林格了解得更多。塞林格想象霍尔顿的生活就像一个接一个的黄粱美梦，跟刘易斯·卡洛尔一样，刘易斯·卡洛尔给我们讲了爱丽丝在奇妙王国的冒险。我建议在纽约读《麦田里的守望者》。这本书是这个城市的产物——比如中央公园和洛克菲勒中心都以自己的方式出现在书中。它属于纽约，就像海明威的《流动的盛宴》属于巴黎。之后就要等到伍迪·艾伦的电影《曼哈顿》上映，才能发现跟这本书一样充满魅力的对这个城市的描绘。不论是谁读了《麦田里的守望者》，都会感慨一个作家怎么能这么浪漫，甚至是天真，以这种方式来想象纽约。这本书里的纽约与科波拉的黑手党统治下的纽约，与斯派克·李的种族的纽约或者与伍迪·艾伦的知识分子的纽约有着天壤之别。让人惊讶的是，他们描绘的纽约跟塞林格的纽约一样看起来不真实。作家都有一种压力，想一直走上坡路。塞林格小说的力量就在于我们在读这本书的过程中一直都怀有这种情感。考尔菲德的声音从书的第一句话开始就在我们耳边回响。虽然这实际上是一部关于曼哈顿中产阶级男孩的精神状态的小说，我们却伸长耳朵去听他的烦恼和困扰他的问题。谁会担心中央公园的鸭子在哪里过冬？霍尔顿·考尔菲德给我的感觉是，他沿着一条隐秘的道路穿过这座城市。我们看到他在这座城市里闲逛，主要是乘坐出租车，这座城市在它出现的每一部小说和电影里都习惯性地占据了首要位置。纽约是一位巨星。除了在《麦田里的守望者》里，我们在书中跟随一位少年在纽约游荡，而不是跟随这座城市。如果我们没有猜到霍尔顿·考尔菲德的烦恼，这本书就只能成为一套风景明信片。这种烦恼使他对周围的一切都很敏感，虽然事实上自从他的弟弟去世之后，他就感觉自己是在隔着一块玻璃看世界。塞林格为了让我们满意，一直随着考尔菲德的足迹，没有离开他一秒钟，就像是怕他做出傻事来。塞林格的独特之处在于他与文化圈格格不入。他好像不太注意与那些充斥各种文学奖评委席的夸夸其谈者保持良好关系，留意哪些是他应该出席的场合。这是不是就是这本书被同代作家一直憎恨的理由？他们那些宣扬文学复兴的大部头小说没能比过这本几乎没什么故事情节的小薄本。每一次重读，我都会处于同一种情景：我的心被某种忧虑纠缠，就像一种攀援植物，只有霍尔顿·考尔菲德的魅力能让我放松。这应该是塞林格精妙准确的写作技巧使读者处于一种混沌的状态，让他相信这个故事是他的梦境。小说出版于1951年，今天仍然保持着生命力。我们感觉好像在读一本久违的老朋友写的手稿，他想听听我们对他写的小说的意见，这本小说是去年夏天他在父亲家用光冠牌笔记本电脑敲出来的。我们很高兴成为第一个读到它的人，读完小说之后就立刻给他回信，告诉他我们很喜欢这本书，应该寻找出版社出版。同时，我们心里也在犯嘀咕，这样一本几乎没什么故事情节的书有哪家出版社愿意出呢？

《危险的关系》：一个战争机器

我现在还对第一次读到肖德洛·德·拉克洛的《危险的关系》那种震惊记忆犹新。我常常重读这本书，每一次我都感到相同的灼烧。被雷"击中"和感觉"灼烧"这两个词很好地表述了我和拉克洛小说的关系。我的感觉至今仍然很矛盾：我不知道是该欣赏这本书还是讨厌它——可以确定的是我们不会喜欢这本书。拉克洛想让人以为他的小说的道德目标是揭露社交界的荒淫无耻和颓废堕落。实际上，《危险的关系》已经完全出乎拉克洛的意料，也出乎他同时代作家的意料。出版社发现这本书背上了骂名（所有的作家都想得到同样的殊荣）。我想加上一句，不只是在书出版的那个时代，因为这个无情的战争机器在三个世纪之后，还在继续折磨读者。每一封信里都充满了背信弃义，我怀疑作家也不会从中得到乐趣。很多人在读过《危险的关系》之后相信，要想成为聪明人，就必须残忍。但如果只是从道德层面上来看《危险的关系》又太浅薄了，所有的道德问题都会随着时间流逝而淡化，而拉克洛的小说一直保持着它的力量，就像它刚从书店买回来一样。这本书于1782年3月，法国大革命爆发前七年出版。要想知道这本书到底是怎么回事，需要打开一封接一封的信，一共有175封游手好闲的贵族之间的通信。这一次，他们不只是在巴黎。但就算事情发生在外省，也都会让人联想到巴黎。布景中央是一对可恶的搭档：梅尔特伊侯爵夫人和瓦尔蒙子爵——我们很难说谁是主角。他们周围环绕着一群配角，充当诱饵、唾手可得的猎物或是意外加入的同盟。这两个社交界的残酷引诱者以前是情侣，不久之后就互相宣战了。这是一个沙龙里的战争，其惨烈程度不输于一场阵地战。有时候，我们感觉像在旁观一盘棋，有时候，主角们像疯狗一样相互撕扯。在最高雅的文化中也不缺乏野蛮的行径。这时候双方的大战才刚刚开始，每一方都试图在创纪录的短时间内，做出让另一方震惊的事情，完成不可能的征服。瓦尔蒙子爵住在他乡下的姨妈家，他选中了第一个目标：都尔维尔院长夫人。这个女人品德高尚，所以成了战利品。她纯洁善良，仁慈忠贞。梅尔特伊侯爵夫人发觉瓦尔蒙子爵准备拿下这个目标，便竭力想破坏这件事。瓦尔蒙子爵保卫着他的战利品。梅尔特伊侯爵夫人投入了战斗。瓦尔蒙子爵想一箭双雕：既得到都尔维尔院长夫人的芳心，又让他的老对手佩服他。我们怀疑，这本书如果只讲述爱情计谋，是否经受得住时间的考验。在读这些信的过程中，我们立刻发现，在那个时代里，有一个盲目而冷漠的贵族阶级，他们完全不知道踩在他们脚下的平民阶层正在酝酿什么。我们不是在看一个百科全书派的人写的书，他们总是疯狂地想建立起启蒙时代的神话，给我们灌输科学和哲学。而拉克洛给我们描绘了18世纪这个理性至上的启蒙时期的阴暗面。看看1782年前后的作品年表，也就是在《危险的关系》出版前后：康德出版了《纯粹理性批判》，孔多塞发表了《对奴隶制的思考》，卢梭出版了《一个孤独漫步者的遐想》，莫扎特创作了《伊多莫涅》。都是杰作。斯丹达尔一年之后出生，狄德罗两年之后去世。继往开来。然后拉克洛出现了。一个有天赋的作家生在这样一个天才辈出的时代，天赋不足以让他占据一席之地。可以确定的是,拉克洛如果没有讲故事的技术,独具匠心地把战术融入故事中,面对这些文学巨擘(伏尔泰、狄德罗、卢梭、孔多塞)根本就没有机会。《危险的关系》是一本讲战略的书。拉克洛在描述爱情陷阱时只讲了战争的规则。如果我们今天觉得瓦尔蒙子爵对都尔维尔院长夫人的追求有点缓慢,不要下结论说那个年代就那样缓慢,而是拉克洛明白,需要放慢节奏,才能让读者一直保持昏昏欲睡的感觉。鱼刚上钩,渔夫是不能太着急的,要等着鱼在鱼线的那一头挣扎到筋疲力尽。拉克洛就是用这一招来对付读者。至于那个时代,应该是繁忙紧张的。你们是否还记得狄德罗的《宿命论者雅克和他的主人》的开头——"以前没有哪位作家能达到这么快的速度"?伏尔泰也带领他的《天真汉》快速前进。拉克洛故意放缓节奏,瓦尔蒙子爵给梅尔特伊侯爵夫人写信,谈到都尔维尔院长夫人时,说他想"让她在缓慢的痛苦中耗光她的美德"。书信体是塞维涅夫人[①]所擅长的文体,通常用在两个人之间交流彼此的观点以及他们对周围世界的看法。拉克洛进行了革新,让人能从不同的角度看到他所处的时代,在主要的故事情节里牵扯进了十几个人物。拉克洛让我们以旁观者的身份看到了很多私人信件,那都是只有收信人才能看到的信。面对爱情——这种常常能带

[①] 塞维涅夫人(1626—1696),原名玛丽·德·拉比坦-尚塞尔,法国书信作家,代表作《书简集》。

来社会纠纷的感情,拉克洛好像在宣扬一种清醒的快乐。性行为不过是一种缓慢的示威。瓦尔蒙子爵在谈到一个热情的年轻情人时,说他"浪费时间去做爱"。一切都是冷漠无情的。一个过分重视精神的世纪已经走到尾声。但我们如果仔细读这些信,就会发现信里的事并不都是真的。我们在里面察觉到一个隐藏的故事,关于激情洋溢的心的故事。瓦尔蒙子爵和梅尔特伊侯爵夫人爱得炽热,男女主角既高傲又腼腆,不敢接受这个现实。爱情能颠覆一切,因为它不需要智慧来经营。为了报复这种不受控制的感情,理智试图丑化一切情感。但也需要一个理由来证实这样一种激情。一点点感情就能侵占整个系统。是不是因为这样百科全书派才远离所有的感情,除了卢梭。就是这种感情(不管表面上怎么样,爱情将侯爵夫人和子爵紧密联系起来)逃过了拉克洛的警惕,照亮了几个世纪以来通往《危险的关系》的道路。

布尔加科夫,不屈的人

我至今仍能忆起第一次读布尔加科夫的小说《大师和玛格丽特》的情景。贯穿1979年的整个冬天。我之所以以同样的方式来回忆这些阅读经历,是因为对于那套书,我只记住那些,我对烂熟于心的书,根本不需要重看就能想起每一处微小的细节,甚至读那本书时的天气我都记得。布尔加科夫在斯大林时代属于不太有名的大作家。然而，米哈伊尔·布尔加科夫出生在1891年，同时代的有奥西普·曼德尔施塔姆，和他一样生于1891年；弗拉基米尔·马雅可夫斯基生于1893年；鲍利斯·帕斯捷尔纳克生于1890年。我们注意到，他们都有一个悲惨的人生。曼德尔施塔姆因为在一首诗里侮辱了斯大林而死在集中营里，马雅可夫斯基因为对共产主义失望而自杀，帕斯捷尔纳克没能离开莫斯科，去领凭借小说《日瓦戈医生》而获得的诺贝尔奖。当然，体制给他带来很多烦恼，摧毁了他的精神。至于布尔加科夫，在他的戏剧《图尔宾一家的命运》取得巨大成功之后，他就被当局开除出作协，第二天就被抄家。他得了严重的抑郁症，险些发疯，但从未失去自己的幽默感和顽强的毅力，这让他实现了自己的梦想：完成他在病床上还一直修改的小说。布尔加科夫写了十二年，才写出了《大师和玛格丽特》。我们得知他是在什么样的条件下写出这本书的时候都很震惊：精神时好时坏，身无分文，不断遭到作协作家对他的攻击，他们嫉妒他独立的思想。但即使布尔加科夫不能过一种普通人的生活，只能在晚上出门，所有的剧院都拒绝排演他的戏剧，被软禁在一片苦海中，他仍能保持正直。尽管如此，作家受到了斯大林的保护，斯大林用一种既内疚又粗野的方式赞赏他，不想杀死布尔加科夫，只禁止他在公众场合展现自己的出众才华。他的境况很差：总是吃不饱，生活在焦虑中。虽然被查禁，他仍属于自由作家。那些由政权供养的作家无法摆脱当局的控制。那些被迫害的人现在都还被我们怀念：叶赛宁、曼德尔施塔姆、帕斯捷尔纳克、马雅可夫斯基和布尔加科夫。最能揭露那个压抑时代的小说非《大师和玛格丽特》莫属。在开始谈论布尔加科夫的这部小说之前，我想先讲讲我是在什么条件下读到它的。那是一个冬天，我在一家工厂里工作：这两点对一个第三世界国家无忧无虑的年轻知识分子来说都是无法忍受的，但是在某些方面，这两个条件又缺一不可（寒冷的时候最适合阅读俄罗斯文学）。一个星期六，在魁北克-美洲书店，我发现了布尔加科夫的小说。书名（《大师和玛格丽特》）让我想起在火车站售卖的小说，隐隐约约像关于施虐受虐狂的小说——很容易想象这位玛格丽特把屁股伸到大师的鞭子下；或者更坏，是不值两个钱的神秘主义小说。而且，由于当时刚从海地来到这里，"大师"一词因独裁统治让我很厌恶。最后我向书店店主询问，他给我上了关于奇幻文学的一课，这是一种我认为不怎么好的题材。我要买这本书吗？我不知道怎么说。也许不久之后别人会送我一本做礼物。无论如何，我在一个灰色阴冷的早晨翻开了它。一篇长长的前言介绍了布尔加科夫悲惨的一生，以及他为了写这本小说所做的惊心动魄的斗争。真正让我感动的是布尔加科夫面对苦难的方式。我不禁哀叹。有一天，当我感觉比平常更疲惫时，我开始读这本书，我不住地大笑。这是我看过最滑稽的一本小说——和看菲利普·罗斯《波特诺的抱怨》的感觉一样。我不敢透露太多，生怕这本书的主题会吓走一个潜在的读者。开门见山吧：魔鬼降临莫斯科，穿着有些怪异——布尔加科夫没有对此作过多强调。这个魔鬼法力无边，但没有《圣经》里说的那么厉害，更像一个魔法师，不能逆转生死轮回（一个人被砍掉脑袋就被砍掉了，不能起死回生）。如果我没理解错，魔鬼的使命是粉碎苏联社会赖以生存的堆积如山的谎言。他有一位壮实的助手和一只后脚直立走路的猫。他们走过，身后会留下苦笑和痛苦的泪水。魔鬼想证明俄罗斯人没有变化，他们永远都贪财、吝啬、腐败，有时候宽厚，总之马克思主义或其他任何思想在他们身上都不会有什么作用。不要相信布尔加科夫会用数学证明法来解答我们已知的关于共产主义的一切，这更像一部流浪汉小说，风格灵活，没有陀思妥耶夫斯基那种阴暗的心理描写，没有托尔斯泰笔下沉重的叙述。从某种意义上来说，这是现代俄罗斯文学首屈一指的小说。这位莫斯科人没有浪费时间来描写冰雪覆盖的自然景色。一切发展得很快，对话也很辛辣——很像戏剧的对白。虽然所有的场景都很荒诞，但最终我们明白还有其他事情发生。魔鬼遇到过本丢·彼拉多[①]，在他参与处死基督之前。魔鬼挑起了一场决斗，和他当时的

[①] 本丢·彼拉多（？—41），罗马帝国犹太行省的总督（26—36）。

对手约瑟夫·斯大林。魔鬼爱慕虚荣，不喜欢俗世的领袖。我们很少碰到魔鬼展现好的一面。无辜的人去世了，但这是旁系亲属的悲哀。他想推翻斯大林的统治，理由很简单并可以预见：魔鬼不能容忍俗世上有对手，这我已经说过了。在这件事上，魔鬼的态度模棱两可（以牙还牙），我回想起歌德的思考，《浮士德》中的一段，布尔加科夫用来作为这本书的旁白："你到底是什么人物？有一种力量，它总是想作恶，又永远在造福，我就是其中之一。"因为魔鬼最终只打击了斯大林的帮手。至于玛格丽特，她在书中就像是在布尔加科夫的家中：她的生命之光照亮了他，让他完成了这部代表作。在魔鬼和斯大林之间，作家有最后的决定权，因为将由他来讲述大师和玛格丽特的故事。

贡布罗维奇：自由的需要

我最近几日在看维托尔德·贡布罗维奇的《日记》，我怀疑这个波兰作家是我们这个时代里思想最独特的作家之一。他的自由建立在他每天面对的两个最老的魔鬼身上：他自己和世人。在他的《日记》里，他常常推心置腹，将自己最微小的软弱都公诸于世。对于世人：他直视他们的眼睛，告诉他们自己的想法。所有这些都安排在一个震动人心的场景里，贡布罗维奇只和贡布罗维奇说话。

这些私人日记连载在一群流亡的波兰人办的《文化》杂志上，笔调十分自由，即使在作家去世五十年之后看到这些私密日记，读者还是能眼前一亮。我们这里说的私密不是指的床笫秘事，而是他最隐秘的想法。他将那些私下小声嘀咕的话公开大喊出来。他怎么做到的？他解剖贡布罗维奇这个人，就像那是一只昆虫。他只有在完成了对自己的剖析之后才会转向别人。别人都是他在路上遇到的人：流亡作家、他在布宜诺斯艾利斯工作时的银行同事、来上他的哲学课的迷人的资产阶级年轻女孩（这让他站到博尔赫斯的对立面）以及他周围的年轻男子，他们都被他身上的那种对养尊处优者的蔑视态度所吸引。无论如何，有时候这个男人会显现出惊人的自发性。这个神秘的贡布罗维奇先生来自哪里？他1904年出生在华沙郊区的一个小地主家庭，一生都为波兰贵族大家庭的安逸生活着迷。实际上，他的狂妄傲慢来自于他是一个自惭形秽的外省人——在某些人看来波兰就是一个外省。他的力量就是把这份羞耻悄悄地放入作品的中心。真正的艺术家从来不惜展示隐藏在自己内心深处的东西。奇怪的是，他们越是展示，神秘感就越强。他们好像要消失在自己痛苦的黑洞里了，他们的痛苦于是也变成了普世的痛苦。正是这种对痛苦的认知让他们能轻易地走进读者心里。贡布罗维奇在1937年出版了他的长篇小说《费尔迪杜凯》，但这本书在当时浅薄思想占主流的波兰社会没有引起什么反响。他没有将"未完成"作为他作品的基本主题之一,这并非偶然。他的第一本短篇小说集就命名为《不成熟时代的回忆》(1933)。评论界嘲笑他的"不成熟",不可避免地伤害了这个骄傲的年轻人。但是《费尔迪杜凯》是另一回事,书中充满讽刺、自嘲、黑色幽默——不能算是波兰式的幽默,而是有跟雅里①很相似的、不好笑的玩笑和双关语。短篇小说总是同样的主题,但题材更广。能挖掘到更多东西。沉重而不严肃。嘲弄一切人的那种沉重。有孩子气的一面。《费尔迪杜凯》是一种奇怪的东西,是"亚文化",不是真的文化,比文化低一级,是"亚文化"。这个词是他创造的,但是几十年之后这个词风行于世。他在结束阿根廷的流亡生活后,重新回到欧洲。雅里是另一个波兰人,对我们说"他妈的"。所有这些都是对严肃思想——贡布罗维奇称为"凡尔赛思想"——的嘲弄。他要抗争(对抗罗浮宫、对抗凡尔赛),这对一个巴黎知识分子来说,完全是一种外省人的思想。外省人做事总是让人惊讶,不知道巴黎什么都见过。这是真的,但我们不应该从中只看出天真。不是所有人都拜倒在罗浮宫前面,有些人发现那些精雕细刻的沉重画框很丑,甚至占了比油画本身更多的空间。好了,他到了巴黎,虽然有病态的腼腆,但可以感觉到他很紧张。他用挑衅的方式开着玩笑,他的玩笑总是让

---

① 阿尔弗莱德·雅里(1873—1907),法国小说家、诗人和记者,超现实主义的鼻祖,开创了荒诞派戏剧,他的很多作品以同性恋为主题。

人笑不出来，可能因为这些玩笑想揭示社交桌旁的宾客的伪善面目。人们来这里不是为了听他的笑话，也不是为了听他对萨特的高谈阔论，他在萨特之前就宣称自己是存在主义者。有这种可能，但这没有让我们学到什么。无论如何，有些人认为他有能力让人们的虚伪显形，一眼就能在戏里认出伪君子。比起问询心脏，他更喜欢探测肾脏。心脏只不过是一个泵，而肾脏是一个过滤器，滤掉丰富的信息。贡布罗维奇就像一个孩子，看其他人就像机器，他可以为了取乐拆掉他们。表面上，他的作品有点传统，但我们把耳朵贴近页面，便能听到一个孩子的唠叨、开怀大笑，就像一支铜管乐队演奏的音乐。词语从他那包着口水的嘴巴里吐出来，而他的眼睛像圣诞树上灼热的灯泡一样闪闪发亮。世界只因他——贡布罗维奇——的注视而存在。因此，他打开了《日记》："星期一：我。星期二：我。星期三：我。星期四：我。"只有到星期五他才会对别人感兴趣。这不是自恋（自恋会藏得更深），在他看来，这是事情的简单真相。他经常让我们直面这个真相：人们喜欢自己比喜欢别人更多。这就是为什么他的同胞不喜欢他，以至于怀疑他缺乏爱国热情。有可能，但事情不是这样的，他的分析是哲学的，不是社会学的。他的秘密很难被揭示。他像躲避瘟疫一样避免写民间故事，他和其他人一样爱国，只不过他看待事物的方式不同。对波兰，他爱之深，恨之切。他对波兰感兴趣，在他眼里这最重要。他拒绝平庸的哀声哭诉和愚蠢的爱国者的陈词滥调。他希望波兰进入现代化，不管波兰现在怎么样；希望将波兰从让它停滞不前的灰暗历史中拯救出来。在他眼里，天上只有两颗星：波兰和他。他——维托尔德·贡布罗维奇伯爵——具有了贵族头衔。他把同胞做的傻事都承担下来，这是他自我膨胀，但他不是以道德的眼光，更不是以心理学的眼光去看人，而是像一个站在暗处的奇怪孩子，虽然他很害怕黑暗。他在那里观察世界。不久，他引起了人们的注意，不管是在柏林的咖啡馆还是在巴黎的沙龙。就像爱丽丝，他有一天穿到了镜子的另一边。1939年，一些波兰人受邀乘船去南美洲旅游。然后战争爆发，贡布罗维奇就一直逗留在布宜诺斯艾利斯，一待就是二十四年。有好多年，阿根廷的知识分子对他很冷淡，虽然他比他们加起来还要冷淡。群体总是比个人有理。他对他们说，他是波兰著名作家（阿根廷人在文化方面只知道巴黎），他的小说《费尔迪杜凯》已经成为波兰文学经典。人们认为他狂妄自大。他最终不再辩解，躲进自己的忧思中，认为唯一不让自己变老的办法就是避免思想僵化——这样就不会犯糊涂。由此而来的低人一等的感觉让他越来越深入到布宜诺斯艾利斯下城区的污垢中。要保持谦卑（这是另一个重点）。学习的人总是比传授的人年轻，谦卑会让人更灵活，更轻盈，同时更坚强，也更有教养，因为了解自己的文明才能征服统治者的文明。而一旦抛弃这种谦卑的姿态，我们就立刻赤身裸体了。没有锁链，我们就没有反抗的动力。而且，受辱才知道当主人的重要性，而不是相反。贡布罗维奇的作品里总有很多让我们感兴趣的东西。

海明威，内心脆弱的硬汉

我也不知道为什么突然很想重读海明威，好像这几天发生的事（我不能说得再详细了，以免别人认为我有问题）都跟他有关系。我立刻回想起他在1960年7月离开古巴时发表的惊人宣言，当时卡斯特罗开始倒向苏联。海明威收拾好自己的行李（三十二个大箱子），忍不住低声抱怨："不管怎样，我是美国人，你们侮辱了我的祖国。"这种傲慢令人惊讶：古巴选择了自己的命运，而美国感到被侮辱了。但我惊奇的是海明威是男性和女性的结合体，我们大部分人都希望这样，但没有人像他那样易怒暴躁。他白天是个爱饶舌的拳击运动员，拼命狂饮，而晚上就是一个害羞的裁缝，用词语编织着故事。1961年7月2日，他因耻辱而产生的难以想象的精神压力以一声巨响结束（他用双筒猎枪自杀了）。他最后一任妻子玛丽·韦尔什说："我下了楼。在进入客厅的门厅里看到一堆睡衣和血，猎枪躺在一堆模糊血肉上。"大家都觉得海明威是美国的完美隐喻。美国正等待同样的爆炸。当这种毁灭的力量没有人与之对抗，它就会把武器对准它自己。菲茨杰拉德很喜欢海明威，有一次他从这种双重形象受到启发："欧内斯特和我都以同一种方式失败：他，是因为自大；我，是因为忧郁。"于是我们想，为什么我们几乎都不读菲茨杰拉德，他是美国疯狂时代的见证者。我们总是读海明威。菲茨杰拉德的眼睛没有发现海明威这位内心脆弱的硬汉的忧郁。《大双心河》的作者性格古怪复杂，我兴趣盎然地重读菲茨杰拉德的《崩溃》，我熟悉他的风格，总是有点甜蜜，最终却让人难受。菲茨杰拉德极度的多愁善感出卖了他。然而这种忧郁在海明威最短的小说里也很明显，让我们觉得他更可亲。菲茨杰拉德离我们越来越远，逐渐远去，他生活的那个时代有好多我们不明白的新节日，而海明威却无论如何一直留在我们身边。实际上，虽然从事那个混乱的职业时他的神经丛受到了无数上勾拳的重击，最终导致了流血事件，海明威还是世界上被人谈论最多的美国作家，对年轻作家有着巨大的影响力。取得这么大成功的原因之一，是他绝望地想要让文学从知识分子圈里走出来。拳击手的隐喻就像海明威的一只手套。他终其一生都想让他的文学具有阳刚之气，就像拳击和斗牛。实际上，海明威将文学圈看作拳击场，像一个真正的牛仔（美国万宝路香烟上的广告语）和所有想得冠军的人那样去搏击。他很快就用右勾拳把他们打趴下。首先是舍伍德·安德森，他的第一位良师益友。接着就是那个可怜的菲茨杰拉德，他还没有看清，这个可怕的勾拳就来了。海明威继续沉着冷静地进行他的杀戮：从格特鲁德·斯泰因到多斯·帕索斯，还有斯坦贝克，只有在永远受人爱戴的福克纳面前才垂下双手。虽然海明威有拳击的才能，但他知道自己真正的路是写作。问题是，在他看来这个职业不够阳刚。因此，他花费了大量时间来证明，不管怎样，他是一个男子汉。因此他起程去意大利和西班牙打猎，在非洲捕猎大象或在墨西哥湾钓青枪鱼。疑团应该立刻解除：海明威与三岛由纪夫相反，虽然他在某些方面和三岛很像，但并不是法西斯分子。他证明我们可以为他的男子气概而着迷，他爱好极限运动，捕猎过剑鱼和老虎，总之他具有诚实正直的男人所应有的一切，没有成为纳粹。他总是站在没有话语权和被剥削的一方，用尽一切办法让美国公民更积极地投身于西班牙内战。和他的法国对手马尔罗一样，海明威支持反弗朗哥主义。这两个人为这场战争写了最好的小说：马尔罗的《希望》，海明威的《丧钟为谁而鸣》（没有马尔罗的好）。当然海明威笔下有悲观主义色彩，但他没有走向绝望。证据就在《丧钟为谁而鸣》里，虽然书里有很多干巴巴的对话，像枪子儿一样飞出来，最后却以抒情史诗结尾。在巴黎的咖啡馆里写作，海明威几乎什么都不带："一个蓝色封面的小本子，两支铅笔（一把破旧的小刀），大理石台面的桌子，很多汗水和擦汗水的手绢，好运气，这就是你需要的所有东西。"我们能想象在天色逐渐暗下来的丁香园咖啡馆，桌上摆着几十张纸和一摞茶碟。但我们不要被这种表面上看起来很流畅的写作所欺骗,海明威对他的文字都仔细推敲。他的梦好像既透彻又难以接近,就像他这个人。他在备忘录上写:"把你所知道的最真实的句子写下来。"这句忠告与其认为是对他自己说的,不如当作是对想成为作家的年轻人说的。另外,他一点也不偷懒,慢慢打磨,反复修改,就像一头耕牛一样辛勤劳作。他好像真心地担忧自己的创作。他的本领是在两个句子之间创造出一个空间(特别是短篇小说,因为他的长篇小说写法更加传统),希望读者能将自己的想象放到这个空间里。越到结尾越是难写(过多地饮酒让他难以集中精神),于是他开始开玩笑。他总是用一些活动吸引别人的注意,但有时候写作占用了太多时间,他没有时间再到资产阶级的沙龙里去谈天说地。对,还要再说说海明威的女人,他一共结了四次婚。有些人觉得他的软肋在于性无能。在很多认真的读者看来,解谜的钥匙藏在他最优秀的小说《太阳照常升起》里。叙述者的性器官受伤了。对男性生殖器的这种描写肯定隐藏着什么,它揭示了海明威小说的两个主题,这也是人类的两大主题:性和死亡。对于性,他的解释是:"狩猎者不会付出昂贵的多愁善感。动物交媾不需要太细腻的感情。性行为不需要甜言蜜语!让沙龙的巧妙周旋都见鬼去吧!男人吃女人,女人吃男人。"他只看到人际关系中最残忍的一面,但怎么没有人给他解释(只提供他一本《爱经》)可以用其他方式做爱。人类和大部分动物最基本的区别就是我们没有发情期，这就迫使我们要发明一些复杂堕落的游戏，那是可怜的海明威无法想象的。实际上，海明威混淆了这种男性气概和尽量避免身体接触的清教主义。那时候的人只会用骑兵式做爱，而今天就更复杂也更现代。他不单处于这个致命游戏中。但是海明威也再次用狩猎来比喻他所理解的死亡："虽然我不相信精神分析法，但我喜欢捕猎动物和鱼，免得杀死我自己。当一个人与死亡对抗时，他就会乐于抢夺神的特性——给予的权力。"当他不能去打猎时，家里总是留着一个大猎物：他自己。对美国的年轻一代来说，海明威是美国作家的代表。对勇气的这种颂扬就是歌颂他们的青春。海明威的价值跟乔·迪马吉奥[①]和玛丽莲·梦露一样可靠。对这些年轻人来说，海明威的散文没有说谎，表达出了他们内心的感受。问题是这个神话有那么大的漏洞，我们不知道从哪里开始，实际上，这个男人没有一点美国味儿。他的大部分小说，除了早期的中篇，都发生在别处而不是美国：《永别了，武器》在意大利，《丧钟为谁而鸣》在西班牙，《太阳照常升起》在法国和西班牙，《流动的盛宴》在法国，《死在午后》在西班牙，《老人与海》在古巴，等等。海明威对"老欧洲"的债是越来越难以偿还了。欧洲给他提供了酒（他最爱的马

[①] 乔·迪马吉奥（1914—1999），美国著名棒球运动员，美国棒球史上的传奇人物。

尔戈酒）和勇敢精神（西班牙战争和意大利战争），构成他表面上古板的散文基调的细腻情感（内心独白），对他有决定意义的老师（詹姆斯·乔伊斯、埃兹拉·庞德），以及他这个来自美国中西部地区的笨拙的人缺乏的其他很多好处。他的风格就是这种笨拙和机敏的混合。如果说海明威是美国作家里美国味儿最少的一个，他也许是同辈作家里最没有大男子主义的人。在他为女性画的肖像中我们很容易发现这一点。那些肖像有一种颤抖的感觉。他也是最光明磊落的，因为他最终将自己裸露的肚子朝向公牛的角。这家伙让我们各方面都误会了。最后一个误会：我们以为他是偏执狂，他认为联邦调查局在监视他，甚至在他住进医院病房时也如此，然而，他说的是事实。我们最近从另一个人那里知道了这件事，此人叫A.E.霍奇纳，比谁都了解海明威，是他的密友，给他写传记，想写关于海明威的文章都必须引用此人的话。在对联邦调查局档案馆的《海明威资料》进行研究之后，霍奇纳在《纽约时报》上长时间地忏悔，因为在海明威生命中最痛苦的最后十四年里，他曾怀疑过这位亲近的好友。"今天，我想要说：他是对的。是我错了。"他流着眼泪说。马尔罗以某种方式为海明威写了墓志铭："被时间所摧毁，被命运化为尘土，但这是我们自己选择的。""老爹"应该会赞同。

雅克-斯特凡·阿莱克西斯：一个耀眼的年轻人

随着时间过去，我忘记了雅克-斯特凡·阿莱克西斯，但我最近又重读他的书，突然发现他一直在持续引导我的道路。阿莱克西斯1922年出生在海地，死时仅三十九岁，想和几个朋友一起用武力推翻独裁者弗朗索瓦·杜瓦利埃的统治。让我伤心的是，我忘记了这个有天赋和勇气的年轻人对我有多么重要。如果想在海地成为作家，如果和我一样出生于20世纪50年代，有两个人是我们无法绕过去的：雅克·罗曼和雅克-斯特凡·阿莱克西斯。罗曼好像不需要任何人。所有想把小说背景放在海地农村的作家，都只能找到被罗曼的经典小说烧焦了的地方：《露水的统治者》。于是我们明白为什么阿莱克西斯更喜欢把他的第一部小说《太阳老爷》的故事放在大城市。阿莱克西斯很欣赏罗曼，而我为阿莱克西斯着迷。1944年雅克·罗曼去世的时候，一个名叫雅克-斯特凡·阿莱克西斯的二十二岁年轻人给《中篇小说家》日报投了一篇长长的文章，开头是这样的："人类是树，他们在美好的季节开花。在花期传粉，人类的传宗接代就算完成了。"当时每个人都意识到一颗新的种子在萌芽。我与阿莱克西斯的渊源颇有点奇怪。我对他那么感兴趣首先是因为他写的东西和做的事情都让我很羡慕。来感受一下他的第一部小说的冲击力吧："夜晚在强烈地喘息。"我要写出这样的文字得付出很大代价。他描写阿蒂博尼特河："阿蒂博尼特河，这个手臂强壮的矫健巨人是大山的儿子。"这表明阿莱克西斯是一个心胸开阔的人。我们惊讶于他只为直抒胸臆而忘了意识形态。阿莱克西斯的小说我最喜欢的是《一眨眼的时间》。整个故事发生在一眨眼间。罗曼有多么清澈见底，阿莱克西斯就有多么五彩斑斓。他写小说就像妓女把所有的珠宝都戴上了。我们在华丽的形容词背后长时间地寻找他想表达的感情。这样比喻很合适，因为《一眨眼的时间》就发生在妓院。我常常梦想自己有阿莱克西斯丰富的想象力和罗曼的朴实文风。我尤其喜欢激情四射的年轻人，他不惧怕任何人，只有那样才会在1960年6月2日给弗朗索瓦·杜瓦利埃写信。从第一句话就能看出他的傲慢无礼："在某些我愿意居住的文明国家，我想我能得到他们的热烈欢迎：这对任何人都不是秘密。"这么说话我们连想都不敢想，甚至在梦里都不可能。首先，这是给杜瓦利埃写信，其次，这要非常自信才能如此坦率。他还没完："但我的亲人都沉睡在这片土地上，被和我名字一样的几代人用鲜血染红的土地；我出生了两次，一次是孕育于父母，一次是建立这个国家的人……"我们好像在看大仲马的书，但请听听他的结束语："不管怎样，总统先生，我坚持想知道是否有人拒绝我在我的国家生存的权利，就像我听到的那样。我相信在这封信之后我将有办法得出结论。"当这封信送到杜瓦利埃手里时，他还待在太子港。他被迫离开海地，一年之后返回，那是1961年4月，与独裁者进行面对面的致命辩论。被捕，折磨，然后被杀害。这样一种勇气令人动容。回过头来看，才能更好地理解这种行为。他在1959年和几个朋友一起在杜瓦利埃的鼻子底下秘密成立了共产党。在生命的最后五年，他在伽利玛出版社出版了四本主要著作，我们可以感受到他的疯狂：《太阳老爷》（1955）、《音乐树》（1957）、《一眨眼的时间》（1959）和《星星的歌谣》（1960），而在他的抽屉里还有其他著作。海地人民为出了伟大的作家而高兴，但阿莱克西斯把其他东西看得比文学还重：为无产阶级谋幸福。他想做一个社会活动家。回莫斯科之前，他有几个晚上都和阿拉贡一起商讨如何实现社会主义这个问题。他与胡志明激烈地讨论，还跑去见毛泽东，使北京和莫斯科重归于好。他从不为自己考虑，也不争政治地位。走近这个强大的社会活动家时，至少要表明自己在想什么。于是，切·格瓦拉在古巴遇到他之后给他一把冲锋枪当礼物。由于他没有什么办法解救他的人民，为了不失面子，他最后要奉献的，就是他的生命。我的英雄几个月之后牺牲了，就像他的第一部小说里的主人翁——工人依拉利容。他们不准他在海地生活，却不能阻止他死在海地。无论如何，这个耀眼的年轻人，给我们留下的是，在现代海地文坛上划过的最明亮的一道轨迹。

芭蕉,流浪诗人

松尾芭蕉,是我的诗人。我偏爱那些不是老待在一个地方的人。那是在蒙特利尔郊区的一个朋友家,我一读到芭蕉的游记就喜欢上了:《奥州小路》。1644年芭蕉出生于伊贺上野的一个村子。很难想象有很多诗人都来自这个小村庄。我越来越相信出生地与诗歌之间是有联系的。乡村生活静静地消失,冲击着我们的感觉。一个人如果能在童年种下一棵树,并且一生都看着它慢慢长大,他的时间观和空间观与一个在喧闹嘈杂的市中心出生的人是不一样的,市中心出生的人将汽车当作母牛。如果他们都喜欢诗歌,可以想象他们的研究角度是不同的。但这两种角度我们都需要,所以我们要过一段时间才能发现一个伟大的乡野诗人登上舞台,比如小林一茶。在几个世纪之内,日本有五位大诗人:松尾芭蕉(1644—1694)、小林一茶(1763—1828)、与谢芜村(1716—1783)、正冈子规(1867—1902),加上炭太祇(1709—1771),他让我感觉有点冷,除了他写夏天的诗。

夏日的暴雨,
一声强烈的爆响
在森林上空。

让我们再回到芭蕉。他现在正准备进行一趟最危险的旅行：在崎岖的路上步行五个月。有几个弟子跟随他，但他们轻装前进，只带了写作用具，因为这是一次诗意的探险。他想记录看到的、感受到的和听到的。在一棵芭蕉树下生活太久了（芭蕉指的就是芭蕉树），诗人想要远行。他觉得这是他最后一次远游。俳句的开头几句有点悲伤："岁月为百代之过客，逝去之年亦为旅人也。于舟楫上过生涯，或执马鞭而终其一生之人，日日生活皆为旅行。"与蒙田最好的文字差别不大。他最著名的书（《奥州小路》）收录了他的纪行文章和俳句。叙事文章只是为了交代俳句的背景。我发现布可夫斯基和凯鲁亚克也用这种技巧，写散文同时也是为诗作注解。芭蕉的书更大胆些。他终于上路了，参观了一些寺庙，记录当地的风俗，比如"不吃鳆鱼寿司，它的味道闻起来像烧烤的人肉"。5月底，他登上了日光山，在那里皈依。他由曾良陪着，曾良是一个敏感的年轻人，负责做苦活累活，换来的是师父对他的诗看上几眼。在黑羽附近，芭蕉要去拜访老朋友佛顶和尚，他是教芭蕉默祷的师父，他们好久没见面了。为此，他要穿过一片沼泽。正好碰上一场大雨，旅行小队只能睡在一间弃屋里，等天亮雨停了再上路。芭蕉不是一个容易激动的人，不像"垮掉的一代"的诗人。旅行中他不紧不慢，常常在路上停留。比如这一次，他住在尾花泽山谷一个名叫清风的殷勤的人家里。

凉爽的夏日。
我在此很惬意。
小憩。

我很久没在西方人的诗歌里见过"小憩"这个词了。对于芭蕉来说,他要放慢节奏来减轻旅行的强度。但他通过观察别人不会注意到的微观世界,来感受生命的流逝,意识到生命的重量。

知了在叫
不知
死期快到。

他不满足于观察知了,而是在努力明白它快死时的感受。他甚至让我们感觉到了它的勇气。这样一种感觉能穿越几个世纪,优雅地和我在狭窄的浴缸里相会,这一点儿都不奇怪。

博尔赫斯的日日夜夜

几年前博尔赫斯就已经不能激起我的思考了(我对他太了解了)。如果我把他的书留在身边,是因为它像一个护身符,可以让我少做傻事。在我看来,它就是一个必不可少的物品，就像电话或电灯，每个人家里都需要。我们应该称这位博学者为"百科全书"，他不间断地阅读《环球百科全书》，却从来不会为难沙龙里的健谈者。他喜欢和人聊天，因为他不喜欢内心独白，而喜欢对话。实际上，他自从失明以后，就不能独自吃饭。而且，在饭馆里边吃边聊，他能通过香水和声音来分辨每一个人，并能回想起数不清的诗歌片段，阿根廷的流行歌曲（他最喜欢舞会中的探戈），冰岛的传说故事——他总惊异于它们用最少的文字讲述最多的内容；还有挤满他头脑的他最喜欢的作家笔下成千上万的小故事。他说这些东西的时候都很谦恭，让他的客人感觉自己和他是平等的。从这个意义上说，即使博尔赫斯和马尔罗都很喜欢用回忆来进行时间旅行，但两人还是不一样，因为马尔罗好像并不在乎面前坐的是谁，他会用丰富的面部表情和不停的手势，让听他讲话的人陷入他的博学中，而博尔赫斯更像一个被人赞赏的孩子，因为他发现了家里阁楼上藏的所有宝贝。虽然博尔赫斯对人类思想的敏锐有很深的认识，但他从来不以道德说教者的口吻来说话，这种口吻已经毁了大部分的文学。出于这些原因和其他更隐私的原因，我毫不犹豫地请教百科全书般的博尔赫斯，他现在已逐渐被大众所熟知，成了博尔赫斯先生。这个对我来说唯一具有古风的现代作家是谁？他1899年出生在布宜诺斯艾利斯，根据罗德里格斯·莫内加尔所写的年表：六岁时，他就跟父亲宣称他想成为作家,父亲给了他鼓励;七岁时,他用英文缩写了一篇希腊神话;八岁,他根据《堂吉诃德》中的一段,写了一篇叫作《致命的护眼罩》的故事;九岁,他将王尔德的《快乐王子》从英文翻译成了西班牙文,登在布宜诺斯艾利斯最大的日报上。我注意到他并不是因为他传奇的童年(这已经很刺激我了),而是老诗人两眼凹陷的照片,是文化挖走了他的双眼。博尔赫斯刚开始创作诗歌时,就很注重画面感——忠于隐喻。接下来是一个夹杂着方言、民族主义和小资产阶级(他仍相信只有流行文化才合情理)的错误意识的时期。于是他精心编撰了一部郊区名人的传记:马瑟多尼奥·费尔南德兹,他们家的一位老朋友。从欧洲回来后,他又投入他度过童年的布宜诺斯艾利斯,他的激情让他找回了这种像孩子的画一样天真的写作艺术。

> 布宜诺斯艾利斯的街道
> 已走进我的灵魂。
> 不是人群与车马熙来攘往的市井,
> 而是树林与夕阳中
> 郊区宁静温和的马路。

可以想象两个孩子在一个庭园里玩耍:博尔赫斯和他最喜爱的妹妹诺拉,她后来成了画家。半个世纪之后,博尔赫斯说,有一天,他厌倦了和妹妹在花园里玩这些简单的游戏，进入了一间昏暗而干爽的房间，就是他父亲的藏书室。他后来仍很激动地写道："我父亲有一个很大的藏书室。他准许我读任何一本书，甚至那些禁止小孩看的书。"而他之于文学就像莫扎特之于音乐，兰波之于诗歌。他还是小孩吗？他在藏书室里找到了《一千零一夜》，是安托万·加朗①带了点幻想色彩的译本，还有更色情一点的理查德·弗朗西斯·伯顿爵士②的译本。还发现了一本对他以后感觉的形成至关重要的书——《堂吉诃德》，他看的是古老的加涅尔出版社的版本。这个版本比较普通，但博尔赫斯一辈子都忠于他最初的阅读印象。在真挚的感情和炫目的技巧之间，他选择了前者。对他来说，真正的堂吉诃德就是他第一次读到的那个。他父亲的藏书室装满了古典文学和心理学方面的研究书籍（他父亲在布宜诺斯艾利斯大学教心理学），与当时有文化的阿根廷家庭并无两样。对博尔赫斯来说，阅读就是与作者对话，即使这个作者已经去世好几个世纪。作者去世得越久，与作品的对话就越自由。如果说阅读能认识一个人，那重读一本书就是去拜见老朋友。这种经常与最优秀的思想打交道的经历，在这孩子心中培养起文学品位，后来大

---

① 安托万·加朗（1646—1715），法国东方学家、翻译家与考古学家，是第一位将阿拉伯文学作品《一千零一夜》翻译成欧洲语言的人。
② 理查德·弗朗西斯·伯顿爵士（1821—1890），英国军官，著名探险家、语言学家、人类学家，通晓二十五种语言和十五种方言。

家要判断一部作品的质量都来咨询他。对他来说，这不过是一个游戏，一个永无止境的游戏，因为一本书每次阅读都会有不同的色彩。如果说书换了，读者可没换，他还在不断地读同一本书，每一次在台灯下勤奋重读都能收获一些新的体验。当博尔赫斯列举出他最喜爱的作家时，我们能感觉到他的喜悦之情：切斯特顿[①]、德·昆西[②]、但丁、塞万提斯、济慈、惠特曼、克维多[③]、菲茨杰拉德、叔本华、帕斯卡尔或卢贡内斯[④]。这种由于诚实而显得有些幼稚的热情（智慧在某些方面和纯真很像），加上神奇的记忆力和敏锐的分析能力，使他成了一个理想的读者。对博尔赫斯来说，理想的读者首先必须是幸福的读者。我们都说他博学多才。他的大部分作品都是在图书馆里写成的，对他来说，好像没有别的地方比那里更平静了。他最著名的一篇《巴别图书馆》是这样开头的："别人叫作图书馆的世界……"他相信所有的书都是由无名氏作者写的。随着时间流逝，他的视力逐渐下降，黄色是他最后能分辨的颜色。他用英国人的冷漠来讲述他的夜晚："失明的庆祝来得有点晚。"实际上，他想对母亲隐藏自己的悲

---

① 切斯特顿（1874—1936），英国作家、文学评论家，经常被誉为"悖论王子"。
② 德·昆西（1785—1859），英国著名散文家和批评家。
③ 克维多·伊·比列加斯（1580—1645），西班牙诗人和作家。以诗歌和讽刺短文见长。
④ 卢贡内斯（1874—1938），阿根廷诗人。

伤，因为她丈夫（博尔赫斯继承了父亲的谦和，只能同时对一个人说话）死的时候也双目失明。他可能因此就迷上了盲人文学大师：弥尔顿、荷马。他唯一怨恨的人是独裁者贝隆，那种粗俗的言行让他很讨厌，因为对博尔赫斯来说，蛊惑性的宣传是唯一不能饶恕的错误。他在没有任何官方说法的情况下被免去职务（他本来是郊区一个小图书馆的馆长），然后被任命为市场家禽检查员。一记公开的耳光。贝隆下台后，新政府任命他为阿根廷国立图书馆馆长。他写了一首诗（《礼物》），探讨盲人的宿命，这让他几乎同时得到了很多书和夜晚。这个图书馆充满了猫和幽灵，因为他很快就知道了自己并不是第一个身居此位的盲人。两位盲人前任中，有一位是他的良师益友格鲁萨克。然而，评论家罗德里格斯·蒙尼高尔去看他时，大为惊讶的是他对位置的准确认识。他记录道："在图书馆昏暗的空间里，博尔赫斯像走钢丝的杂技演员一样，小心地开辟出自己的道路。这就是说我短暂进入的世界并不是真的：这是一个词语、符号、象征的世界，是巴别图书馆，是博尔赫斯的一个梦。"最后，老诗人具体地说明了这幅奇怪的自画像，从中可以看到他的所有烦恼："时间是一条载我飞逝的大河，而我就是这条河；是一只毁灭我的老虎，而我就是这老虎；是一堆吞噬我的火焰，而我就是火焰。这个世界，很不幸，是真的；而我，很不幸，是博尔赫斯。"能不被如此有魅力的灵魂折服吗？

双人肖像的艺术

鲍德温①和布可夫斯基。
胳膊在上，胳膊在下。
一个是黑人，一个是白人。
一个来自哈莱姆②，一个来自洛杉矶。
一个热衷于赞美诗，一个热衷于马勒。
一个是同性恋，一个是酒鬼。
一个遁世，一个介入。
一个挺着装满啤酒的大肚子
看不见他人；
另一个有双暴凸眼
睁眼看着自我陶醉的
美国。
两人都勇敢、明智和孤独。
两个杰出的作家，
所以我才在此提及他们，
否则我根本不会关心他们的
灵魂状态和隐秘的小悲剧，
我们都在这人类状况里

---

① 詹姆斯·鲍德温(1924—1987)，美国黑人作家。
② 哈莱姆，纽约黑人聚居区。

分享这悲剧——不仅如此
因为正是这灵魂状态和这些小悲剧
我们才写作。

巴黎欢迎我

聊天，这种艺术正在消失

小的时候，我总是坐不住。我不明白大家怎么能坐在一个封闭的地方交谈上几个小时。坐着的这种游戏。我知道，交谈，是大人们喜欢做的事情，尽管这在某种文化或某些社会阶层中不受待见。在冉森教社会，人们崇尚寂静和谦逊，聊天遭到摒弃，好像那是一种狡猾的阴谋。在魁北克，人们从来都讨厌喜欢说个没完的人，用好听的狠话（"绊倒在地毯的花上"[①]）来形容那些说话拐弯抹角的上流社会人士。有人会说，如果只能"对正确的人讲正确的话"，也许很长时间都要沉默。可能并非如此，因为"交谈"这种社会游戏可以让语言变得更加精美。其他文化把聊天提到重要的艺术高度。还记得《拉摩的侄儿》（那是狄德罗的著作中我最喜欢的）前几页吧？语言如此生动，以至于人们仿佛看到思想在纸张上蹦跳，好像水银似的。在那本书里，人们可以欣赏到狄德罗的写作风格，尤其是这个句子，伏尔泰这个朋友兼敌人曾说，这是法语

[①] 比喻纠缠没有意义的小事。

中最协调的句子。让我们来重读这个句子:"巴黎是世界上玩这种游戏最好的地方,摄政咖啡馆是巴黎玩这种游戏最好的地方。"人们在那里下棋。这种要把话说好的爱好,让他很想说话,哪怕是在无话可说的时候。希望能用思想制造语言的狂欢,尽管总那么严肃的蒙田说"好思想胜过好语言"。总是要反其道而行之。多亏一个南美人,才消灭了这一讨厌的二元模式,正如茨冈老歌中的一首歌中唱道:"生死之间,我喜欢吉他。"这短短的一句诗表达了对生命的巨大热情,让我忍不住想走到外面去通宵跳舞和喝酒。

巴黎快镜

我的房间:我来到这个正在施工的旅馆,美丽的小花园现在已全部荒芜。漂满树叶的水池已经不见,去年夏天,池里还有金鱼在静静地游动。我一点都认不出巴黎正中心这个闹中取静的地方了,以前,我常常在这里接待朋友。但女侍应却十分激动,对我说,以后将比过去更加漂亮,正在建暖房呢!这堵斑驳的墙将很快布满爬墙植物。巴黎是个永久的工地,人们十分小心,生怕碰到城市的深沉结构。这就要求在变化的同时保留现状。渐渐地,巴黎允许几个冒险家粗暴地对待它了。密特朗就是其中一人。这旅馆位于一条狭窄的小马路上,旁边有索尼亚·里基尔①的商店。我的房间在四楼，就在贝纳德·塔皮②的私人别墅对面。据说，法国警察以前就是在这个房间里监视那个经历传奇的商人的来往的。塔皮最喜欢的鸡尾酒会往往是个令人激动的大杂烩，政界、体育界和金融界的客人都有。有段时间，塔皮变得非常吓人，他突然什么东西都想买。"拥有"这个动词也用于没有任何感情的性关系中。人们后来知道，贝纳德·塔皮利用银行系统的复杂性，操纵穷人的钱。他最后被牵涉进里昂信贷银行著名的丑闻中。那是一个出租车司机，用崇敬的口吻，向我简要描述了他的偶像。他认为，塔皮也是唯一能拯救马赛奥林匹克比赛的人。但塔皮不仅仅吸引足球迷，他不可抵抗的精力最后吸引了统治末期的老君主：弗朗索瓦·密特朗。奇怪的是，贝纳德·塔皮重返舞台时，正是巴黎人对密特朗执政时期产生怀疑的时候。我在想，为什么密特朗突然成了一个被公众看得比戴高乐略高一筹的历史人物（好吧，就说他去世才二十年，尸体尚温）。这不过是因为巴黎人正开始理解他。在真正合上棺材之前，人们最后看了他一眼。当仍然亏欠他的人全都死了之后，棺材肯定会被撬开。但看到关于密特朗的那么多东西（杂志和日报特刊，许多书籍，电视节目），人们不禁会想，这个社会主义者统治后期是多么

---

① 索尼亚·里基尔（1930—2016），法国时装设计师。
② 贝纳德·塔皮（1943—   ），法国商人、企业家、政治家，曾是足球俱乐部主席、歌手、电视主持人和演员，现为塔皮集团经理和传媒老板。

悲惨！到了最后，人们都称他为上帝，因为他像一个独裁者，他就是独裁者，试图把所有的权力都抓在手里。这是一个历史沉重的人（既是抵抗者，又是合作者），又是一个"薄嘴唇"的人，把莫里亚克①吓得要死，佛罗伦萨阴谋家那样的嘴唇。密特朗喜欢秘密和书。在法国，人们往往原谅爱书之人。

村里的商铺：当我经过索尼亚的商店去不远处的圣日耳曼德普雷喝一杯酒时，看到这家卖服装的商铺陈列了很多书，像是书店，这时，我总忍不住露出微笑。这种选择往往是对的，因为这些书都来自著名的克里斯蒂昂·布尔瓦出版社。很漂亮。也许是模仿的，因为香奈儿曾请科克多或莫里斯·萨克给她布置书房。这是有钱人常犯的一个错误，因为他们忘了，图书馆只有在人们想读里面的书时才有意义。人不可能一天就有文学修养，而需要读很多书。对书的爱好从何而来？法国社会各个领域的精英都喜欢读书。首先是政界，他们不能满足于读书，而且还要写作。密特朗、戴高乐和德斯坦都这样做了。希拉克也写作。萨科齐则更多是写文学评论。他还是那么充满热情，试图让克莱芙王妃强行出现在一个仍对那么无拘无束的行为感到惊讶的法国面前。索尼亚刚刚出版了一本小书

---

① 莫里亚克（1885—1970），法国作家，主要作品有《爱的荒漠》《蝮蛇结》等。

(《卡萨诺瓦曾经是个女人》,与他的好伴侣雷吉娜·德福日合作),像他常穿的宽松针织毛衣一样轻。德福日和里基尔以报道的方式试图给我们讲述创作的反面,一切都加上了富人日常生活中不可缺少的烦心事。去年秋天震惊法国的那些事件在他们的文字中当然看不到任何痕迹(里基尔还说自己是社会主义战士呢!),我是想说2005年秋贫穷郊区的愤怒。在我所处的这个魔方里,事件(去年四万五千辆汽车被焚,其中二十个夜晚烧了一万多辆)从来没有发生过。为什么要烧汽车?问过当场被抓的一个年轻的骚乱者。因为汽车都没有人看管,而且往往都装满汽油。这是对知识分子,尤其是左派公知,天天在媒体上向我们灌输的心理分析调味品的最好回答。

灯光明亮的海报:我坐在一辆停滞不前的出租车里,因为狭窄的马路上交通拥挤。我扭头看见了这幅挂在墙上的海报,上面并列着两个名字:毕加索和巴斯奎特①。展览的全名是:"灰烬底下的火,从毕加索到巴斯奎特"。我绝对应该去看看这两个怪人同处一室会有什么效果。我付了钱,下了出租车。司机一副不高兴的样子。我告诉他说,我要去看毕加索,因为我想他可能不知道巴斯奎特是谁。谁知他扭过头,第一次对我笑,大声地说:"我更

---

① 让-米歇尔·巴斯奎特(1960—1988),美国艺术家,先是以纽约涂鸦艺术家的身份获得大众认识,后来成为一位新表现主义艺术家。

喜欢巴斯奎特。"这还是一座很有文化的城市嘛！一个纽约混混和一个20世纪唯一没有经炼狱折磨的画家——面对面。那两人会互相说些什么？但这其实是一个多人合展（罗思科、谢萨克、杜布菲、基里科、巴松、苏特、乔科梅蒂、加西亚以及米歇尔·哈斯），包括了毕加索与巴斯奎特的几幅油画。我没想到会是这样。在巴黎，必须时刻准备下出租车。

沃尔科特[①]**在巴黎**：有一个时期，画家们都去意大利朝圣，而年轻的作家们则来巴黎安家，他们天真地以为，呼吸到萨特或加缪（每一代人都有自己的狂热偶像）呼吸过的空气能赋予他们才能。有些人甚至崇拜得在偶像出入的咖啡馆里徘徊，年轻女子则试着去坐波伏瓦在战争期间写大量书信时坐过的凳子（老实说，她的小说不能打动我，但她的回忆录让我激情澎湃）。最近，我在特立尼达听说，沃尔科特嘲笑住在那里几十年的作家，说他们最后写书时全都这样开头："8月的酷热中，在巴黎……"贡布罗维奇在他有趣的，尽管有的地方让人不安的《巴黎—柏林日记》（我更喜欢写柏林的那部分）中讲述了他与那座神秘之城的奇特遭遇。他的策略是假装不被巴黎所吸

[①] 德里克·沃尔科特（1930— ），诗人、剧作家、画家，生于圣卢西亚，大学毕业后搬到特立尼达岛居住，并从此成为艺术评论家，1992年获诺贝尔文学奖。

引。人们看见他在街上一边走一边批评所有变化的东西：萨特、人群、咖啡馆、知识分子、历史遗迹（他在罗浮宫只看古典的东西）。总之，脾气不好的贡布罗维奇一心设法让巴黎人对他感兴趣，这是被人敬仰的另一种方式。德里克·沃尔科特不隐瞒自己在巴黎逗留那几天的愤怒。尽管他得了诺贝尔奖，他还是对巴黎不满。所以他的东西很少被译成法文，而许多才能远没有他高的人的作品却被大量翻译。他所不懂的是，光有才能不足以征服巴黎。眼下，他正在巴黎，但大家都抱怨他的坏脾气。他好像高高在上地对待巴黎最重要的出版商，而巴黎无法再拒绝一个诺贝尔奖获得者。他是最近获诺贝尔文学奖的法国人吗？不是，最近获奖的是一个居住在巴黎的中国人。后来又有一个叫克莱齐奥的人急忙更换自己的毛里求斯护照，让自己与巴黎离得更远。德里克·沃尔科特不久前一口气出版了两本书：《马提尼克岛的咖啡》，这是一本关于身份问题的专栏作品集；《提埃波罗①的狗》，一首长诗，好像是在向画家卡米尔·皮萨罗（1830年生于圣托马斯，刚好比沃尔科特早一百年）的传奇经历致敬，却未能抹去他无尽的忧伤：

他的名字皮萨罗藏在

---

① 提埃波罗（1696—1770），意大利画家。

巴黎的名字当中，
而这声"卡米尔"
却如细枝，在塞纳河上颤抖。

诗人的面孔也徘徊在诗中。这当然是沃尔科特。这两个安提斯群岛的人从不同的道路去征服世界。卡米尔·皮萨罗去了巴黎，沃尔科特去了纽约。两人好像都念念不忘童年，不忘殖民主义造成的破坏。但沃尔科特现在在巴黎，他不想知道要怎么重新开始：恭维那些咄咄逼人的戴菊莺（大出版商、权威的评论家、非求不可的书商），无论西方哪个大城市，书业都充满了这类人。他已过了那个年龄，对这类游戏也不感兴趣。所以，舆论对他很不利。

德里达之死：我坐在圣絮尔皮斯广场旁边的这个小咖啡馆的露天座上，灿烂的阳光穿过云层。点了茶之后，我去十米开外设在人行道上的那家小报刊亭买报纸。《世界报》报道说德里达死了。关于他的报道有十页。这是世界上读者最多、被翻译得最多（四十多个国家）的法国哲学家。人们在我旁边讨论。我在任何别的国家都没有看到过一个哲学家的死会引起人们那么大的反应，引发这样热烈的讨论。《费加罗报》又乘机抛出狭隘的沙文主义言论，题目是《雅克·德里达，让美国人爱上哲学的人》。如果《纽约时报》也敢于写类似的东西，美国人的这种冒犯第二天肯定会出现在法国所有报纸的头版。法国的任何公众人物关于魁北克的任何言论永远会被当地媒体大量分析。纽约之于巴黎就像巴黎之于蒙特利尔。无疑,是我们自己让别人来行使对我们的这种权力。德里达在照片上阴沉着脸。冷漠与严肃(我想是因为生活不幸)。到处都有人说德里达是个诱惑者。他在一张照片上穿着过紧的长裤,丝绸衬衣的衣袖鼓了起来,犀利的目光似乎要看透他的猎物。喜欢嘲笑人的《费加罗报》利用这个机会开玩笑说:"这个性格忧郁的美男子成了一个白发诱惑者,他毫不犹豫地利用教学关系施展魅力。"说得明白点,德里达是在利用自己的声望引诱年轻的女大学生。这跟我有什么关系呢?我喜欢关于正经人的有料的专栏文章。伊莎贝尔·鲁迪内斯科(研究弗洛伊德和拉康的女历史学家)曾提起德里达无视传统的一面,说他不断地想"解构"那种体系,并引用他本人的一句名言:"诚实的最好办法就是不诚实。"对他来说,这不仅适用于哲学。阿尔托,快。我迟到了。由于大家似乎老是迟到,所以给了这座城市以某种节奏。巴黎并非无礼,但他们行色匆匆,他们道歉迅速。我喜欢这样。我看见阿尔托的头像出现在最新一期《文学杂志》的封面上。那个脑袋人们见过一次就不会忘记。我不知道他那么年轻就去世了,他死于1948年3月4日,终年五十二岁。在完全燃烧了自己的生命之后。就他而言,他的年龄应该至少乘以三——应该活到一百五十六岁。我觉得这样更接近事实。我提醒报贩,阿尔托的目光如"止住的铃声"(布勒东语)。他竭力忍住笑。这一期,有德里达接受采访的文章,谈阿尔托。一个尸骨未寒的人对一个去世已久的人的看法。他谈阿尔托,谈自己,说他们都无法在写作上杀出一条路来。对阿尔托来说,"路"这个词是"野心"的同义词。我不知道对德里达来说是不是这样。德里达说:"为什么和阿尔托年轻时那么像?我从年轻的时候(我的青春期持续了很长时间,一直到三十二岁……)就非常想写作,因为我觉得心里空空的:我知道,我必须写作,我想写作,我有东西要写,可在我内心深处,并没有任何东西要说,它跟已经说出来的东西总是相似。"知道另外有一个人跟你有同样的感觉,这总是好事。

在咖啡馆里:我喜欢过时的东西,因为它往往比应时的东西更能说明时代。你知道让·费拉①吗?费拉很多年没有离开他的村庄了,坚决地远离"戏剧界",以至于有人知道他还活着竟然惊讶得合不拢嘴——他后来确实死了,2010年。以前,提起费雷,人们总会不由自主地加上费拉。后来就光说费雷一个人了。然而,这两个人把阿拉贡的诗唱了出来。啊,阿拉贡,这个作弊的人(这是他自己说的),当乌云在远处散去的时候,他是可以成为一个

---

① 让·费拉(1930—2010)和后面提到的雷奥·费雷(1916—1993)均为法国作词家和作曲家。

预言家的。我在这家咖啡馆听着费拉唱阿拉贡(《巴黎的灯光》)——费拉谱曲。一个炎热的晚上,让人回忆起2005年秋的那些红色之夜,去世已久的阿拉贡好像是唯一的证人:

> 云在你脚下飘动
> 你在红眼的马路上匆匆,
> 世界在你眼前充血
> 一个野蛮的日子,
> 当下在快餐店燃烧
> 屋顶是黎明的红霞。

出租车把我送往城市的另一头,我看见了一些苍白的面孔,他们在想,明晚将会如何。

在地铁中:我身边站着两个巴黎女生(十六岁的年龄不用坐),多么活泼!说话充满了热情!她们谈论数学、哲学和男孩。我被迷住了、激动了、眩晕了。这个年龄层的巴黎人,谁都不怕。在思想辩论的国际赛中,法国青少年总是轻而易举地夺魁。但过了这年龄之后就糟糕了,由于思想和物质之间、哲学与生活之间存在着壕沟。在这一点上,杜阿梅尔①说得比我好,他说:"在法国,人们在智力上成熟得很快,但在性格上成长得很慢。"为什么呢?因为这个国家太重视思想与精神。在法国,对形式与思想的研究很容易就会花你一辈子时间。还有就是社会阶层的隔绝与密封。工人阶级自成一体,知识分子也同样。尽管每个时代都会有一群知识分子在发表闭门研究工人状况的论文之前组织起来去工厂看一看。政界感到不安,但情况没有改观。眼下的这几个少女似乎很幸福,我觉得她们身心很平衡。她们谈论哲学和数学,但也谈论男孩。事情总是来得太晚。其实不对,因为我刚刚看见有六七个女生经过,她们完全沉浸在快乐的讨论当中。一问三答,接二连三,带来一串笑声,眼泪都笑出来了,人们还以为她们说的是外语。她们之所以吸引人,是因为她们不刻意显得优秀。对她们来说,别的一切都不存在,她们投入语言的河流之中,而这河流,是由无数声音如此悦耳的小溪构成的。这一切,与人们从托马斯·曼的作品(《谈话的精神》《海滨》)中听到的精彩对话不同。对那些充满回忆的老先生们来说,规则似乎是必不可少的。我们可以看见有些人在灯光柔和的客厅里,或站或坐,避免说得太快,不互相抢话,也不谈论自己,不过分说三道四,不会动不动就激动或大笑。跟我眼前所见完全不同。这些春天的女

---

① 乔治·杜阿梅尔(1884—1966),法国医生、作家、诗人,法兰西学术院院士。

孩走得很快，说得很快，经常互相打断话头，笑个不停，背后说人家的坏话。但她们的精力如此旺盛，生活得如此快乐，让看着她们的人都突然感到生活更加幸福了。那天下午剩下的时间，我的脑海里仍回荡着那些如此阳光的女孩灿烂的笑声。我继续阅读，刚好翻到莫勒莱神甫所讲的那一段，他说，在郊区的某间客厅里，由于过于严格的规矩，交谈有些不自然。长谈之后，他"不止一次，午夜已过，和狄德罗及其他朋友相聚在杜伊勒里宫的花园里，快乐地说个不停，公然大喊……"刚才那些女孩不就是这样吗？侍应不等我吩咐就端来了滚烫的咖啡。巴黎的侍应也许是世界上最粗暴的，但没有人比他们更专业。在这个街区，咖啡馆里没有读者是难以想象的。天色已晚，我站起来回旅馆的房间。在这条漫长的小路上，有许多书店，其中的一家，窗框里放着海明威的那本书，新版的，补充了资料。《流动的盛宴》，我觉得这书名起得真好。我继续散步。夜幕慢慢地降临了，这座城市变得跟少女一样通红。海明威露出了微笑，巴黎欢迎我。

瞧，爱丽丝刚刚穿越了镜子

我很晚才读小爱丽丝的那些历险故事，大概是青春期快要结束的时候。所以，我从来就没有把它当作是给孩子们看的故事，用来激发他们本来就很活跃的想象力。《爱丽丝漫游仙境》对我来说是唯一成功的写梦案例，它以一个仍在睡眠的女孩的角度来描写一个梦。好像这个寓言不是一个住在伦敦、名叫查尔斯·道格森的数学老师写的，而是一个小女孩写的。她虽然冒失，但很顽强，像所有受过锻炼的记者一样，不屈不挠地在现场描写镜子另一面发生的情况。我整个下午就躺在地板上，看着我奶奶搬家时从小戈阿沃带到太子港的那面大镜子，试图猜出和我们这个世界如此相像的那个世界奇怪的规则。在那里，王后毫无理由地让人砍掉臣民的脑袋，一只兔子不断地看表，生怕错过一场想象中的约会。在这持续一分钟、一个小时或一百年的过程中，我唯一的遗憾是从来没有遇到过那个可爱的小爱丽丝。据说，她巨大的想象力，改变了她那个时代的气质。在刘易斯·卡洛尔的这个故事中，我想弄懂的，并不是这一点，我更想知道，就在长成大人之前，小爱丽丝的脑袋里在想什么。我马上就意识到那才是故事的根本：大转弯时，旋涡冲击着一个小女孩的身体和精神。她被吓坏了，以自己的方式抓住了什么东西。由于维多利亚时期的社会对与女性的性有关的一切都保持沉默，小爱丽丝在这场梦中寻思这场风暴为什么会在她四周肆虐。她的身体成了一个失控的钟，一直敲个不停，毫无逻辑可言（兔子被自己的怀表迷惑）。在生活组织得如此严密的英国，她失去了时间感。错过了5点钟的下午茶时间，那是一种罪过。她也完全无法控制自己的情绪、感情，甚至是自己最隐秘的想法。她觉得自己失控了。好像有另一个人，一个长得和她很像的人，跟她搞混了，最后把她弄到了自己住的地方。她在一个与她的世界相像但并不完全一样的世界里求救。镜子里倒映出的样子并不完全跟她一样，因为是倒过来的。一个炎热的下午，她感到前所未有的忧虑，于是断然采取了行动。我突然明白，这个没头没尾的故事中那些举止怪异的人物，其实全都是她。她也变得跟那只兔子一样烦躁，跟王后一样无情，或跟猫一样谨慎。更糟或更妙的是，她成了兔子、王后和猫，甚至成了风景。她能够钻到自己身体里面，重新调整那个钟。我不知道为什么自己是这样理解这个故事的。当时我也不懂弗洛伊德，今天也并不懂得更多，别人怎么说我就怎么信，不求甚解。我好像突然发现，词语其实是些小小的人物，它们试图把我们带向那条神秘的小路，通往事情另一面的小路。我们知道那个地方，现在，有人给我们看它的反面。为了彻底了解我们的生命，必须正反两面都看。因为整个世界都拥挤在这个奇特寓言的每一页后面。要穿越这面镜子，只需闭上眼睛。

优雅地醉酒的艺术

作家马尔科姆·劳瑞,一天晚上他醉酒了,其实他每个晚上都有点儿醉酒,那我们就说一个醉酒最厉害的晚上。
他坐在田野里悄悄说:
"如果地球真的在转,那我就在这里等我的房子。"

夏天不是一年当中的郊区

北方人

我来自一个永远都是夏天的国家。但三十多年来,我一直生活在诗人吉尔·维尼奥①所说的"那不是一个国家,而是冬天"的国家里。我离开了夏天前往冬天,但在蒙特利尔,我才第一次感受到什么是夏天。要了解夏天,必须穿越冬天,我总是这样重复道。然而,我是在迈阿密才深深地怀念冬天。一天,天气比平常热,我强烈地渴望冰激凌。呼唤寒冷。冰块像三文鱼一样逆行到我记忆的黑暗角落,提醒我说我现在也是个北方人了。但要做一个北方人,并不仅仅是要能忍受低温,更要时时想着它,以至于永远都能看到冬天,哪怕是在夏天。当人们说夏天好夏天坏,这并不是说夏天本身,而仅仅是在问自己,是否已储藏了足够的热量,以对付未来的冬天。人们说起冬天,就像法国人说起美食或红酒。就是这么一回事。当人们问我(不在当地出生的人常被人这么问),到蒙特利尔的时候,什么东西让我印象最深刻,我回答说,不一定是

---

① 吉尔·维尼奥(1928—),加拿大法语诗人、歌词作者。

冬天，而是我到这里之前，我这具南方人的躯体所没有经受过的关于冬天的一切。寒冷所产生的整个新文化。冬天的运动（溜冰、曲棍球、滑雪）；故事发生在冬天的电影（《卡穆拉斯卡》[①]）；每天听到地铁很多次驶过，却一点不感到厌倦；站在厨房里，手里端着一杯酒，没完没了地讨论斯坦利杯、独立和气温（按照这顺序）。整个城市的情绪取决于气温。这让人觉得，要让人忘掉冬天，比在走廊里看不见大象更难。北方人，就是每年看到冬天来临都感到惊奇的人。只要看看每年初雪来临的时候，大家有多么兴奋就知道了。男女老少和媒体都在欢迎它，它上了报纸的头版。当晚的电视新闻中起码有三场报道。看到他们那副激动的样子，游客们会问：这个地方是不是第一次下雪？

渴望快乐

我们的身体并不总是和精神一道生活在同一季节。身体及其对快乐的渴望在夏天，而我们阴郁和深受折磨的精神在冬天。好像我们身上有两个人：一个是阳光的、慷慨的杰基尔医生，另一个是吹毛求疵、吝啬的海德先

[①] 卡穆拉斯卡，加拿大魁北克省东部城镇。同名电影摄于1973年，根据安娜·埃贝尔的小说改编。

生。但要真正认识这两个人，必须在这里生活一整年。来过冬的游客（是的，真的有，往往是法国人）只知道我们北欧那样的、月亮表面般荒凉的一面，那是来过夏天的游客所不知的。因为他只看到周围全是疯子：爵士乐，狂笑，荒诞可笑的庆典。只见过阳台上的鲜花的游客，是不可能知道冰天雪地一片蓝时是什么样的。那些北方超人，能迅速进入身体的狂欢，他们已准备头朝下，钻入那个让人精神压抑、身份错乱的湖中。不可思议的是，场景转换得那么迅速。一夜之间，那片冰天雪地就被几百万公里的草坪所代替。还有鲜花。衣橱也换了。报纸不能再发表任何能让人想起一年一度的大黑暗的东西。暗示冬天的一切也从我们的记忆中抹去。冬天吃的东西现在不再吃，冬天听的音乐现在不再听，冬天跳的舞现在也不再跳。有的虔诚者甚至搬离了他们的街区，以表示季节的更换，他们往往搬到露天的水果和蔬菜市场旁边。这确实是一场以夏天为主角的戏。就像是希区柯克的电影《鸟》。从第一个小老太在阳台上放了一盆花开始。这一动作如同一个祈祷，打动了大自然。大家都认为，这个不屈的抵抗者，肯定一整个冬天都把这盆娇弱的小花放在客厅里，希望下一个季节来临。希望万物有可能重新复苏。接着，十个阳台上的花朵都开放了。然后是一百个。就一个晚上的时间，被人们藏在家里的夏天出现在屋外。而这时离真正的夏天到来还远着呢！冬天拒绝离开这里，不断地来来往往。但这些花朵最后让它上当了，这个可怕的同居房客真的同意离开了。人类在季节之间建造了桥梁。在这个国家，其实只有三个季节：冬天、小小的前夜（有人把它叫作春天）和夏天。假如那个小老太不敢用她守了一整个冬天的脆弱的夏日之花来向大自然挑战，大家可以想象得到，那将是多大的悲剧。必须说，那个健壮的男人很快就跟了上来，耳朵上夹着铅笔（那是女孩用来夹花的地方），飞快地跑到卖木板、锤子和钉子的商店里。与此同时，市长把蓝领安排到全城的四面八方，他们奉命修补马路。人们不禁要问，为什么要如此大动干戈，好像夏天诞生于这些准备活动。是市民的意愿让一座绿色的城市突然出现在了冰雪当中。戏台一搭好，爵士乐就开始了。我总是在想，蒙特利尔人为何对爵士乐情有独钟。是因为我对爵士乐不了解吗？我更多地是被这种做法所惊讶。搭了露天舞台，是准备演戏。那问题就来了：为谁演戏？我不敢相信是为我们自己，因为我们大家都参与演出。为与冬天的来客如此不同的夏天的访客？也许吧，但这将是一个错误，因为冬天来这里的人讨厌夏天。他们梦想能见到北极熊，见到无边无际的白色天地，见到广阔无垠的空间和冰天雪地的夜晚，但气象预报显示，气温没有低至零下40℃，他们都感到很失望。他们仅在蒙特利尔过了一夜，和朋友喝一杯，好像这座城市不过是一个机场，他们马上就要飞去鲸鱼、熊、印第安人的家乡，飞往北极。而夏天的访客呢，他们想，离开市中心后,冬天还将继续。而且警察也不让他们离开夏天的地区。在那个地区,有中国餐馆、印度餐馆、加勒比餐馆、摩洛哥餐馆、越南餐馆、日本餐馆,能听到各种语言而不觉得太乡土。大家好像还觉得警察搜查了城北的屋子,把年轻移民都赶到市中心来充当客串演员。前两天没有时间在太阳底下把自己晒成古铜色的人被要求待在家里。这个剧场冬天是不开的。这一切都让这些季节访客相信,这里的夏天将持续一整年。我在美国遇到过一些美洲黑人,他们告诉我,从来没有看到过人们像在蒙特利尔那样幸福地沉浸在爵士乐的海洋里。他们对我说,您在我们这些美国黑人失败的地方成功了。少数人的文化在一个季节的时间里,侵吞了多数人的文化。可惜,蒙特利尔的黑人不与爵士乐节发生关系。真的,哪天应该反问一下自己,为什么要选择爵士乐这种音乐;为什么它能受到公众的一致拥护和热情支持。在魁北克,人们什么都要反对:党魁、征兵、女王、抗流感疫苗、冰球队(假如它输了),等等。人们甚至反对"反对"本身。只有爵士乐没人反对。应该说,人们只在爵士乐节期间听爵士乐,而不是节前或节后。其实并不是听它,而是沉浸在它所营造的放松的气氛中。那么,它为什么会这么成功呢?对魁北克人来说,爵士乐不是一种音乐,而是夏天的一种象征。它就像阳光,照射着这座城市,就像红色敞篷车对一个六十二岁的秃顶男人那样重要,有时也像酷暑一样让人难以忍受。那种酷热让大家都感到难受，但没有它，夏天也就不成其为夏天了。假如说，大家都登上那个舞台，我想，那是由于整个冬天累积了太多的精力，人们才在大街上扭啊晃啊。漫长寒夜里积蓄的沮丧最后终于释放了，就像那个小老太手上拿的一枝花。

身体的胜利

人们重视智力，智力有时却愚弄我们。今天，聪明是那么值得骄傲，以至于人们宁可要一个刻薄的聪明人，也不要一个不聪明的人。大家都想聪明，对一个人最大的侮辱，就是怀疑他的思维能力。这是一种非常刺激的游戏，在这种游戏中，意志在进行独裁统治。我们的世界越来越成为一个智力世界。一个人聪明，并不能保证他的心灵一定敏感。唯一值得赞扬的聪明，能让我们设身处地——感受他人所感到的痛苦和耻辱。有时，思想会离开某具身体，前往另一具身体。这是一种相当罕见的交融，因为一种思想往往想占领另一种思想。人们今天还在奇怪，思想——大脑中摇曳的火焰——怎么能占领那么一大片肉体、骨头和血液，即人体。思想白天占领人体，促使它去做一些它从来没有想到过的事情；晚上不让它休息，让它不断产生阴郁的思想，直至引起噩梦。我在这里并不是说，我们这个社会所有的恶都是由聪明引起的（有人听到这话会很高兴），但我想，应该警惕一种过于贪婪的聪明，它会让我们忘了轻快的智慧能给我们带来简单的快乐，这种智慧不会变成想统治别人的欲望。冬天是思想所喜欢的季节，但身体会在夏天进行报复。身体脱光衣服，以此来取缔思想。因为任何思想都无法面对这充满生机的身体，它刚刚穿越荒凉的严寒。我敢相信，北方的夏天比南方的夏天更令人激动，因为这是一个经历过冬天的夏天。一具夏天所栖居的汗淋淋的身体。那时，我们犹如生活在仙境中：万木葱郁；你遇到的陌生人也会慷慨地对你一笑；咖啡露台上的聊天音乐；正在准备年终舞会的女大学生喝了点酒，双颊绯红；一个光着上身的年轻人骑着自行车经过……这一切都让人觉得，战争结束了。冬天这个将军钻进了帐篷，于是身体又获得了自己所有的权利。夏天邀请思想做一午休。夏天，就是一年当中的郊区。大家都明白，拒绝在夏天休息的思想，到了下一个冬天，将对公众构成危险。它将把我们的生命变成永久的悲剧。筋疲力尽的时候，它很容易变得偏狭。因为谁也不能忍受一年十二个月都这么精神紧张。我们必须放松而又不能丧失警惕，只要不公正和贫困依然步履匆匆。好歹记住一次那些真正的悲剧，它们不知季节为何物，却为一些小事而停了下来。不要成为那种孤独的动物，冬天以虚假的狂热取暖，夏天拒绝离开旧椅，他就是坐在那上面盯着小屏幕观察生活的。冬天的思想，却栖居在夏天的身体上，没有比这更过时的东西了。可是，人的身体并不蠢，它储存了关于舒适生活的无数信息。它就像一只狗，很容易找到让身体快乐的办法。只需看看天一热就出现在马路上的大批人群。密林般的大腿从北向南，走向爵士乐，走向绿色的草地，走向河边，去公园野炊，悠闲地前往阳光灿烂的广场。如果小两口在冬天渴望钻到被窝里，绝对隐秘但声响不断，夏天，他们则更愿意回到人群当中。这五颜六色的裙子和惊恐的骑车人络绎不绝，给那些无法离开阳光的人组成了一幅快乐的景象。那群人只在有阳光的马路上行走，让身体凯旋，让思想休息。

喝着清酒计算冬天的艺术

他花很大一部分时间
计算一生的
天数、月数和年数,
或不耐烦地等他喜欢的季节。
夏天一过去,他就等下一个夏天,
忘了生活。他竟然还相信
想着夏天就可以逃避冬天。
一切都过去了没叫一声。
正如还在空中飘飞的
这片红枫叶,尽可能久地
推迟落地的时刻。

世界的尽头从来就不太远

这本书只能做梦时读

在我写的所有的书中,我母亲藏在旧箱底的那本(她把所有的宝贝都藏在那里),是我的《咖啡的滋味》韩文版。那本书讲述的是我在小戈阿沃的童年。她和她的姐妹们在那里度过了大部分年轻的时光。那时的她,喜欢梦想,表面上看起来很乖,内心却骚动不安。在一种她不懂的语言中回到了她的青春之乡,这让她非常激动。她徒劳地想在符号的森林中找到她的名字,那些符号,我觉得更像图画,而不像我们熟悉的希腊字母。其实,对于母语非法语的人来说,我们的法语字母也同样奇怪。当我们面对面,试图想象一个韩国人如何懂得我们在小戈阿沃的生活时,我从来没有见过她笑得那么欢。那时,我们坐在走廊里,靠近红桂树丛(她在打盹,我在读《新闻报》),突然,她醒了过来,详细地向我讲述她在韩国的生活。尽管她已在一个有着水果名字(她的名字中也有一种花的名字)的小城市住了一段时间,她仍然觉得自己还在海地。不过,她方言讲得很流利,融入了当地的习俗,对亚洲的烹调已烂熟于心,但还是只爱赤道附近的饮食。她强笑着,像韩国女人一样比画着,使劲地向我保证说,她听懂了人们跟她所说的一切。让人惊讶的是,这一切,都发生在十分钟之内。我看着身体如此纤瘦的她走去找书,这回,她相信自己肯定能认得字。可没等到她回来,我就已经睡着了。

奥洛夫松酒店,
杰米·巴菲特[①]的房间(笔记)

街区

真奇怪,一个地方离你那么近,却又让你觉得就像消失在太平洋中的一个小岛,遥不可及。社会阶层比海洋更难穿越。当时,我住在离西尔维奥-卡托尔体育场不远的巴布德肖斯区,离蒙帕纳斯电影院也就五分钟路程。去电影院得穿过萨乐蒙市场。在我的整个青少年时期,路线一直没有变化过:星期五晚上,去蒙帕纳斯电影院。我在那里看了西德尼·波蒂埃[②]前期的几部影片,以及一些催人泪下的墨西哥电影,那些电影甚至在墨西哥都已经没人看

[①] 杰米·巴菲特(1946—),美国乡村歌手。
[②] 西德尼·波蒂埃(1927—),好莱坞头号黑人演员,1958年以反种族歧视影片《挣脱锁链》获柏林电影节最佳男演员奖,1964年以《田野里的百合花》获奥斯卡最佳男主角奖,成为美国影史上第一位获此殊荣的黑人演员。2002年美国电影艺术与科学学院为他颁发了奥斯卡终身成就奖。

了。母亲只陪我们去看一些带有一点社会小抱负的电影，比如《送面包的女工》《受奴役的王子》——这些电影让整个大厅里的母亲都哭了。雷蒙特舅妈比较大胆，她酷爱那些由惊艳的阿玛莉亚·门多萨①（她在《反叛者》中漂亮极了）或毫不犹豫地显露吊袜带的法国女演员出演的电影。而我则更喜欢侠盗片，故事发生在贵族当中，舞会、烛光晚餐、决斗。那个世界，虽然离我的世界非常遥远，却是我梦寐以求的。星期六下午，在毒热的太阳下，我看完总是穿短裙、全留着同样漂亮的小胡子的侯爵，又去看西尔维奥-卡托尔体育场穿短裤、肌肉发达的壮汉。这一切的背景是赤道地区的独裁统治——老医生自1957年开始掌权。事实上，对地球上其他地方的人来说，海地位于世界的尽头。这个世界由于布②统治，他戴着黑色的小瓜皮帽和有色眼镜，以掩饰自己的精神状态。人们总是看见他身边围着那些人面猛兽，它们随时准备扑向闯入它们视野的人，咬断他们的喉咙。我的青少年时期就是在那里度过的。我们必须待在那个范围之内，跟警察发生一点点摩擦，邻居就会赶快通知我们的家长。而且，星期日我必须陪同母亲望弥撒。我们从卡布瓦路走，尽管这样不得不绕道，因为母亲总是设法避开两个逼得最急的债主，他们就住在通往

---

① 阿玛莉亚·门多萨（1923—2001），墨西哥电影演员、歌手。
② 法国作家雅里的小说《于布王》中的主人公，一个残忍、胆怯、愚笨而可笑的人物。

耶利米广场、布满浓荫的小巷子里。终于到了奥洛夫松酒店对面——这座木结构的旧酒店躲在一片茂密的树林后。经过那里的时候,我斜睨了一眼,生怕它会蒸发。我们似乎生活在两个平行的世界中。哪个是现实的?我不知道。我后来才明白,这样一栋过时的建筑对一个思想浪漫的年轻人有一种奇特的吸引力。当时——不过现在也没改变多少——我花在读书上的时间比花在吃喝玩乐上的时间还多。在我看来,读书,才能走向上流社会。我觉得,如果有一天,我穿过了奥洛夫松酒店的栏杆,我就不可能原路返回了。

静止的时间,小戈阿沃,1963

我那时十岁,还跟奶奶一起生活。我母亲和妹妹在太子港。小戈阿沃太小了,小得我认识不了几个人。我的邻居帕西昌斯订了一份《新闻报》。报纸是在太子港出版的,但发行到全省的重要城市,只有少数几个权贵订阅。帕西昌斯要晚一个星期到一个月才能收到报纸。是因为太子港像人们传说的那样看不起外省("在他们眼里,我们全都是些乡巴佬。"理发师圣维尔·玛雅尔说),还是因为负责送报纸的那个年轻人太懒?当报纸终于到达坐在走廊上等它的订户手里时,上面报道的事情不是已经过时就是已经发生了逆转,新的事件出现,与上个月的事态背道而驰。帕西昌斯读了爆炸性的新闻之后(他过了很久之后才知道),往往会长叹一声:"我觉得真正的生活在太子港,我们这里被时间抛弃了。"他把报纸递给我,让我给他念内页中很长的文章,往往都是评论,关于"伏都教问题",或是一个文学教授对那些依然怀疑国民文学存在的人(这类人好像不少)毫不留情的回答。那时,帕西吕斯会微微笑着,听我念文章,他重新回到了他所熟悉的世界。我们终于到了同一个空间。他那么喜欢的这种静止的时间,还是据理发师圣维尔·玛雅尔所说,让太子港的人羡慕不已,但他们又下不了决心拥有它。圣维尔·玛雅尔闭着眼睛,好像睡着了,有时甚至打起呼噜来。但当我念路易·马尔斯医生(著名人种学家普里斯·马尔斯之子,《叔叔如此说》的作者)的文章,斗胆跳了一段时,他突然醒过来。几个月来,双方抛出的论点,他都烂熟于心,尤其是关于伏都教或克里奥语的论争("克里奥语是民众的语言,法语是精英的语言?")让他感到很安慰。在帕西吕斯看来,只要人们谈论语言和宗教,国家就没出什么火烧眉毛的大事。不过,讣告他听得很专心,当他在死者名单中听到某个熟人的名字,他便直起上身。听说某某人几个星期前还活着,他惊讶得合不拢嘴,后来才知道,死者比他还年轻。"这很正常,谁让他们去那里生活呢?"按时赶来喝咖啡的理发师圣维尔·玛雅尔悄悄地对他说:"我们这里的人活得比太子港的人长。"我在那里待了一会儿,直到他们示意我离开。我试着把报纸还给理发师,他一把推开,说:"孩子,我不需要知道上面说些什么,我要做的事情太多了。"可我不要这种缺乏梦想的生活。我带着报纸离开了。

灯光明亮的游泳池

后来，大概到了十六岁的时候（我已经忘了小戈阿沃，想成为一个真正的太子港人），我有时会经过奥洛夫松酒店，去艾尔多拉多影院看电影，丽莎在那里等我。艾尔多拉多影院是专门放爱情片的，人们以为，看见银幕上接吻的特写镜头，便很容易得到初吻。女孩们对此很警觉，轻易不接受去艾尔多拉多影院看电影的邀请，认为那是蒙骗，要不就几个人一同去。所以，当某个女孩终于同意陪你去看爱情电影（避免往往过于啰唆的法国电影）时，可以说，事情已经成功一半了。如果出于某种原因，当天没能接吻，那就必须坚持，千万不要放弃。跟丽莎约会那次，我早早就出发，打算找一个战略位置好的地方，以便能看着她到来，因为只有乡巴佬才会在电影院门口等女孩。千万不能露出饥渴的样子，但也不要让她等得太久。重要的是节奏。当我到达奥洛夫松酒店的时候，时间还早得很。还是那栋藏在树后的建筑，我从小就熟悉。左边的一台电影放映机引起了我的注意，我往前走了几步，第一次溜进酒店的院子。我并没有走上通往大厅的台阶，而是朝着游泳池直走。几个穿晚礼服的客人坐在布满食物和饮料的桌子四周，还有一些似乎是更重要的人物，半躺在摆在游泳池旁边的长椅上，游泳池被灯光照得通亮。他们是在观看一场乡村舞蹈。我很快就认出国立音乐学院的一位叫弗洛朗的男舞蹈演员。那是一个身体瘦长柔软的家伙,住在我们那个角落的拉弗洛尔—杜歇纳路。他整天捉弄街区的一些女孩,组织一些时装游行。母亲们在黑暗中撞见他跟她们的女儿在一起甚至也不担心。不过,在奥洛夫松酒店,看到他和舞蹈演员们及那些如此高雅的人一起,我觉得他终于如鱼得水了。演完一个小节目之后,舞蹈演员们在观众当中穿行了一会儿,男男女女都拥抱他们,向他们祝贺。突然,出现了一群穿白色裙子的年轻女人,戴着白色的丝绸头巾。她们原地转动,露出柔软的长腿,双手围着一张刀枪不入的脸转来转去。在杰雷米广场闲逛或在艾尔多拉多影院与人约会的行人,永远也想象不到在这堵粉红色的墙壁后面会举办这样的庆典。就在我跑去见丽莎的时候,我注意到了那个躺在白色长沙发上的女人,就在年轻人寻欢的小院子中间。她在一个小本子上记录自己的感想,或者是给那些正在跳舞的演员们画速写。我发现演员们在离开舞台之前都满怀敬意地跟她点头。弗洛朗和他那群演员又回来疯狂地跳舞(我听到有人轻声地说,这是支"民间舞"),躺在长沙发上的那个女人马上飞快地写起来,就在这时,我感到身后有人。保安命令我离开这个地方,说这是为纪念美国大舞蹈家和编舞者凯瑟琳·邓翰[①]而组织的私人演出。我并没有被赶到

[①] 凯瑟琳·邓翰(1910—2006),20世纪美国传奇舞蹈家。

马路上,那个老保安一直把我送到栅栏边,对我说,他伤心地发现,外国人对我们的文化比我们自己更尊重。我没有那么肯定,我知道那并不是真正的海地文化,而是演给美洲西海岸的人种学家、编舞者或画家们看的多少有些文雅的演出。当我来到艾尔多拉多影院门口时,电影已经开始有一会儿了,丽莎当然没有等我。

环球之旅

老医生去世后,让—克洛德·杜瓦利埃登基,我被抛进太子港滚烫的锅炉里。小医生生于1952年,我生于1953年。可以说,轮到50年代生人了。"黑人性运动"①的一代已经死了,极端抒情的政治演说再也不能打动公众了。自从艾尔多拉多影院失约之后,我就没有再见到丽莎。她不接受我的道歉。对她来说,那是一场侮辱。后来,她跟她母亲和姐妹搬走了,我于是失去了她的踪迹。我从文化之门进入了政治论争。我替一家反对现政权的周刊写关于文学活动开幕式和文学新书发布的专栏。这个国家满是诗人与画家,于是我总有忙不完的采访。最大的好处是可以吃白食。必须坐得离讲台远远的,离餐台近近的。我们渴望食物,有钱人渴望文化,有来有往嘛!后来,事情变得复杂起来,我差点见不上丽莎一面就离开祖国。就在我前

---

① 20世纪30年代由黑人作家桑戈尔等人倡导的旨在恢复黑人价值的文化运动。

往蒙特利尔的前夜,当我终于找到她时,她攥紧拳头,在她绿色的小房间里睡着了。我去了蒙特利尔,在许多工厂里工作过,后来买了一台雷明顿22型旧打字机,开始打我的处女小说。那部小说让我成了一个作家。从此,我不断旅行,过着梦幻般的生活。我带着一个黑皮本和一本护照跑遍全世界,记录着同代人的行为举止。起初,我总是瞪着惊讶的双眼看着我所发现的人和事,直到有一天,我发现,让人惊讶的,并不是人与人之间可能存在的差异,而是他们之间的相似性,尽管他们相隔甚远。1986年2月,小医生不得不放弃权力,离开国家,我却继续写作和旅行,直至把我书中描写的梦想世界与我周围的现实世界相混淆。后来有一天,我回到了祖国。

梦想的房间

博尔赫斯说,奥德修斯征战回来,见过地中海所有的美景之后,激动地发现了"绿色简朴的伊萨卡[①]"。太子港既不绿,也不简朴,况且大家都知道,那里充满了狂妄自大的人,只梦想有朝一日能成为海地总统。我是来拍一部小纪录片的,只有不到一万美元的预算。人们给我在奥洛夫松酒店找了个房间。我起初住在蒙塔那酒店。一辆吉普在机场等我。一出舱门,热浪迎面扑来。很正常,那是在2月份。我刚刚离开蒙特利尔,最近一周,那里的

[①] 美国纽约州的一座城市。

气温达到零下30℃，如果风大，最低温度可以下降到零下45℃。我来到蒙塔那酒店，人们在那里谈商业大合同，可以碰到明星们在酒吧里叽里呱啦聊天，有人一边吃午餐一边结盟，午餐丰盛得足够一个贫穷家庭吃一年；世界各国的记者在舒适的客厅里采访当红政客，这样他们就用不着下到城里的酒吧地窖里体察真正的民情了。我不喜欢这种不健康的气氛。所以，当人们建议我去奥洛夫松酒店时，我很快就开始收拾行李。但我忘了这家酒店对年轻时的我所产生的诱惑。当汽车驶进小路，钻到浓荫下面，我感到身体像放电一样。登上楼梯时，我匆匆地扫了一眼如今已黯然失色的游泳池。扔在露台的桌子，大客厅，左边的小酒吧，成群的年轻女侍应，奥布兰·若里格[①]的照片让人想起地下节庆时期，一直通往房间的木楼梯。一切都像我一直以来所想象的那样。那么多作家登上过这个台阶，但谁都没有在这里住过，即使住过也只在我的想象中。很久以前，我写了一本小书，后来弄丢了，是关于曾在太子港待过的名作家的速写。我只记得几个标题：《保尔·莫朗在肯斯科夫野餐》《格雷厄姆·格林在奥洛夫松酒店独饮》《戴墨镜的杜鲁门·卡波特在出租车上》《马尔罗在马蒂桑与圣布里斯谈话》《布勒东在圣马克的埃克多·希波里特吃午餐》。我梦想最多的是格雷厄姆·格林，他遇

[①] 奥布兰·若里格（1924—2005），记者、专栏作家，曾任海地信息与合作部部长。

到了奥布兰·若里格，后者在太子港给他当向导，那时的太子港处于老医生的统治下，危险处处。他把奥布兰·若里格写进了他的《演员们》，使之成为小说中的一个人物：小皮埃尔。这就是20世纪60年代留给我的一切。我房间的门上写着：巴菲特，美国的一个乡村乐手（而不是我希望的格雷厄姆·格林）。没什么可奉承的。我从来没有打算玩乡村音乐，更愿意当个英国天主教小说家，心神不安，拿自己的生命当赌注。我打开门。一个大房间，一张大床，我从来没有见过那么大的床。家具不多，墙上挂着画，毫不理会那种资产阶级美学，他们以为贵的艺术品才重要，所以要小心放置。推开一扇门，后面是一个漂亮的阳台。几棵树的叶子很大，可以看见行人来往，自己却不会被人看见。一只黑鸟在拼命大叫，好像在欢迎我。一位客人把它画了下来，把画挂在树的对面，让鸟可以看见自己。那只鸟名叫富蒂。我回到房间打开行李箱，上床看斯丹达尔的《日记》和那些年轻小说家写的小说的开头（二三十页），看了十来篇。他们是来参加"美州人之家"组织的竞赛的，我是评委会主席。时间过得真快，昨天，我还是那些渴望者当中的一员，试图通过文化来躲避一个发疯的政权的魔爪，小医生的魔爪。今天，三十五年之后，我回到了太子港，与小医生流亡回来同时。时间好像并没有动。空间也如此。我只是变了阶层。我走到了能走到的最远的地方。世界的尽头。

换咖啡馆的艺术

一坐在咖啡馆里,城里的其他东西
都自行消失。
从喧闹的我们过渡到静悄悄的我。
这不是一个沙龙而是一部小说,
人们瞬间变成
次要人物之一。
这使我们可以进出咖啡馆
而不影响故事情节。
这里的一切
并不总是以和谐的方式展现,
可我们是
能忍受最恶劣环境的动物。
我看到人们忍受而不抵抗
愠怒的侍者的蔑视
或邻桌的冷漠,
其实只需穿过大街
去对面的咖啡馆,
就此改变小说或生活。

出版说明

　　本书中译本2017年以《几乎消失的偷闲艺术》为书名由我社出版,现更名为《夏天不是一年当中的郊区》,增加《在穷人的国度旅游》《群体》《历史性的时刻》《空气中有三K党的味道》《一个雨天发现的〈圣经〉》《电视上的战争》《忧虑之夜》《大地与金钱》《抵抗一直存在》《赫拉克利特之河》十篇。特此说明。

海天出版社
2019年9月